汪国後宮の身代わり妃

CROSS NOVELS

釘宮つかさ
NOVEL: Tsukasa Kugimiya

石田惠美
ILLUST: Megumi Ishida

CROSS NOVELS

CONTENTS

CROSS NOVELS

CONTENTS

汪国後宮の身代わり妃
釘宮つかさ
イラスト 石田惠美

＊

見事な造りの調度品ばかりが揃《そろ》えられた室内は、物音一つせずに静まり返っている。

帝都に到着し、後宮の中にある建物の中に通されてから、豪奢《ごうしゃ》な婚礼衣装に身を包んだ翠蓮《スイレン》の胸の鼓動は早鐘《はやがね》を打ち続けていた。

うつむいた視界に映るのは、鮮やかな赤の絹地の襦裙《きもの》に、金の刺繡《ししゅう》で縫い込まれたつがいの龍。結い上げた髪の上から衣装と同じ色の薄布を被り、背中まで長く垂らしている。着慣れない衣装を纏《まと》って化粧を施し、豪華な設《しつら》えの部屋の中にぽつんと座っているいまの自分は、どこか心許なく、現実味がない。

この婚礼は、嫁ぎ先も普通の家でなければ、嫁ぐ相手もただの男ではない。

更には、花嫁である自分自身の気持ちも、たとえ政略結婚だったとしてもここまでは、というほどの悲壮感に満ちていて――つまり、すべてが幸せな結婚とはかけ離れた状況だ。

そもそも、幸福など感じられるはずもなかった。

なぜなら、今年十八歳となった翠蓮《スイレン》が今日、嫁入りをしたのは、今まさに隆盛を極めている大国、汪国《おうこく》の現皇帝である黒武帝《こくぶてい》、汪哉嵐《オウセイラン》だ。しかもそれは、村長の息子、玉蓮《ギョクレン》の身代わり花嫁としてなのだから――。

時折、気づかれないように、部屋の隅に控えている使用人のほうをそっと窺《うかが》う。よく躾《しつけ》の行き届いた宮女は静かに目を伏せていて、どう見ても部屋を出ていきそうな気配はない。落胆しつつ、襦裙《きもの》の帯に隠したものを無意識のうちに押さえ、翠蓮《スイレン》は強い焦《あせ》りを感じた。

（はやく……早く、なんとかして、この短剣を捨てなきゃ……）

もし、このいわくつきの懐剣を持って嫁いできたことがばれれば、妃として皇帝に気に入られる以前に、自分の命が危うい。

――翠蓮《スイレン》には、皇帝を暗殺するつもりなどないのに。

今朝、村で一悶着《もんちゃく》終えたあと、宮城から寄越された迎えの馬車に乗り、翠蓮《スイレン》は生まれ育った白氏《ハクし》の村を出てきた。

帝都に入ったあと、まずは両親のいない翠蓮《スイレン》の後見人となってくれるという貴族の屋敷に迎えられ、そこで用意されていた花嫁を乗せるための真っ赤な花轎《はなかご》に乗り換えた。

後見人夫妻とずらりと並んだ使用人たちに見送られ、六人の使用人たちが担ぐ立派な花轎は、帝都の中心に建つ汪龍城《おうりゆうじよう》に到着した。

長旅の末、黒武帝《こくぶてい》の広大な住まいである宮城に着いたのは、すでに日暮れも近くなった頃のことだ。

そうして、正門ではなく、後宮に最も近い北側の脇門からひっそりと中へと通されたのがついさきほどのこと。多くの有能な官吏《かんり》が立ち働き、葺《ふ》かれた瑠璃瓦《るりがわら》と朱色の柱の対比が見事だと噂される広大で豪華絢爛《ごうかけんらん》な宮城の全貌を目にすることもなく、後宮の中にある桂花宮《けいかきゆう》という扁額《へんがく》のある小綺麗な宮に案内された。だが、案内の者は『こちらでしばしお待ちくださいませ』とだけ言うと、どこかへ消えてしまったのだ。

高級そうな調度品が揃えられた立派な宮だが、室内には入宮を祝う飾りなどの類《たぐい》は見当たらない。

唯一、中央に置かれた卓の上に小さな花が一輪飾られているのみだ。壁際の棚には贈り物のような箱や包みが山と積まれているけれど、きっと自分のために用意されたものではないだろう。

とはいえ、それも当然のことだ。特別だといわれる一族ながら、白氏《ハクし》は貴族ではない。そのため、まだ独身の皇帝に嫁ぐにも関わらず、翠蓮《スイレン》は正妃ではなく、側室である妃嬪《ひひん》の一人として娶《めと》られた。だから、正妃である皇后だけが正式に挙げられるという結婚式が行われないというのも理解してきた。この宮に通されたあとは、誰かが挨拶《あいさつ》に来ることもない。身じろぎ一つしない宮女には気軽に世間話ができるような雰囲気はない。後ろ盾のない我が身の寄る辺なさを翠蓮《スイレン》は改めて実感させられた。

おそらく、期待に胸を膨《ふく》らませて嫁いできたとしたら、この状況に愕然《がくぜん》としただろう。いっさい幸せな夢を見ることなく自分が今日のこの日を迎えたのは、むしろ幸いだった。

辺りに目を向けると、特別な華やかさはないものの、通されたこの宮の造りと設えは、さすがといえるほど素晴らしいものばかりだ。

正座して待つ翠蓮《スイレン》の目に入るのは、艶やかな飴色《あめいろ》の飾り柱と、揃いの瀟洒《しょうしゃ》な透かし彫りが施された窓枠。立派な家具類は黒檀《こくたん》だろうか、ほのかに漂う上品な香の香りの中、今日は風が強いせいか、窓を閉め切っていても漏れ入る風で、部屋に置かれた行灯《あんどん》の明かりが時折かすかに揺らめく。それとともに、髪に被っている紅色の薄布もふわりと揺れて、翠蓮《スイレン》の気持ちを落ち着かなくさせる。

室内には入ってきたところとは別の扉もある。天井から垂らした紗《しゃ》の布と衝立で区切られてよく見えない部屋の奥は、おそらく寝所だろう。建物の大きさから見ても、この宮にはもう何間か続き部屋があるようだ。

衝立には広大な湖と水面に浮かんだ睡蓮《すいれん》の花の絵が描かれていて、ふともう二度と見ることはないかもしれない故郷の村を思った。

見るともなく部屋の中をぼんやり眺めていると、ふと、障子《しょうじ》越しに小走りでこちらに向かってくる人影に気づく。

「――皇帝陛下のおなりです」

扉の向こうから聞こえてきた先触れの声に、翠蓮《スイレン》の背中に冷たいものが走る。

まだ短剣は懐の中にある――しかも、よりによって、婚礼衣装の懐に。

途中でこれを処分できなかった自分を深く悔い、絶望の中で身を硬くしていると、扉を開けに出た宮女が、先触れの者となにかひそひそと話しながら部屋の外に出ていく。静かに扉が閉まった瞬間に、翠蓮《スイレン》はハッとした。

この瞬間、自分は室内に一人だ。先触れが皇帝の訪れよりどれだけ早く来たのかはわからないけれど、いまなら懐剣を隠すことができる。

急いで襦裙《きもの》の懐から金色に輝く小振りな剣を取り出すと、さきほどから目をつけていた、すぐそばの壁際に置かれた簞笥《たんす》に飛びついた。簞笥は、漆塗《うるしぬ》りに螺鈿細工《らでんざいく》が施された腰ほどの高さのもので、この中にならきっと押し込めるだけの余地があるだろう。ともかく短剣をこの中にいったん隠し、あとのことは皇帝が帰ってから考えるしかないと、焦って観音扉《かんのんとびら》を開けようとする。

「……っ⁉」

しかし、引くと抵抗があり、鍵がかけられているのだとわかった。ならばと、急いでその隣にある脚付きの唐櫃《とうひつ》の蓋《ふた》が開かないか試してみようとしたときには、もう遅かった。

通路のほうからわずかに衣擦《きぬず》れの音がする。すぐそこまで皇帝が来ているのだ。慌《あわ》ててもう一度自分の懐に短剣を押し込もうとしたが、それより前に、スッと扉が開いた。間に合わず、とっさに袖《そで》で膝《ひざ》の上の短剣を覆い隠す。

すると、先に一人、護衛らしき落ち着いた色の袍《ほう》を着た男が室内に入ってきて、扉の脇で静かに片方の膝を突く。

続けて入ってきた人物と目が合った瞬間、翠蓮《スイレン》は息を呑んだ。

入り口に現れたのは長身の男だ。

深紅の領《えり》に、襟元と裾に金糸で模様が縫い込まれた黒い襦裙《きもの》を纏い、金織物の帯を締めている。帯から下げた玉佩《ぎょくはい》には翠蓮《スイレン》の耳飾りと同じ鮮やかな血の色をした紅玉《こうぎょく》がついていて、後ろで一つに結んだ長く艶のある黒髪には金細工の髪飾りが煌《きらめ》く。

くっきりとした涼やかな目鼻立ちをした秀麗な相貌は、翠蓮《スイレン》がこれまでに見てきたどの男よりも美しい。白氏《ハクし》の者は皆綺麗だと褒め称えられてきたけれど、目の前の男から感じるのは、線の細い身内たちの繊細さとはまったく異なる、強さと圧倒的な迫力を感じさせる美だ。黒曜石《こくようせき》のような彼の目と視線がぶつかると、金縛りに遭《あ》ったかのように翠蓮《スイレン》はなにも言葉が出なくなった。

端正な美貌を誇る皇帝を一目見て、最初に感じたのは、若い、ということだった。

玉蓮《ギョクレン》より九歳年上だと聞いていたから、皇帝はいま御年二十七歳のはずだが、帝都に来たこともない翠蓮《スイレン》は、勝手に恰幅《かっぷく》のいい髭《ひげ》を蓄えた強面《こわもて》の風貌の男を想像していた。冷酷で傲慢《ごうまん》な性格に、残虐《ざんぎゃく》な笑みを浮かべている嫌な奴かもしれない、と。

だが黒武帝《こくぶてい》は意外にも、艶のある容貌に上品な雰囲気を纏った、まだ若々しい青年だった。

優美な物腰はどこか優しげですらあり、十三年前に翠蓮《スイレン》の両親を殺して逃げた悪鬼と同一人物とはとても思えない。

「白玉蓮《ハクギョクレン》だな。そなた、なにを持っている？」

魂が抜けたように呆然《ぼうぜん》としている翠蓮《スイレン》を見下ろし、彼が言った。

ハッとして、体中から血の気が引く。驚きのあまり手から力が抜けて、袖で隠したはずの短剣が見えてしまっていたのだ。慌てて再び覆い隠したけれど、もう遅い。

「こ、これは、その……」

室内で跪《ひざまず》いていた護衛が、翠蓮《スイレン》が武器を持っていることに気づいて気色《けしき》ばむ。さっと立ち上がった彼が腰に帯びた剣の柄に手をかけようとするのを「やめよ」と皇帝が止めた。

彼はゆっくりと翠蓮《スイレン》のほうへ足を進める。

もはや逃げることもできず、翠蓮《スイレン》は恐怖に身を竦《すく》めたまま、ガタガタと震える手で、捨て忘れた短剣をぎゅっと握り締める。

彼はわずかも焦る様子を見せず、口元に優美な笑みを浮かべて問いかけてきた。

「短剣か。それは、護身用か？　それとも……まさか、私を殺すためのものか？」

凄絶《せいぜつ》な美貌の男が近づいてくる。

死罪を覚悟しながら、翠蓮《スイレン》はそれをただ呆然と見つめていることしかできなかった。

*

——全ての始まりは、一か月ほど前のことだった。

白氏《ハクし》の一族が暮らす潭沙《たんさ》の村に、突然、帝都の宮城から皇帝の使者だという者がやってきた。

皇帝の使者がこんな田舎の村にいったいなんの用かと皆がざわついていると、夕刻になってから、翠蓮《スイレン》は同い年の従兄弟である玉蓮《ギヨクレン》とともに村長の元に呼ばれた。

「今日来た使者どのは、皇帝陛下からの文を持ってきた」

険《けわ》しい表情で言う壮年の男は、村長の白天祐《ハクテンユウ》だ。彼は玉蓮《ギヨクレン》の父親で、翠蓮《スイレン》の伯父でもある。

「玉蓮《ギヨクレン》。実は、皇帝陛下がお前を妃に迎えたいとおっしゃっているそうだ」

「……は？　皇帝が、僕をですか？」

玉蓮《ギヨクレン》は意味がわからない、という顔でぽかんとしている。

その隣で翠蓮《スイレン》も驚いていたが、実は、皇帝から白氏《ハクし》の若者への求婚自体は、それほど驚くべきことではなかった。

白氏《ハクし》の一族は、その多くが際立って美しい容貌をしていて、なぜか男子ばかりに恵まれる。そしてその男子の半分ほどが、子を孕《はら》めるという珍しい体を持って生まれてくるからだ。

翠蓮《スイレン》と玉蓮《ギヨクレン》の亡き母たちもまた、男の身で彼らを産んだ。

更に、一族の中でも天人のような美貌を誇っていたと言い伝えられる祖父の血を引く翠蓮《スイレン》たちは、艶やかな長髪に濡れたような黒い瞳、雪の如く白い肌で人々の目を惹《ひ》きつける。血の繋《つな》がりを感じさせるよく似た顔立ちながら、翠蓮《スイレン》は目鼻立ちのはっきりとしたきりりとした容貌で、玉蓮《ギヨクレン》はどこか優しげでたおやかな雰囲気の持ち主だ。彼らを含めた白氏《ハクし》の若者は、皆それぞれが周囲の他の村の者から褒め称えられるほどそれぞれが整った顔立ちをしていて、適齢期になると結婚相手にと望む者は多く、引く手あまただ。

とはいえ、帝都には白氏《ハクし》の若者以上に美しく、そのうえ教養も深く、有り余る財産や後ろ盾を持った貴族の娘たちが多くいるだろう。いくら美貌に恵まれているとはいえ、白氏《ハクし》は帝都から離れた自然溢《あふ》れる土地に住まい、主には湖の魚を獲《と》り、畑を耕すことで生計を立てている田舎の平民でしかない。

それなのに、ある理由から、どの皇帝もそんな白氏《ハクシ》の一族出身の若者を、「我が妃に」と望むのだ。

そうして、白氏《ハクシ》は古くから、それぞれの皇帝の代に、ほぼ必ず一人は妃を入宮させてきたという歴史があった。

村長の息子である玉蓮《ギヨクレン》も、一緒に育った翠蓮《スイレン》も、もちろんその事実を知っている。だから、二人が理解不可能な表情になったのは、別の理由があった。

「父上もご存じでしょう？　僕にはもう、浩洋《コウヨウ》という恋人がいるんです」

玉蓮《ギヨクレン》の言葉を聞いて、天祐《テンユウ》は苦虫を噛《か》み潰《つぶ》したような顔になった。

「あの軽薄な商人の男か。正式に婚約しているわけではなし、そもそも、私はそいつとの交際自体認めた覚えはない。今回の縁談にはなんの関係もないだろう」

「関係は大ありです！　ぜったいに嫌ですから！　将来を考えている人がいるのに、他の男に嫁げだなんて……しかも、よりによって相手があの黒武帝《こくぶてい》だなんて」

必死で言う玉蓮《ギヨクレン》の言葉を天祐《テンユウ》は厳しく退けた。

「いいか、玉蓮《ギヨクレン》。反論は許さない。これは父ではなく、一族の長《おさ》としての命令だ」

どうしても黙っていられずに、「で、ですが、伯父上」と翠蓮《スイレン》は思わず口を挟んだ。天祐《テンユウ》がじろりとこちらに向けた視線に身を硬くしながら続ける。

「黒武帝《こくぶてい》には、いい噂《ほうぎよ》を聞きません」

前皇帝が崩御したのは昨年のことだ。それまでの間に皇太子が次々と変わり、結局跡を継いだのは、側室である妃《ひ》が産んだ皇子、哉嵐《セイラン》だった。

汪《オウ》家は、代々強大な権力を駆使して国民を支配してきた一族だ。

しかも、彼らは妖力を持つ特殊な血統を誇り、宝玉の中に閉じ込められた霊獣を自由自在に使役する。更には、帝位についた者は、強大な力を持つ最強の霊獣である龍を呼び寄せる力をも継ぎ、自由に操ることができると言われている。

長い歴史の中で、高等な妖術を操る才能のある術師や、妖魔を使役できる能力を持つ者がたびたび生まれたが、現皇帝の哉嵐《セイラン》は才知にも恵まれ、戦のうえでは歴代屈指の切れ者だという噂だ。

彼は帝位を継いですぐ、宮廷が安定しない頃を狙《ねら》って攻め込んできた隣国二万もの大軍を、知略を巡らせて、たった三千の兵で迎え撃って撃退したそうだ。しかも、歴代皇帝の中でも特に強力な霊獣を操り、歯向かう者には容赦しない冷酷なたちの人物だともっぱらの噂だった。

彼は、腹違いの兄である最初の皇太子が亡くなり、次に位についた皇子も体調に問題があると自ら皇太子位を返上したことで、結果として帝位についた。そんな経緯を辿《たど》って即位したせいか、母親の違う二人の兄を蹴落としたのは、実は彼なのではないかという噂まで聞こえるほどだ。

そんな相手に、わざわざ村の長の息子を差し出すなんて。

「玉蓮《ギョクレン》がこんなに嫌がっているのに、入宮を無理強《じ》いするのは」

「――翠蓮《スイレン》」

必死な翠蓮《スイレン》の言葉を、天祐《テンユウ》は名前を呼ぶことでぴしゃりと遮《さえぎ》った。

言葉を呑み込んだ翠蓮《スイレン》と、硬い顔をしている玉蓮《ギョクレン》を交互に眺め、天祐《テンユウ》は言った。

「いま後宮は空《から》で、汪国《おうこく》皇帝にとってこの玉蓮《ギョクレン》が妃として初めてのお召しだ。もし玉蓮《ギョクレン》が気に入られれば、場合によっては正妃になる可能性もある。だが、逆に……理由もなく断ったりなどしたら、皇帝の不興を買うことは間違いないだろう。たとえ我が一族には神龍の加護があるのだとしても、確固たる後ろ盾ではない。下手を打てば、一族郎党にまで危害が及ばないとも限らないんだ……それでもお前は、玉蓮《ギョクレン》だけが望む相手と結婚できればいいと本気で思っているのか？　それで、本当に幸せになれるとでも？」

懇々《こんこん》と説明されて、思わず翠蓮《スイレン》は黙り込むしかなかった。

確かに、難しい話だった。皇帝からのお召しを蹴ったことで一族が滅亡の危機に陥れば、玉蓮《ギョクレン》だってのんきに恋人との結婚を進めるどころではなくなるだろう。

天祐《テンユウ》の意見を重く受け止めるのは、幼い頃に起きたある事件の際、翠蓮《スイレン》が両親を同時に亡《うしな》っていて、彼が親代わりであるせいもあった。

その後、翠蓮《スイレン》は伯父である天祐《テンユウ》の元に引き取られて、従兄弟の玉蓮《ギョクレン》と一緒に育ててもらった。天祐《テンユウ》も病で早くに妻を亡くしているため、三人で家族として暮らす中、翠蓮《スイレン》は二人にこれまでずいぶんと世話になってきた。実際には同い年の従兄弟同士だが、玉蓮《ギョクレン》は翠蓮《スイレン》を弟扱いしてあれこれと面倒を見てくれた。翠蓮《スイレン》にとっては実の兄のような存在だ。だから彼の味方になりたい気持ちは山々なのだけれど、一族の長である伯父の立場も痛いくらいに理解できて、正直、なんとも悩ましい。

翠蓮《スイレン》が困り切って言葉に詰まると、天祐《テンユウ》がやや穏やかな顔つきになって玉蓮《ギョクレン》のほうを向いた。

「皇帝は一日でも早くお前が入宮することをお望みだそうだ。今日来た使者は婚礼の仲人《なこうど》で、皇帝からの贈り物を持ってきた。当然、こちらは受け取るしかない」

――つまり、結婚における六礼《りくれい》のうちの一つ目、納采《のうさい》はすでに済んでいる。もう皇帝からの婚約の打診は、受け入れてしまったということだ。

そこまで言うと、天祐《テンユウ》は愕然としている息子を哀れむように見つめた。

「側室として上から三番目の身分である妃として召し上げてくださるというから、貴族でもない我が一族から嫁ぐことを考えると、かなりの好待遇といっていい。……玉蓮《ギヨクレン》、すまないが、この結婚は受けるか受けないかを選べる類のものではない。その辺りの貴族からの求婚とはわけが違う。皇帝がお望みだというなら、それはすでに決定なんだ」

「父上、そんな……」

玉蓮《ギヨクレン》が絶望したような声を漏らすのを、聞こえなかったように天祐《テンユウ》は続ける。

「使者どのは婚礼衣装用の絹地もお持ちくださった。明日にでも帝都から腕のいい仕立て屋を呼び寄せなくては。急がせれば、どうにか今月のうちにはすべての準備が整うだろう」

「お待ちください、父上!」

「話はこれで終わりだ。明日、仕立て屋が来たら必ず応対するように」

「こ、こんなの……酷《むな》すぎます!!」

必死な玉蓮《ギヨクレン》の訴えも虚しく、呆然とする翠蓮《スイレン》たちを置いて、天祐《テンユウ》は奥の部屋に行ってしまった。


「あ、それ、僕が持っていくよ」

台所に顔を出した翠蓮《スイレン》は、そう言うと、飯炊きの使用人が運ぼうとしていた一人分の夕食が載った盆を受け取った。

天祐《テンユウ》との話し合いのあと、当然、納得などできなかったのだろう、玉蓮《ギヨクレン》は夕食ができても部屋から出てこなかった。空《あ》いた息子の席を見ても、天祐《テンユウ》は顔をしかめただけで無言だった。これ以上波風を立てないよう、黙って食事を終えたあと、使用人から受け取った盆を手に、翠蓮《スイレン》は玉蓮《ギヨクレン》の部屋に向かった。

「玉蓮《ギヨクレン》、夕食を持ってきたよ」

扉をコンコンと軽く叩いてから、勝手にがらりと開ける。どうやらふて寝をしていたようで、玉蓮《ギヨクレン》は牀榻《しんだい》にうつぶせになったままだ。

「あーあ、食べないの？　今日はお前の好きな鯰《なまず》なのに。いらないなら僕が食べるけど」

翠蓮《スイレン》がそう言うと、玉蓮《ギヨクレン》はむくりと起き上がった。今日の夕食は鯰を蒸してほぐしたものと、白飯、それに汁物と漬物だ。部屋から出てこない玉蓮《ギヨクレン》のために、翠蓮《スイレン》がこっそり使用人に頼んで彼の好物を作ってもらった。

玉蓮《ギヨクレン》はまだ不満げな顔をしているが、昼からなにも食べていないはずだし、意地を張ってはいても空腹だったのだろう。卓の上に置かれた夕食を見ると、小さな声で「ありがと」と言い、箸《はし》を取る。

ホッとしながら翠蓮《スイレン》は彼の隣に腰を下ろすと、勝手知ったる部屋の中で棚から二つ湯呑を取り出し、盆の上に載せてきた急須《きゆうす》から二人分の茶を注いだ。一つを玉蓮《ギヨクレン》のそばに置き、もう一つの湯呑を取り上げて飲もうとしたときだ。箸を動かしながら、ふいに玉蓮《ギヨクレン》がぼそりと呟《つぶや》いた。

「僕……浩洋《コウヨウ》と駆け落ちしようかな」

驚きのあまり、翠蓮《スイレン》は思わずお茶を噴き出しそうになった。

「え……えええっ!?　な、なにを言うんだよ、玉蓮《ギヨクレン》、そんなのやめてよ！」

「だって、父上は横暴すぎだ。浩洋《コウヨウ》とはまともに会ってもくれないくせに、皇帝には僕の意思を無視して嫁げ、だなんて。……うん、もう決めた。僕、浩洋《コウヨウ》がいいと言ってくれたら駆け落ちして、彼と一緒に住む！　もう村には戻らないから」

決意すると食欲が湧《わ》いたのか、玉蓮《ギヨクレン》はやけになったようにもりもりと白飯を箸で口の中にかき込んだ。

「ちょっと、落ち着いてってば、そもそも駆け落ちなんかして、これから先、どうやって暮らしていくつもりなんだ？」

翠蓮《スイレン》がそう訊《たず》ねると、玉蓮《ギヨクレン》は「そんなのまだわからない。浩洋《コウヨウ》はずっと一緒にいたいって言ってくれてるけど、結婚するなら自分の店を持ってからとも言ってたし……ただ、もう父上とは暮らしたくない」と言ってむくれている。

どうやら本気で計画しているわけではなさそうだとホッとして、翠蓮《スイレン》は言葉を選びながら口を開いた。

「皇帝との縁談については、とりあえず横に置いておくとして、浩洋《コウヨウ》とはまだ付き合って一年足らずだろ？　結婚は一生のことだ。もっと時間をかけてよく考えたほうがいいよ」

そう言うと、玉蓮《ギヨクレン》は箸を置き、くるりと翠蓮《スイレン》のほうに体を向けた。

「……翠蓮《スイレン》も、僕と浩洋《コウヨウ》とのことを反対してる？　僕は、彼よりもあの皇帝に嫁ぐべきだと思ってるの？」

「それは……」

真剣な縋《すが》るような目をして問われて、翠蓮《スイレン》は内心で悩んだ。

李浩洋《リコウヨウ》は近くの街に住む若者で、日々、村の湖で獲れた魚を買い上げに来ては、街の店で売りさばく商人のうちの一人だ。翠蓮《スイレン》たちより少し年上のなかなか整った顔立ちをした青年なのだが、ともかく口がうまくて軽い。誘われた者は村でも数知れず、そのせいで翠蓮《スイレン》は彼に好感を抱いてはいない。

だが、村長の一人息子として周囲から大事に扱われてきた純真な玉蓮《ギョクレン》は、あっという間に浩洋《コウヨウ》に惚《ほ》れ込み、忠告するひまもなく付き合いを始めてしまった。

しかも、駆け落ちまで思い詰めている玉蓮《ギョクレン》とは裏腹に、浩洋《コウヨウ》は街でも同じように浮ついた態度をとっていると聞く。

かといって、皇帝のほうはといえば、実はずいぶん前から恐ろしい噂が囁《ささや》かれている人物なのだ。

もう十数年も前のことだ。家来たちを引き連れた皇子《みこ》時代の帝は、騎馬で白氏《ハクし》の近くの村に乗り込んできて、なにかを探し回った。しかし、彼の身分を知らずに乱行《らんぎょう》を注意してきた夫婦に腹を立て、二人を斬り捨てたうえ、止めようとした者たちにも大怪我をさせて、村中を好き放題荒らしてから去っていったそうだ。

当時、運悪く、旧知の友人の家を訪ねて偶然その村を訪れていた夫婦こそが、まさに翠蓮《スイレン》の両親だった。

しかし、皇帝の息子である皇子の悪行を咎《とが》めることができる者など誰もおらず、両親が友人とともに無残に斬り捨てられても、まだ子供だった翠蓮《スイレン》はただ泣き寝入りするしかなかった。後始末に訪れた宮城の兵士たちが、それなりの額の詫《わ》びの銀子《ぎんす》を置いていき、伯父は苦々しくもそれを翠蓮《スイレン》のために受け取った。その事件以来、この辺りでは彼は恐れられつつも忌《い》み嫌われる存在となり、即位したあとも現皇帝の名をいい意味で口に出す者はいないほどだった。

そのことを考えれば、よく図々しくも白氏《ハクし》の妃をと要求できたものだと思うけれど、彼が荒らしたのは潭沙《たんさ》とは別の村だ。おそらく皇帝は、自分が殺した夫婦が、まさか白氏《ハクし》の者だとは知らないのだろう。

皇帝が親の仇《かたき》である翠蓮《スイレン》はもちろんのこと、玉蓮《ギヨクレン》にとっても殺されたのは叔父夫婦で、決して無関係な立場ではない。そのことを考えると、浮気な浩洋《コウヨウ》より皇帝がましな人間だとは到底言い切れなかった。

——正直に言えば、玉蓮《ギヨクレン》にはどちらでもなく、別の相手と幸せになってもらいたい。

(余計なお世話かもしれないけど……)

悶々と悩みながら、翠蓮《スイレン》は「その……正直、僕も……玉蓮《ギヨクレン》には、浩洋《コウヨウ》よりもっといい相手がいる気がするよ」とだけ伝えた。玉蓮《ギヨクレン》は少し我儘《わがまま》なところはあるものの、美しい顔立ちをしていて優しさも持ち合わせている。きっとどこかに、もっと彼にぴったりと合う相手がいるはずだ。

「とりあえず、皇帝の求婚は『体調が優れず』とか怒りを買わないように辞退して、浩洋《コウヨウ》とのことは、もっとゆっくり、時間をかけてまた考えたら——」

必死に考えて言ってみたが、翠蓮《スイレン》の提案は彼の望むものではなかったようだ。

「ゆっくり待ってたら、浩洋《コウヨウ》は他の人と結婚しちゃうよ。……翠蓮《スイレン》だけは、僕の味方をしてくれると思ってたのに」

玉蓮《ギヨクレン》は苦い顔で言う。胸が痛んだが、いまだけ味方になって、玉蓮《ギヨクレン》が将来苦しむとしたらもっと辛い。

「玉蓮《ギヨクレン》、あのさ」

「もういいよ。食べ終わったら、寝るから。夕飯持ってきてくれてありがとう、おやすみ」

暗に出ていけと言われ、翠蓮《スイレン》はもうなにも言えず、すごすごと彼の部屋を出るしかなかった。

「はぁぁ……」

一つ部屋を挟んだ隣にある自分の部屋に戻るなり、深いため息を吐《つ》く。そのまま、窓際に据えられた楡《にれ》の牀榻《しんだい》にごろりと横になった。

広さや造りはほぼ同じだが、あれこれと本や飾り物を置いてある玉蓮《ギョクレン》の部屋と比べると、翠蓮《スイレン》の部屋は物が少ない。天祐《テンユウ》は厳しい人だけれど、息子と甥の翠蓮《スイレン》とを分け隔てなく扱い、小遣いも与える物もいつでも平等にしてくれた。翠蓮《スイレン》ももちろんここが自分の家だと思っているが、やはり、世話になっている身であることは頭のどこかにいつもある。玉蓮《ギョクレン》のように思いきり天祐《テンユウ》になにかを言うことはできないし、将来的には育ててもらった恩を返さねばと思っている。そのため、働いてもらった銀子もできる限り使わずにせっせと貯めていた。

家族である伯父と玉蓮《ギョクレン》が仲違いするのは悲しいし、板挟みの状態で辛くもある。玉蓮《ギョクレン》を嫌な相手に嫁がせるのは可哀想だが、かといって浩洋《コウヨウ》とのことも賛成し難い。どうにかして、すべてが丸く収まる方法はないかと、横になったまま翠蓮《スイレン》は頭を悩ませる。

(明日になったら、玉蓮《ギョクレン》も少しは冷静になるだろうし……そのあとで、もう一度伯父上と落ち着いて話し合ってくれたらいいんだけど……)

そう願いながら眠りについたが、玉蓮《ギョクレン》にはそんなつもりはさらさらなかったらしい。

予想外の方向に事態が大きく動き始めたのは、翌日のことだった。

白氏《ハクし》の村の朝は薄暗いうちに始まる。

日が昇る前から村の者たちは広大な清閑湖《せいかんこ》に大小の船を出し、網を張ったり釣竿《つりざお》を垂らしたりとあちこちで漁を始めている。村で暮らす十代から三十代くらいまでの若者は、半分ほどが漁に出て、残りの半分が耕作に赴き、皆が村のために働く。更に年上の者から年寄りたちは、皆を監督する側に回る。年寄りたちは子供の世話をし、様々に教え導いたりして、すべての者が助け合って暮らしている。

青く澄んだ水を湛《たた》えた湖にはたくさんの魚が住んでいて、翠蓮《スイレン》たちは幼い頃から清閑湖《せいかんこ》とともに暮らしてきた。一族がこの世に生を受けたときの沐浴《もくよく》の湯も、天に召されるときの死に水も、この湖の水だ。

白氏《ハクし》の者は海での漁とは異なる特別な方法で魚を追い込む。

一族に古くから伝わる歌を彼らが歌うと、魚たちは勝手に網へと集まってくるのだ。

初めて見た者は、まるで魚たちを操るような不思議なその光景に驚く。稀《まれ》に、大きな魚は歌に歯向かって言うことを聞かない場合もある。そんなときは、村の中でも抜群に泳ぎが得意な翠蓮《スイレン》と玉蓮《ギヨクレン》が銛《もり》を手に素潜りをして、水底に隠れた魚を獲ってくる。息の合う二人が協力して潜り、大物を仕留めて舟に上がると、一緒に潜った他の仲間たちからは「お前らはぱっと見ると似てるから、まるで双子の人魚みたいだな」と笑われたりもする。

しかし、玉蓮《ギヨクレン》は最近、将来を見据えてか、村の管理を担う天祐《テンユウ》の仕事を手伝わされていることが多く、今日も漁には出てこず、姿が見当たらなかった。昨日の今日で、二人がまた喧嘩をしていないかとやや不安になったものの、彼らはもう一度話し合いをする必要がある。もし揉めていたら、そのときは自分が仲裁せねばならない。

（舟を降りたら、ともかく玉蓮《ギヨクレン》の様子を見に行こう……）

そう考えながら、皆が今日の仕事をおおかた終え、魚を仕分ける頃になると、魚を買う商人たちがぽつぽつと荷馬車に乗ってやってきた。しかし、その中に、なぜかいつもいるはずの浩洋《コウヨウ》の姿がない。

「あれ、浩洋《コウヨウ》は？」

不思議に思って翠蓮《スイレン》が訊ねると、顔見知りの商人の男が、魚を吟味《ぎんみ》しながら「あいつはなんか用があるから今日は来ないって」と答える。伝言があるなら伝えるが、と言われ、「いや、いい、ありがとう」と答えながら、胸騒ぎを感じた。

商人たちに魚を売り終え、翠蓮《スイレン》は急いで屋敷に戻る。天祐《テンユウ》は役人に呼ばれて街へと出かけていたが、玉蓮《ギヨクレン》の姿がない。部屋にも庭にも見当たらず、翠蓮《スイレン》は青くなった。荷物が消えているような様子はないが、わからないように慎重に荷造りをした可能性もある。

（もしかしたら、浩洋《コウヨウ》のところに行ったのかも——）

「ね、ねえ、玉蓮《ギヨクレン》を見なかった？」

急いで使用人に訊《き》いたが、台所にいる下働きの者も部屋を掃除していた者も、知らないと首を横に振る。今日の午後には天祐《テンユウ》が帝都から呼んだ仕立て屋が来てしまう。一、二時間ならなんとかして誤魔化せるかもしれないが、もし本当に駆け落ちを決行していたりしたら大変だ。

玉蓮《ギヨクレン》が最終的に誰と結婚するにしても、天祐《テンユウ》が皇帝との縁談を受けてしまった状態のまま駆け落ちをしたことがばれれば、それこそ最悪な事態に陥ってしまう。

翠蓮《スイレン》が慌てて馬を出そうとしたときだ。帰っていく商人たちと入れ違いで、見慣れた荷馬車が村に入ってきた。御者席で手綱《たづな》を握っているのは浩洋《コウヨウ》で、その隣には浮かない顔の玉蓮《ギヨクレン》が座っている。

やはり、玉蓮《ギヨクレン》はすでに駆け落ちするつもりで、勢い込んで浩洋《コウヨウ》のところに押しかけたのだろう。浩《コウ》洋《ヨウ》が説得して連れ戻してくれたのかはわからないが、翠蓮《スイレン》はともかくホッとした。

「玉蓮《ギヨクレン》！　よかった、姿が見当たらないから、いま探しに行こうとしてたんだよ」

停まった荷馬車に駆け寄ると、降りてきた玉蓮《ギヨクレン》がぼそぼそと言った。

「浩洋《コウヨウ》と話したくてちょっと出かけてきただけ。父上には気づかれてないはずだよ、仕立て屋はまだでしょう？」

それだけ言うと、彼は一瞬浩洋《コウヨウ》のほうを振り返り、すぐに家の中に引っ込んでしまう。彼を追おうとした翠蓮《スイレン》の背中に「ちょっと待ってくれ」と浩洋《コウヨウ》が声をかけてきた。

「なに？」

玉蓮《ギヨクレン》のことが気になったが、無視するわけにもいかずに振り返る。

「玉蓮《ギヨクレン》から事情は聞いたよ。皇帝からお召しが来るなんて、えらいことになったな。その件で、ちょっとお前に話したいことがあるんだ」

（話したいこと……？）

怪訝《けげん》に思って首を傾《かし》げる翠蓮《スイレン》に、浩洋《コウヨウ》がニヤリと笑う。

その顔に、嫌な予感がよぎった。


何事もなく帰ってきた玉蓮《ギヨクレン》は、大人しく仕立て屋の来訪を受け入れ、体の寸法を測らせて、婚礼衣装のための模様を選んだ。屋敷の広間には鮮やかな赤に染められた絹の布地が並べられ、いま帝都の花嫁に人気だという凝った刺繍の図案が広げられた。婚礼衣装には金刺繍が施される習わしがあり、汪国《おうこく》の守り神は龍なので、皇帝の妃の衣装にも豪華な龍の刺繍が入る。

「翠蓮《スイレン》も一緒に選んで」と言われ、翠蓮《スイレン》は玉蓮《ギョクレン》のそばに寄って求められるまま意見を口にする。必要なことを決め終えて仕立て屋が帰っていくと、玉蓮《ギョクレン》が気遣うような顔で訊ねてきた。

「なんだかぼんやりしてるけど、疲れてる？　それとも……もしかして、勝手に出かけて僕が心配かけたから？」

「いや……ちょっと考え事してただけ。でも、もう無言でいなくなるのはやめてね」

　真面目な顔になり、翠蓮《スイレン》は言う。

「玉蓮《ギョクレン》が無事に帰ってきてくれて、本当によかったよ」

すると、少し複雑そうに笑い、玉蓮《ギョクレン》はこくりと頷《うなず》く。詫びのためか、とっておきの菓子を出し、わざわざ翠蓮《スイレン》のために茶まで淹《い》れてくれた。

　漁に出る若者は朝が早いため、日中に休憩をとる。茶を飲み終わると「少し休むから」と言って玉《ギョク》蓮《レン》と別れ、翠蓮《スイレン》は自分の部屋に戻る。扉を閉じるなり、その場にしゃがみ込んだ。

動揺を玉蓮《ギョクレン》に気づかれそうになったのには肝が冷えたが、彼は自分が浩洋《コウヨウ》になにを話しに行ったのか、どうして大人しく戻ってきたのかなどと翠蓮《スイレン》が訊かないことについては不思議に思わなかったようだ。玉蓮《ギョクレン》がややおっとりで助かった、と翠蓮《スイレン》は安堵《あんど》した。

　さきほど玉蓮《ギョクレン》を送ってきた浩洋《コウヨウ》から言われた話を思い出す。

　やはり、彼が持ちかけてきた話は予想外で――しかも翠蓮《スイレン》にとっていい話ではなかった。

　村の者に聞かれないようにと屋敷の陰に翠蓮《スイレン》を連れていくと、彼は話し始めた。

『玉蓮《ギョクレン》は、皇帝の妃になるのはどうしても嫌だそうだ。いますぐに俺のところに嫁に来たいとせがまれたけど、俺の両親は自分の店を持ってからじゃないと結婚は許さない。かといって、俺が白氏《ハクし》に婿入りすることは村長がぜったいに認めないだろう』

『……僕には、伯父上を説得することはできないよ』

翠蓮《スイレン》が顔を強張らせて言うと、浩洋《コウヨウ》はニッと笑って『説得しなくていい。すごくいい方法を思いついたんだ』と言った。

（どうしたらいいんだろう……）

浩洋《コウヨウ》に持ちかけられた無謀な話を思い返しながら、翠蓮《スイレン》はぐるぐると頭の中で悩み続けていた。

彼の提案は普通に考えれば思いつきもしないような、突拍子もない方法だった。

浩洋《コウヨウ》は『密かに玉蓮《ギョクレン》の身代わりになって、お前が皇帝の元に嫁げばいい』――と言い出したのだ。

驚く翠蓮《スイレン》に、彼は説明した。

『すべてが丸く収まる方法だ。玉蓮《ギョクレン》は俺のことが好きだから皇帝には嫁ぎたくない。一方、お前には恋人がいないだろ？　そんなお前たちは年も同じ、両親がどちらも兄弟同士で背格好も雰囲気もよく似てる。嫁ぐときだって、濃い化粧をして輿入《こしい》れの当日に入れ替われば……ぜったい誰にもばれやしないよ』

浩洋《コウヨウ》は自信満々に言う。だが、おかしく思われないはずがない。それでは村に残っているはずの翠《スイ》蓮《レン》はおらず、嫁いだはずの玉蓮《ギョクレン》が残ることになってしまう。そう追及すると、浩洋《コウヨウ》は計画を話した。

『皇帝は結婚前の六礼の一つに際して、事前に妃の実家にたっぷりと支度金を寄越すはずだ。それを持って、玉蓮《ギョクレン》が『翠蓮《スイレン》』として俺の元に来ればいい。俺はその銀子で自分の店を開き、あいつと一緒になることができる。つまり、玉蓮《ギョクレン》は『翠蓮《スイレン》』として俺に嫁ぎ、お前は『玉蓮《ギョクレン》』として皇帝に嫁ぐってわけだ』

皇帝に玉蓮《ギョクレン》を奪われた俺をお前が慰めて、押しかけ婚した、ってことにすれば皆納得するさ、と浩《コウ》洋《ヨウ》は言い張る。翠蓮《スイレン》ではなく、玉蓮《ギョクレン》を娶ったことは周囲の人々には決してばれてはならないから、玉《ギョク》蓮《レン》は外には出られなくなる。それでも、彼は浩洋《コウヨウ》と結婚さえできればどんな不自由な暮らしでも構わないと言っているそうだ。

郊外に家を買い、玉蓮《ギョクレン》たちの顔を知らない使用人を雇う。極力家から出ないようにして暮らせば、そこにいるのが皇帝に嫁いだはずの玉蓮《ギョクレン》であることは誤魔化せると浩洋《コウヨウ》は自信満々に言う。

『どうだ？　いい考えだろう？　しかも、皇帝との縁談は、お前にとってまたとない好機でもある』

『……好機って？』

わけがわからずにいる翠蓮《スイレン》の耳元で、浩洋《コウヨウ》は声を潜めて言った。

『わかってるだろう？　両親の仇を打ちたくないのか？　――復讐するんだよ、黒武帝《こくぶてい》に』

そそのかしてくる浩洋《コウヨウ》の声が、翠蓮《スイレン》の鼓膜にこびりついたみたいに繰り返し響いている。

もちろん、両親を殺した相手は憎いし、幼い日に亡くした二人は恋しい。もし無事に返してもらえるなら、どんな方法であっても翠蓮《スイレン》はやっただろう。

けれど、どうしたって両親はもう帰ってこない。だから、復讐など考えたことはなかった。

確かに、犯人は皇子時代の現皇帝だといわれているが、翠蓮《スイレン》は自分の目でその現場を見たわけではない。

当時、まだ五歳だった翠蓮《スイレン》は近くの家に預けられていて、騒ぎに気づいた家の者とともに駆けつけたときには、両親はどちらもすでに血塗れで事切れていた。騒然とする中、呆然としている翠蓮《スイレン》に皇子らしき人物が謝罪しているところを見たという話、そして、別の者からは、その皇子が家来を従えて去っていく現場を目撃したという証言もあった。

とはいえ、そもそも帝都郊外の村には宮城に住まう皇子の顔を知っている者など皆無で、証拠もない。あれからもう十三年ものときが経っている。平民の夫婦を殺したことなど、皇帝自身、もう忘れているかもしれない。後日、翠蓮《スイレン》宛ての高額な見舞金が届けられたが、使者が主人の名を名乗らずに置いていったため、宮城に住む誰かからということだけしかわからなかった。

「……もし、僕が復讐を企《くわだ》てたりすれば、潭沙《たんさ》は村ごと潰されてしまうよ」

「復讐を済ませてすぐに自害すればいい。そうすれば、村までお咎めなんて来ないさ」

予想外の浩洋《コウヨウ》の言葉に、翠蓮《スイレン》は面食らう。

皇帝の命を狙うなど、自分の命一つで贖《あがな》えるはずはない大罪だ。

「そんなにうまくいきっこない」と、翠蓮《スイレン》が計画に同意せずにいると、浩洋《コウヨウ》は呆《あき》れた顔を見せた。

「まさか両親の仇を見逃すつもりか？　あーあ、親不孝な奴だ。無残に殺された両親が墓場で泣いてるぞ？」

痛いところを突かれて、翠蓮《スイレン》は黙り込む。彼は更に驚くべき話を持ち出してきた。

「まあいい、ともかく身代わり花嫁のほうだけは譲れない。もし玉蓮《ギヨクレン》を嫁がせたりしたら、おそらくあいつの命はそう長くはないぞ」

「ど、どういうこと？」

急いで問い質《ただ》すと、どの皇帝の時代にも白氏《ハクし》からは妃を差し出しているが、後宮に入って何年も経たないうちに、様々な理由で白氏《ハクし》の側室は必ず命を落としているというのだ。

皇帝の妃は気苦労のためかそもそも長生きしない者が多いけれど、あまりにも早世すぎる。

衝撃的な話に翠蓮《スイレン》は愕然としたが、浩洋《コウヨウ》は平然と続けた。「もし疑うのなら、村長に訊いてみろ、天祐《テンユウ》さまは必ずこれまで嫁いだ白氏《ハクし》の妃たちの行く末を知っているはずだから」と。

(……伯父上は、本当に入宮した妃のその後を知っていて、玉蓮《ギョクレン》を嫁がせようとしているのか……)

気がかりでたまらず、翠蓮《スイレン》はその翌日、玉蓮《ギョクレン》がいないときを見計らって天祐《テンユウ》にそのことを訊ねてみた。

すると、「いったい誰から聞いた?」と、天祐《テンユウ》は苦い顔になった。

否定も肯定もしなかったが、答えを聞かずともそれが事実なのだとわかり、翠蓮《スイレン》は背筋が冷たくなった。

だが、天祐《テンユウ》が一人息子を大切に思っていないわけはない。玉蓮《ギョクレン》とともに彼に育てられてきた翠蓮《スイレン》には、なんとなく伯父の考えがわかった気がした。おそらく実直なたちの天祐《テンユウ》のことだから、浮ついた商人とのことをなし崩しに認めて、結果的に玉蓮《ギョクレン》が不幸になるよりは、皇帝の妃となり、たとえ短命であったとしても栄華の中で一生を終えるほうが息子にとって幸せなはずだと考えているのではないか。

もし、玉蓮《ギョクレン》を嫁がせれば彼が早死にし、代わりに嫁げば、自分が早々に命を落とす。

――入宮すれば遠からず死が待ち受けているという、悲運な花嫁の身代わり。

翌日から、悶々とした重たい悩みの中にいる翠蓮《スイレン》に対し、玉蓮《ギョクレン》のほうはどこか吹っ切れた顔をして、従順に結婚準備を進め始めた。浩洋《コウヨウ》とどう話し合ったのかとこっそり訊ねてみると『俺がなんとかするから、ともかくお前は大人しくして、周囲には皇帝に嫁ぐ気になったんだと思わせていてほしい』と言われたらしい。

うまく玉蓮《ギョクレン》を落ち着かせた浩洋《コウヨウ》の意外な狡猾《こうかつ》さに、翠蓮《スイレン》は舌を巻いた。

翠蓮《スイレン》は、ただ玉蓮《ギョクレン》を守りたかった。彼が最も幸せになれる相手に嫁いでもらいたいが、二人の男はどちらも別の問題を抱えている。

誰よりも親しい玉蓮《ギョクレン》にも言えないとなると、翠蓮《スイレン》には他に相談できるような相手はいない。

「――蓮、翠蓮《スイレン》、おい、網を引け！」

仕事の合間に、舟の上で一瞬考え事をしてしまったらしい。一緒に漁をしていた仲間の鋭い声にハッとして我に返り、翠蓮《スイレン》は手にしていた網を慌てて引く。重たい網を舟の上にどうにか引き上げると、網の中には多くの魚がかかっていて、今日も大漁だった。湖畔に舟を着け、その場でざっと魚をより分け、一番大きな魚をいつものように神龍へのお供え物にするためにとっておく。

「なあ、なにぼんやりしてたんだ？　もしかして、玉蓮《ギョクレン》が嫁に行くから寂しくなったのか？」

仲間の湘雲《ショウウン》が気遣うように訊ねてくる。

湘雲《ショウウン》は村長の血縁である玉蓮《ギョクレン》と翠蓮《スイレン》に次いで、皆を纏める役割を果たしている。敏《さと》い彼の言葉に、手を動かしながら翠蓮《スイレン》は答えた。

「そういうわけじゃないよ。昨日いろいろ考えてたら、あまり眠れなかっただけ」

玉蓮《ギョクレン》に皇帝のお召しが来てから七日が経つが、浩洋《コウヨウ》は、翠蓮《スイレン》を身代わりにさせようと譲らない。

「お前は両親を亡くしたあと、村長の屋敷に世話になって、玉蓮《ギョクレン》にも助けられたはずだ。あいつは俺と結婚して幸せになりたいと願ってる。恩人の窮地を救わないっていうのか？」

浩洋《コウヨウ》が村に魚の買い付けに来るたびに、しつこくそう説得を繰り返されている。考え中だと誤魔化しているが、翠蓮《スイレン》は自分がどうすべきなのかわからず、疲弊《ひへい》し始めていた。

（そもそも、もし浩洋《コウヨウ》がもっと真面目で、安心して玉蓮《ギョクレン》を任せられるような奴だったら、こんなに悩むことはないのに……！）

玉蓮《ギョクレン》はおそらく、浩洋《コウヨウ》がどうにかしてくれると信じてそわそわしている。それとは裏腹に、日が経つにつれ翠蓮《スイレン》は追い詰められ、深い悩みの中に沈んでいた。

「お前、少し瘦《や》せたんじゃないか？」と言って顔を覗《のぞ》き込んでくる湘雲《ショウウン》は心配そうだが、子供の頃からの仲間である彼にもこればかりは打ち明けることができない。

「気のせいだよ」とぎこちなく笑って返し、翠蓮《スイレン》が黙々と仕事を進めていると、ぽんぽんと湘雲《ショウウン》に肩を叩かれた。

「玉蓮《ギョクレン》のことが心配なのか？　あいつなら大丈夫だ、のんきだがけっこうしっかりしてる。きっとなんだかんだ後宮でも周りに気に入られてうまくやっていくさ。さすがに皇帝のお召しを断るわけにはいかないんだし、なんといっても浩洋《コウヨウ》と一緒になるよりましだろう」

それを聞いて、翠蓮《スイレン》は顔を上げた。

「……湘雲《ショウウン》も、玉蓮《ギョクレン》が浩洋《コウヨウ》と一緒になるのはよくないと思う？」

「そりゃね」と湘雲《ショウウン》は肩を竦める。

「白氏《ハクし》の村長の息子で、あんなに美人に生まれて、しかも、俺たち一族には神龍の加護もある。官吏や貴族からも引く手あまたなのに、なんで見合い話を全部蹴って玉蓮《ギョクレン》があんなのに夢中なのか、俺にはさっぱりわからないなぁ」

困り顔でぼやく湘雲《ショウウン》の言葉に、翠蓮《スイレン》は、激しく同意したくなった。

――神龍の加護。

それは、遥《はる》か昔から一族に言い伝えられている、神龍と白氏《ハクし》にまつわる不思議な逸話《いつわ》だった。
『あるとき、村の清閑湖《せいかんこ》に怪我をした神龍が舞い降りた。神龍は湖の清らかな水で喉《のど》を潤《うるお》し、その水に身を浸して一晩体を休めていった。一宿の礼として、白氏《ハクし》の一族は神龍から特別な祝福を授けられた』――と。

何百年も前の出来事だが、それが実際に起きたことだという証拠として、村の宝物庫には、そのとき神龍が残していった一枚の鱗《うろこ》が大切に保管されている。

大きさは大人の頭ほどもあり、光にかざすと半ば透けて虹色に輝く。しかも、いったい何でできているのか、どんな武器を使ってもヒビすら入れられないほど頑丈なものなのだ。

そして、祝福を授けられたという言い伝えの通り、白氏《ハクし》はこれまでの歴史の中で、どんな凄惨《せいさん》な戦が起きたときも、辺り一帯が甚大《じんだい》な天災に見舞われたときにも、一度も村に被害が及んだことがない。

しかも、戦の加勢に向かった先の村ではすでに戦いが終わっていたり、巨大な湖のほとりに広がる村でありながら、ひどい水の被害が出たりしたことすらもないのだ。災厄はすべて、村の入り口から先には入れず、雷雨までもが村の空を避けていく。

正に、天の神に守られているとしか思えない特別な村なのだ。

更に、神龍が礼として村に残していったものは、その加護だけではなかった。

神龍が帰っていったあと、龍が身を浸した湖の水を飲んだ白氏《ハクし》の青年は、驚いたことに男の身でありながら子を孕めるようになっていた。更に、彼から生まれた子も同じように孕める男であることが多く、長い年月の中で、いつしか白氏《ハクし》の村に生まれる子供はすべてが男となり、その半分ほどが孕める体を持って生まれてくるようになった。

翠蓮《スイレン》や玉蓮《ギョクレン》、その他の多くの若者は細身でやや中性的な雰囲気があり、子を孕める雄《おす》だとすぐにわかる。反対に天祐《テンユウ》や湘雲《ショウウン》などの男らしい体格を持った者は、孕ませる側の雄だと一目瞭然《いちもくりょうぜん》だ。

太古の昔からそういった体を持つ者は時々現れていたようだが、一族の半数ほどもとなると、もはや神龍の起こした奇跡だというほかはない。

ずっと昔、白氏《ハクし》で最初の青年が子を孕んだときには帝都まで伝わるほどの大騒ぎになったそうだ。その子供は眩《まぶ》しいほどの美貌で、幼い頃から賢く、仙人のような知識を持っていたという。特別なその子供が神龍の祝福を受けた子だと誰もが疑わず、長じたあとは時の皇帝に望まれ、白氏《ハクし》最初の妃として迎えられたと史実には残されている。

彼らは雄の体でありながらも雌を孕ませる能力は持たない。一族の存続のためにと皇帝に願い出ると、同性に嫁いだり、または同性の婿を取ったりすることを許されるようになったのだそうだ。

しかし、翠蓮《スイレン》自身は、自分たちに繋がる伝説を、一部疑わしく思っているところがあった。

神龍が祝福を授けたのは、村人にではなく、この湖と村自体になのではないか、という気がするのだ。なぜなら、誰一人として戦では死んだことのない村なのに、翠蓮《スイレン》の両親は無残に殺されてしまった。だが、殺害はこの村の外でだ。早世したという妃たちも、村から出ている。

つまり、加護があるのは村自体であり、この村から出さえしなければ、両親は死なずに済んだのではないだろうか――？

（……父さんと母さんも……これまでの妃たちも、もし、村から出なかったら……）

村への加護は、生まれ育った翠蓮《スイレン》自身がひしひしと肌で感じるほど強力なものだ。湖の水は豊かに満ちて、どんな日照りのときでも涸《か》れることを知らない。神龍かどうかはわからないけれど、なんらかの特別な祝福を受けた村というのは、事実なのだと思う。

手では魚をより分け続けながら、翠蓮《スイレン》は悶々と考え続けていた。

皇帝に嫁いでも、浩洋《コウヨウ》と一緒になったとしても。

どちらにせよ、村の外に出れば、玉蓮《ギョクレン》もまた、神龍の加護から外れてしまうかもしれない。

早くに命を落としたという、これまで皇帝に嫁いだ妃たちと同じように。

「――おい、翠蓮《スイレン》、お前本当に大丈夫か？」

困ったような声に、我に返って顔を上げる。隣で作業していた湘雲《シヨウウン》は、翠蓮《スイレン》をじっと見ると、真面目な顔で言った。

「なあ、ちゃんと飯を食えよ？　玉蓮《ギヨクレン》がいなくなっても、まだ村には俺たちがいるんだからなにも心配いらない。皆、お前のことを気にかけてる。もし、今後天祐《テンユウ》さまと二人暮らしでうまくいかなくなったりしたら、いつでもうちに引っ越してきたらいいしさ」

「湘雲《シヨウウン》」

翠蓮《スイレン》が目を瞬かせていると、舟から降りて網をたたんでいた他の仲間までもが声を上げた。

「あれっ、翠蓮《スイレン》、家出るのか？　来るならうちでもいいぞ！」

「おい、ずるいぞ湘雲《シヨウウン》、抜け駆けするなよ！」

子供の頃からの幼馴染みたちが上げる声に、翠蓮《スイレン》は思わず泣きそうになる。ぐっと堪えて、笑いながら言った。

「ちょっと待ってよ皆、僕はまだ天祐《テンユウ》さまのところ追い出されてないから！」

朝日に輝く湖面を背後に、彼らの明るい笑い声が響く。

いつもと変わらないその様子を見ながら一緒に笑い、翠蓮《スイレン》は心の中で決めた。

やはり、自分が玉蓮《ギョクレン》の身代わりとなって嫁ごう、と。

この村にいさえすれば、玉蓮《ギョクレン》はきっと安全だ。天祐《テンユウ》と衝突するのは気がかりだが、仲間たちは善良だし、きっとなにかあっても湘雲《ショウウン》たちが玉蓮《ギョクレン》を守ってくれる。なによりも自分自身が、嫌がる玉蓮《ギョクレン》を皇帝の元に行かせたくないと思った。

それと同時に、翠蓮《スイレン》に皇帝への復讐をそそのかす浩洋《コウヨウ》への強い疑問が湧いた。

いくら両親の仇であっても、翠蓮《スイレン》は自分の私怨《しえん》のために、多くの仲間の命を危険に晒せない。

もちろん、両親を殺した犯人への憎しみは消えない。だが、たとえ仇を討っても両親は二度と戻ってはこないのだ。それなのに、もし翠蓮《スイレン》が安易な衝動で皇帝を討てば、罪のない百人以上もの白氏《ハクし》の者たちは、皇帝の兵士たちによって皆殺しにされてもおかしくはない。

そもそも、皇帝になんの恨みもないはずの浩洋《コウヨウ》があんなに強く皇帝を害せと脅しまがいに後押ししてくるのも奇妙な話だ。

よくよく考えて見ると、白氏《ハクし》の村が潰されたとしても、彼は村の人間ではないから関係はない。翠《スイ》蓮《レン》をそそのかした証拠だけ残さなければいいのだ。つまり彼は、愛する玉蓮《ギョクレン》さえ救い出せれば、村の者は軍に殺されたところで構わないと思っているのではないか。

(それとも……もしかしたら、浩洋《コウヨウ》は皇帝に恨みのある僕を使って、むしろ邪魔な伯父上を含めた村の人間たちを一掃することを狙っている……?)

そう気づくと、ふいに翠蓮《スイレン》は背筋がぞっとした。毎日平然とした顔で村に出入りする浩洋《コウヨウ》が、逆に恐ろしく思えてきた。

刻々と日々は過ぎ、結婚のための儀式も進んでいく。

黒武帝《こくぶてい》は本当に玉蓮《ギョクレン》の入宮を急がせたいらしく、早々に使者が訪れ、しきたりに則《のっと》って天祐《テンユウ》に贈り物をし、後宮に入宮する日取りも決まった。贅《ぜい》を凝《こ》らした玉蓮《ギョクレン》の婚礼衣装も無事に仕立て上がり、もはや来週に迫った嫁ぐ日を待つばかりだ。

翠蓮《スイレン》は数日間悩み、冷静に考えを纏めたうえで、いつものように村に魚を買い付けに来た浩洋《コウヨウ》に伝えた。

「言われた通り、僕、玉蓮《ギョクレン》の代わりに後宮に入るよ」

すると浩洋《コウヨウ》は「よく決意してくれたな！」と嬉々としてその決意を褒め称えた。

「もう一つのほうは、もう少し、考えさせてほしい」と言うと、彼は頷いた。

「わかった。だが、この機に乗じて復讐を決行すれば、きっとお前の両親も誇りに思うはずだよ。あそうだ、玉蓮《ギョクレン》には俺からお前が代わりに嫁ぐことをちゃんと伝えて説得するからさ、その辺は任せてくれ」

続けて、彼はまだ復讐すべきか悩む振りをする翠蓮《スイレン》に、小声で吹き込んだ。

「それと……暗殺用の武器のほうは、すでに婚礼衣装の帯に隠せそうな短剣を用意してある。そっちは、当日に玉蓮《ギョクレン》と最後の別れをするっていう名目で俺も村に来るつもりだから、そのときこっそり渡すよ。きっとお前は両親の仇を討つと信じてる」

浩洋《コウヨウ》はどうやら本当に本気で自分に暗殺を決行させるつもりなのだ。

村で過ごす最後の夜に、翠蓮《スイレン》は村の皆を集めて話をした。多少の反発はあったが、最善の道はなにかを考えた末に、最終的に翠蓮《スイレン》は決意を固めた。

そして、とうとう結婚のための六礼の最後の一つ、親迎《しんげい》の日がやってきた。

今日は翠蓮《スイレン》――いや『玉蓮《ギヨクレン》』が嫁ぐ日だ。

本来、夫となる者が仲人を伴い、直接妻の屋敷まで迎えに来るものだが、当然皇帝がわざわざ側室を迎えるため遠方の村を訪れるはずもない。宮城からは迎えの馬車が寄越され、それに乗って翠蓮《スイレン》は帝都に赴く予定だ。

玉蓮《ギヨクレン》が着替えのために婚礼衣装の用意された広間に入ると、翠蓮《スイレン》も手伝いの名目で一緒について入る。中には事情を呑み込んだ信頼のおける使用人が一人いる。

「翠蓮《スイレン》……、本当にやるの……？」

訊ねてくる玉蓮《ギヨクレン》は硬い表情をしている。彼はまだ、入れ替わって嫁ぐという計画を受け入れあぐねているようだ。明らかな動揺が顔に出てしまっている。だが、「うん、もう決めたから」と言って、翠蓮《スイレン》がはっきり頷くと、彼も覚悟を決めたように頷き返した。

玉蓮《ギヨクレン》と使用人に手伝われ、翠蓮《スイレン》は先日仕立て上がったばかりの真っ赤な婚礼衣装を着せてもらう。中衣《ちゆうい》の上に豪華な龍の金刺繍が施された襦裙《きもの》を纏い、前掛けを垂らして帯を結ぶ。

自分が身に着けるには気が引けるほど豪奢な衣装を着終えると、玉蓮《ギヨクレン》が翠蓮《スイレン》の長い黒髪を梳《と》かして綺麗に結ってくれる。結い上げた髪には皇帝から贈られた金細工の髪飾りを着け、同じく、贈り物として与えられた大振りの耳飾りを耳朶《みみたぶ》から下げた。

手鏡に映してみると、耳飾りには衣装と同じ色の深紅の宝石が煌いている。この大きさの紅玉なら、おそらく帝都に家が買えるような値段がつくことだろう。使用人が丁寧に化粧を施してくれて、最後に翠蓮《スイレン》は裾に刺繍の入った薄紅色の布を髪に被る。

――これで、入れ替わり花嫁の完成だ。

二人とも、もう人前に顔を出すわけにはいかない。「気をつけて」と言って、強張った顔の玉蓮《ギョクレン》が、予定通り衝立の後ろに身を隠す。

「声を出しちゃだめだからね」

そう言って、玉蓮《ギョクレン》の姿が見えないことを確認してから、翠蓮《スイレン》は着替えを手伝ってくれた使用人に「じゃあ、彼を呼んできてもらえる？」と頼んだ。

使用人が出ていくと、ほどなくして窓がコツコツと叩かれ、ゆっくりと開く。中を覗き込んだ浩洋《コウヨウ》が、ひょいと身軽に窓枠を越えて広間に入ってきた。

「――翠蓮《スイレン》か？」

濃いめの化粧をしているからか、とっさに玉蓮《ギョクレン》との差がわからないのだろう。声をかけられた翠蓮《スイレン》は「そうだよ」と返事をする。

「おお、さすが綺麗じゃないか！」と浩洋《コウヨウ》はにやついた表情になった。

「こんな花嫁を前にすれば、皇帝もさすがに気を緩めるだろう」

どうやら、もう翠蓮《スイレン》が暗殺を決意したと思い込んでいるらしい。確認もせずにそう言うと、彼はごそごそと襦裙《きもの》の懐を探り、布に包まれたものを取り出す。中から金色の鞘《さや》と柄が装飾的な短剣が現れた。

「護身用の懐剣だと言えば、もし見つかったとしても問題はないだろう。刃には附子花《トリカブト》の強力な毒を塗ってある。これで皇帝を刺すなり斬るなりすればいい。たとえどんなに強靱《きょうじん》な体を持っていても、この毒なら小さな傷でも一瞬だ。ほら、さっさとしまえ。高かったんだからぜったいに落とすなよ?」

急かされて、翠蓮《スイレン》は無言のまま、震えそうな手で婚礼衣装の懐にその剣を慌てて差し込む。贅沢《ぜいたく》な刺繍のおかげで、帯の内側が多少膨らんでもおかしくは見えない。

「それと……これも持っていけ」

そう言うと浩洋《コウヨウ》は、手のひらに乗る大きさの、丸くて平べったい紐《ひも》のついた入れ物を見せた。一見、薬入れのように思えるが、浩洋《コウヨウ》がいま自分に渡してくるとなると、きっと薬などではないだろう。警戒してまだ受け取らないまま、翠蓮《スイレン》は先に「これはなに?」と訊ねた。

「こっちは、万が一のとき、お前が飲むための毒薬だよ」

「え……」

怪訝に思って質問した翠蓮《スイレン》は、平然と返されたその答えに思わず息を呑んだ。

衝立の後ろにいる玉蓮《ギョクレン》の驚きが伝わってくるような気がしたが、動揺を押し隠して更に確認する。

「僕が……皇帝暗殺後に、自害するためのもの、ってこと?」

「そうだ。それと、暗殺に短剣が使えなかった場合にもそれを使え。もしものときは、皇帝の飲み物にこれを入れればいい。それで、仕留めたあとにお前も残りを飲めばいいから。飲んだあとのことは心配しなくて大丈夫だ、強い毒だからすぐに効《き》く。両親の復讐を済ませれば、苦しまずに逝《い》けるはずだからな。捕らえられる前に必ず飲めよ」

まるで、いつものように魚を買い付けに来て値段をやりとりするときのように、浩洋《コウヨウ》は軽い口調で暗殺計画を話す。もし途中で暗殺の企みがばれれば、自害することなどきっと許されない。翠蓮《スイレン》は拷問にかけられ、どんな目に遭うかもわからないというのに。

「玉蓮《ギョクレン》はどこだ？　あいつのことは安心して俺に任せてくれ。いい家も見つけたから、皇帝からの支度金を持っていけばすぐに住めるように整えられる。必ず幸せに――」

機嫌よく言う浩洋《コウヨウ》の顔が、ぎょっとしたように強張る。

「ぎ、玉蓮《ギョクレン》!?　なんでここに……」

翠蓮《スイレン》が振り向くと、翠蓮《スイレン》の背後で衝立の陰に隠れていた玉蓮《ギョクレン》が姿を現していた。

青い顔をした彼はゆっくりと歩き、翠蓮《スイレン》の隣に並ぶと、口を開いた。

「浩洋《コウヨウ》。いろいろ考えたんだけど……僕、君のところに嫁ぐのはやめようと思う」

「ええっ!?　な、なにを言うんだよ、もう俺はお前を迎える準備を……」

玉蓮《ギョクレン》の決断を聞き、浩洋《コウヨウ》が慌てたように言おうとする。

「でも、新しい家の代金は、皇帝からの支度金で払うつもりなんだよね？　そうまでして無理に家なんか買ってもらいたくはないよ。それに……翠蓮《スイレン》に、大罪を犯させたくない。身代わりはともかく、君がどうして翠蓮《スイレン》に復讐をさせようとするのかはわからないけど……血筋のうえでは従兄弟だけど、翠蓮《スイレン》は一緒に育ってきた大切な兄弟だ。家族の不幸のうえに、自分の幸せは築けないよ」

淡々と話す玉蓮《ギョクレン》は、もう一度「結婚の話は、なかったことにしてほしい」と静かに告げた。

「ちょっと待て、玉蓮《ギョクレン》、落ち着いて話をしよう」

「悪いけど、もう話したいことはなにもない。あとのことは、父上と話して――開けていいよ」

玉蓮《ギョクレン》がそう言うと、心得たとばかりに使用人が外から扉を開ける。すると、部屋の外で待機していた村の若者の中でも力自慢の青年たちがぞろぞろと入ってきた。

両側から彼らに捕らえられた浩洋《コウヨウ》は愕然とし、もがいて抵抗しながらも、抗《あらが》えずに引きずられていく。最後に、翠蓮《スイレン》たちのいるほうに向かい「お前ら、後悔するぞ！」と大声で喚《うめ》いた。

皆が出ていって二人だけになると、翠蓮《スイレン》は大きく息を吐いた。

「……玉蓮《ギヨクレン》、大丈夫？」

玉蓮《ギヨクレン》の目は潤《うる》んで赤くなっている。

浩洋《コウヨウ》に持ちかけられた身代わり花嫁と、皇帝への復讐計画。

翠蓮《スイレン》は、自分が代わりに嫁ぐことは決めた。

しかし、さんざん悩んだ末に、玉蓮《ギヨクレン》がどうしても浩洋《コウヨウ》を好きなのだとしても、やはり彼がどんな人間か、その真実を知らせておくべきだと決意した。たとえ自分が玉蓮《ギヨクレン》に嫌われたとしても、それが兄弟としての自分の務《つと》めなのだと。

それでも結婚するというなら、もう誰にも止めることはできないだろう。

そうして翠蓮《スイレン》はこの七日の間に、天祐《テンユウ》と玉蓮《ギヨクレン》、そして信頼できる村の者たちに屋敷の広間に集まってもらい、浩洋《コウヨウ》が立てた身代わりと皇帝の暗殺計画をなにもかも打ち明けたのだった。

玉蓮《ギヨクレン》は、すでに、身代わり花嫁として翠蓮《スイレン》と入れ替わる計画を浩洋《コウヨウ》から説明されていた。

だが言われたのは、翠蓮《スイレン》が嫁いだあと、密かに浩洋《コウヨウ》の元に行き、押しかけ妻の『翠蓮《スイレン》』としてばれないように暮らす――という計画だけだ。それすらも受け入れ難くて悩んでいたのに、更に、皇帝に復讐したあとは、浩洋《コウヨウ》が翠蓮《スイレン》に自害するよう促しているという話を聞いて玉蓮《ギヨクレン》は唖然《あぜん》とし、天祐《テンユウ》のほうはこれ以上ないほど苦い顔になった。湘雲《シヨウウン》をはじめとする一族の若者たちも愕然としていた。

『もちろん、僕は皇帝に復讐するつもりなんてない。ただ、身代わりとして自分が嫁いだほうがいいというのには、同意してるんだ』

『なにを言い出すんだ、身代わりになどさせられるわけがないだろう』

天祐《テンユウ》は愕然として声を荒らげたが、『止めないでください、伯父上』と翠蓮《スイレン》は引かず、今度は玉蓮《ギヨクレン》に向かって言った。

『だけど、村に残ったあと、玉蓮《ギヨクレン》が密かに浩洋《コウヨウ》のところに身を寄せるのは、どうしても賛成できない』

もしも二人が入れ替わり、皇帝に嫁いだはずの玉蓮《ギヨクレン》が皇帝からの潤沢《じゆんたく》な支度金を手に、誰にも告げないまま浩洋《コウヨウ》のところに行ったとする。当初は好きな相手と暮らせて幸せかもしれないが、先々、もし浩洋《コウヨウ》とうまくいかなくなったとき、玉蓮《ギヨクレン》は村に戻ることもできず、行き場がなくなってしまう。

それどころか、支度金を得た浩洋《コウヨウ》が、万が一玉蓮《ギヨクレン》を邪魔に思うようになったときは、たとえ殺されたとしても誰にも気づかれることはないのだ。

なぜなら、『玉蓮《ギヨクレン》』は後宮に嫁いだはずだ。

いなくなったのは、両親のいない『翠蓮《スイレン》』のほうなのだから――。

ともかくいま、恋に溺《おぼ》れている玉蓮《ギヨクレン》が、浩洋《コウヨウ》と秘密の結婚をしても、将来的には決して幸福を掴《つか》めるとは思えない。

余計なお世話だと憎まれても構わない。

自分のことしか考えていない浩洋《コウヨウ》は、玉蓮《ギヨクレン》を預けるに値する男ではないのだ。

皆、翠蓮《スイレン》の話を信じてくれたが、玉蓮《ギヨクレン》だけはまだ浩洋《コウヨウ》に想いが残っているせいか、どう説得しても半信半疑の状態のままだった。

だから、最終手段として、こうして実際に身代わりになり、浩洋《コウヨウ》が暗殺用の短剣を渡してくる様を、玉蓮《ギヨクレン》にその目で見てもらうしかなかったのだ——恋に溺れている玉蓮《ギヨクレン》に目を覚ましてもらうために。

「……もう大丈夫。ごめんね、迷惑かけて」

滲んだ涙をごしごしと拭くと、玉蓮《ギヨクレン》はぎこちなく微笑んだ。

「浩洋《コウヨウ》はいつも、僕の前ではすごく優しかったんだ……まさか、あんな恐ろしいことを企む酷い奴だったなんて、ちっとも気づけずにいた。皆の言うことを信じられなかった自分が恥ずかしいよ。皇帝の暗殺計画もびっくりしたけど、翠蓮《スイレン》に自害用の毒を渡そうとしてたのを見て、やっと目が覚めた」

冷静になった彼の言葉を聞いて、翠蓮《スイレン》は泣きそうなくらいホッとした。

「玉蓮《ギヨクレン》のせいじゃない。わかってくれて、本当によかった。あとのことは伯父上が片をつけてくれる。浩洋《コウヨウ》のことは、もう心配しなくて大丈夫だから」

天祐《テンユウ》は、浩洋《コウヨウ》が翠蓮《スイレン》をそそのかし、村の者が皆殺しになる可能性のある計画を無理にでも決行させようとしていたことに静かに激怒していた。浩洋《コウヨウ》は今後一切、白氏《ハクし》の村への立ち入りを禁じられるはずだ。

浩洋《コウヨウ》は多少抵抗するかもしれないが、いざとなれば、働いている店や、彼の両親に彼がしようとした企みを暴露すると言えば、それ以上玉蓮《ギヨクレン》に付きまとうことはできないはずだ。

「翠蓮《スイレン》、じゃあ、早く服を交換しよう。お迎えが到着したら大変だよ」

気を取り直したように玉蓮《ギヨクレン》が言い、襦裙《きもの》を脱ごうとする。

昨夜の話では、もし、浩洋《コウヨウ》が本当に悪人だとわかれば、自分が嫁ぐと玉蓮《ギヨクレン》は言い張っていた。

——だが、翠蓮《スイレン》の決意はすでに別にある。

「玉蓮《ギヨクレン》、あのね……」

翠蓮《スイレン》がなにか言おうとしたとき、ふいに広間の外が騒がしくなった。ばたばたと足音が聞こえ、扉が叩かれる。使用人が扉を開けて、緊張した面持ちで告げた。

「失礼します。帝都から、お迎えの使者が到着されました！」

予定より早い到着だ。

開いた扉から硬い表情をした天祐《テンユウ》が入ってくる。彼は「浩洋《コウヨウ》のことは心配いらない」と告げた。天祐《テンユウ》なら、玉蓮《ギヨクレン》に決して危険が及ぶことのないよう、適切に対処してくれるだろう。

伯父と目が合うと、翠蓮《スイレン》はこくりと頷く。

昨夜遅く、玉蓮《ギヨクレン》が眠ったあとで天祐《テンユウ》とは話をつけてある。

「いま、行きます」と翠蓮《スイレン》が言うと、玉蓮《ギヨクレン》が顔を強張らせる。

翠蓮《スイレン》は彼のほうを向いて微笑んだ。

手を伸ばし、力いっぱい玉蓮《ギヨクレン》を抱き締める。「後宮には、僕が行くよ」と耳元で囁いた。

「翠蓮《スイレン》⁉　なに言って――」

「もう時間がない。どうか、元気で。伯父上を大切にして」

愕然として止めようとする玉蓮《ギヨクレン》を振り切り、翠蓮《スイレン》は使用人に導かれ、足早に部屋を出た。

＊

玉蓮《ギヨクレン》は浩洋《コウヨウ》との結婚をとりやめた。そして、翠蓮《スイレン》には皇帝に復讐する意思がないとなれば、本来は二人が入れ替わる必要もなくなる。

けれど翠蓮《スイレン》は、天祐《テンユウ》が決して明かさない本音に気づいていた。彼は、本当は誰よりも一人息子の身を案じ、幸福を願っている。しかし、彼は白氏《ハクし》を率いる義務を負う村長だ。側室となれば、短命に終わる運命が待っていると知っていながらも、村のために皇帝に息子を差し出すしかないのだ。

だから翠蓮《スイレン》は、玉蓮《ギヨクレン》と浩洋《コウヨウ》の結婚がどうなったとしても、自分は玉蓮《ギヨクレン》の代わりに皇帝のところにいくと決めていた。昨夜、その考えを告げたとき、最初は天祐《テンユウ》も強く反対したが、翠蓮《スイレン》の決意は揺らがなかった。

村のため、皇帝からのお召しを断ることが不可能だというのならば、玉蓮《ギヨクレン》が父のそばに残り、両親もすでに亡く、誰からも望まれていない自分が皇帝の元に嫁ぐほうが四方うまく収まる。後宮に入れば早世するという未来が待っているのなら、尚更だ。

天祐《テンユウ》の口から、一族の者は玉蓮《ギヨクレン》の代わりに翠蓮《スイレン》が嫁いでいったことを知るだろう。玉蓮《ギヨクレン》のことは村の皆が守ってくれる。村の外の者には、翠蓮《スイレン》も世話係として一緒に入宮することになったという話にすれば、自分の姿が消えたことも誤魔化せるはずだ。

玉蓮《ギヨクレン》は今後、村の外の者と会うことはできず、身を隠して暮らすことになる。自由を失うのは可哀想だけれど、失恋直後に好きではない相手に嫁がされ、早々に死ぬ運命を迎えるよりはましなはずだ。天祐《テンユウ》は最終的に渋々ながら翠蓮《スイレン》の考えに頷いてくれた。玉蓮は納得せず、見送りにきた湘雲《シヨウウン》たち幼馴染も皆動揺していたが、身代わりは村長の同意の元で決行されることになった。

そうして、翠蓮《スイレン》は宮城からの迎えの馬車に乗り込んだ。そこまではなにも問題はなかったのだが
――何気なく自らの懐に手を触れたとき、大きな過ちを犯したことに気づいた。

なんということか、懐に、浩洋《コウヨウ》から渡された懐剣を入れたまま来てしまったのだ。

しかも、その刃には毒が塗られている。暗殺用の短剣だ。

飲むための毒は受け取らずにいたが、玉蓮《ギョクレン》を翻意《ほんい》させることができた安堵で、懐に差し込んだ剣の存在をすっかり失念していた。

すぐに焦ってあちこちを探ってみたが、馬車の中には隠せそうなところがなかった。そもそも、毒が塗られた短剣を皇帝の馬車に残すこと自体が危険すぎる。やむを得ず、宮城に着くまでの間、どうにか密かに処分しなくてはと考えていたのだが――。

（……まさか、長い道中、一人になる隙《すき》が一度もないだなんて……）

後見人の屋敷で馬車を降り、花轎に乗り換えるまでの間に捨てねばと、翠蓮《スイレン》はずっとその機会を探り続けていた。

しかし、翠蓮《スイレン》のそばには、いつも宮城から寄越された側仕えの者がぴったりと控えていて、一瞬たりとも剣を捨てる隙は見つからなかったのだ。


――そうしていま、後宮についた翠蓮《スイレン》の前には、目も眩《くら》むような美貌の皇帝が迫りつつある。

妖魔を操るという噂もなるほどと思うばかりの強い気を纏った彼は、冷静に問い質してきた。

「それとも……まさか、私を殺すためのものか？」

そのどちらでもない。しかし、毒の塗られた懐剣を持ち込んでおいて、暗殺するつもりはなかったなど、信じてもらえるわけがないということだけは、よくわかっている。

もう一人入ってきた護衛が、短剣を膝の上に持った翠蓮《スイレン》を見てハッとした。「やめろ！」と声を上げ、彼がとっさに剣を抜く。

終わりだ、と翠蓮《スイレン》は目の前が真っ暗になるのを感じた。

天祐《テンユウ》が皇帝からのお召しを断る余地はない、と言ったように、この国で、皇帝の存在は絶対だ。彼を弑《しい》することができる武器を持ち込んだ翠蓮《スイレン》の命がないのはもちろんのこと、このままでは愚かな自分の過ちのせいで、白氏《ハクし》一族は皆殺しとなってしまう。

「ち、違うのです……っ、こ、これは、間違いで、捨てるはずなのに、も、持ってきてしまって……」

必死に言えば言うほど言い訳じみて聞こえる。

護衛の剣で斬り捨てられれば、きっと村にまで追及の手が及ぶ。天祐《テンユウ》や玉蓮《ギヨクレン》、湘雲《ショウウン》たちの顔が思い浮かぶ。せめて自害すれば、少しは情けをかけてもらえるかもしれない。がくがくと震える手で、剣を鞘から抜く。皇帝の目がかすかに見開かれる。

「ど、どうか、お願いです、村の者たちには、なんの咎もありません……、僕の命に免じて、……」

膝立ちになった翠蓮《スイレン》は、刃を自分に向け、一思いに喉を突こうと短剣を握り締めた。

「天紅《テンコウ》!!」

皇帝が鋭い声で呼ぶ。すると、彼が帯に下げた玉佩《ぎょくはい》から、いきなりぽんと真っ赤なかたまりが飛び出してきて、勢いよく翠蓮《スイレン》に飛びかかってきた。

「う、わっ!!?」

そのかたまりが手にぶつかり床に短剣が落ちる。

玉佩《ぎょくはい》にはめ込まれた紅玉から現れたのは炎のように真っ赤な毛の色をした虎の仔で、翠蓮《スイレン》は目を丸くした。

「持っていけ」と皇帝が命じると、仔虎は命令に従い、転がった短剣を銜《くわ》えようとする。翠蓮《スイレン》は驚愕《きょうがく》して、とっさに声を上げた。

「だ、だめっ！　それには、毒が……!!」

慌てて手を出し、翠蓮《スイレン》は仔虎が短剣に触れないように手で剣を強く弾く。ずきんと痛みが走り、刃を掠《かす》めた右の手のひらに血が滲んでいることに気づいた。大したことのない怪我だが、これは浩洋《コウヨウ》が猛毒を塗った刃だと気づき、一気に心臓が竦み上がった。

だが、どうせ自分は死ぬつもりだったのだから構わない。目の前で罪のない生き物が死ぬのを見るよりずっとましだ。皇帝の命令を邪魔された赤虎の仔は、その場にお座りをし、きょとんとして不思議そうに翠蓮《スイレン》を見つめている。

「伏せろ」と仔虎に命じ、皇帝が翠蓮《スイレン》のほうに近づいてくる。

叩頭《こうとう》せねばと思ったが、翠蓮《スイレン》の体は動かなかった。得体の知れない恐怖が込み上げ、同時に血の気が引いてどんどん体が冷たくなっていく。浩洋《コウヨウ》が言った通り、毒はかなりの即効性らしく、手から感覚がなくなり、次第に呼吸までもが苦しくなってくる。

ぐらりとその場に倒れそうになった翠蓮《スイレン》の背に、力強い腕が回される。

素早く体を支えてくれたのは、皇帝その人だ。彼は顔を近づけながら訊ねた。

「ご丁寧に、刃に毒まで塗ってあったのか。なんの毒だ？　……もう、答えることすらできないか」

間近で見つめてきた彼は一瞬、びくりとして動きを止めた。なぜか彼は、翠蓮《スイレン》の顔をまじまじと凝視しているようだ。指先が翠蓮《スイレン》の濡れた目元をそっと撫《な》でる。翠蓮《スイレン》の左の目尻には小さなほくろがある。どうやら涙を拭ってくれながら、そこに触れたようだ。

霞《かす》んでいく視界の中で、美しい彼の容貌が驚いたかのように歪《ゆが》められるのが映る。

「ど……うか、白氏《ハクし》に……お慈悲、を……」

震える唇で最後の願いを訴える。やれやれといったように、皇帝が小さなため息を吐《つ》いた。

「一族のことを気にかける前に、まずは死にかけている自分のことを救ってくれと頼んだらどうだ？」

そう言うと、彼は毒が回り、すでに痺《しび》れて痙攣《けいれん》している翠蓮《スイレン》の手を取り、自らの口元に持っていく。

朦朧《もうろう》とした意識の中で、ぼやけた視界には、皇帝の秀麗な顔が翠蓮《スイレン》の手のひらにうずめられるところが見えた。柔らかく熱い感触がして、そこを強く吸い上げられる。

「主上《しゅじょう》‼？」

「帝《みかど》！　そこまでされる必要は……」

護衛たちのものだろう、ぎょっとした声がかけられたが、皇帝が制止したのか彼らは瞬時に静かになった。皇帝は、翠蓮《スイレン》の手のひらの傷に唇を押し当てている。そこをきつく吸い、なんと毒を吸い出そうとしているようだ。

だが、もう間に合わない。そんなことをしたら皇帝まで道連れにしてしまう。心の中で焦りながら、翠蓮《スイレン》の意識が遠のきかけたとき、吸われている手のひらがじわりと熱くなった。続けて、痺れていた四肢に少しずつ感覚が戻り始める。

（あれ……）

なぜか傷口を吸われるごとに、体中に回っていた痺れと痛みが薄れていく。そうして、皇帝が顔を

上げる頃には、いったいどういうわけか、回り始めていた毒の気配は翠蓮《スイレン》の体から消え去っていた。

おそるおそる手のひらを見ると、濃い桃色の傷口はまだくっきりと残っているものの、痛みはすでにない。

「……毒はすべて吸い取った。どうだ、もう苦しくはないだろう？」

「は、はい……、ですが、皇帝陛下のお体が……」

「案ずる必要はない。人を殺すための毒程度で私は死なない」

猛毒が効かないとあっさり言われて驚くが、彼に害はないと知って、翠蓮《スイレン》はホッと息を吐いた。

わけがわからないけれど、ともかく伝えなければならないことがある。

「あの……、命を救ってくださり、感謝《みは》いたします」

それを聞いて、皇帝がかすかに目を瞠った。

全身に回りかけていた毒を、彼は不思議なくらい綺麗に消してしまった。

そのうえ、皇帝は猛毒をその口で吸い取ったというのに平然としている。どうやら特異な体を持っているらしい彼とは違い、ごく普通の人間でしかない自分が死ぬ寸前だったことは確実だ。いったいなにが起きたのかさっぱりわからないままだが、彼が翠蓮《スイレン》を救ってくれたことだけはわかった。

皇帝の命は国の運命を左右する。万が一彼の身になにかあったら、側室の死などとは比べ物にならないほどの大事に発展してしまうというのに。

苦しさを気遣う言葉から考えても、彼が自ら尊い口で毒を吸い、翠蓮《スイレン》を救ってくれたのは、純粋な親切心から出た行動だとしか思えない。

しどろもどろにでも助けてくれた感謝を口にし、続けて、毒剣についての事情を打ち明けねばと思ったときだ。視界の端に、転がった短剣のところまでぽてぽてと歩き、かぷりと銜える赤虎の仔が映った。「あっ」と声を上げ、慌てて止めようとした翠蓮《スイレン》の腕をやんわりと皇帝が掴む。

「大丈夫だ。あの子にも普通の毒は効かない。あれは私の使い魔の霊獣だから」

（霊獣……）

玉佩《ぎょくはい》にはめ込まれた玉から飛び出してきたのだから、普通の虎ではないだろうとは思っていたが、まさか皇帝に使役されている使い魔だとは。

驚いている間に、護衛の一人が赤虎の仔から恐々とその短剣を受け取った。刃に触れないよう、慎重に鞘に収める。

「――主上、妃を捕らえますか」

もう一人の護衛の言葉に、翠蓮《スイレン》は身を強張らせる。護衛の問いかけは当然のことだ。後宮に毒剣を持ち込んだことがばれたのだから、まず死罪は免れないだろう。

覚悟を決めたとき、「その必要はない」と言って皇帝は首を横に振った。

「いま、ここで起きたことはすべて他言無用だ。酒肴《しゆこう》を置いて、皆下がれ」

反論を許さない口調で彼が命じる。護衛のうちの一人が一瞬翠蓮《スイレン》をきつく睨《にら》み、それからなにも言わずに皇帝に向かって頭を下げた。

彼らが合図をすると、待機していたらしい二人の宮女が部屋に入ってきて、黒檀の卓の上に恭《うやうや》しく酒と肴《さかな》の盆を置いていく。

窓の外がかすかに暗くなってきたためか、宮女たちが室内にあるいくつかの行灯に明かりを灯す。皆が下がり、静かに扉が閉まった。

部屋には二人きり――いや、皇帝の背後には、どこにあったのか毬《まり》のようなものをがじがじと齧《かじ》って遊んでいる赤虎の仔がいるから、二人と一匹だけだ。

翠蓮《スイレン》の様子にもう問題がないことを確認してから、皇帝はゆったりとした動きで卓の向こう側に腰を下ろす。毬を銜えて、てくてくと太い肢《あし》で歩いて仔虎がそのあとについていき、彼のそばで転がってまた遊び出す。瀟洒な格子窓を背にした卓の奥側は主である皇帝が座るべき場所だ。彼はそこで自ら酒器を持ち上げ、二つの杯《さかずき》に注ぐと、その一つを翠蓮《スイレン》の前に置いた。

酌をしなくてはという焦りが頭のどこかに浮かんだが、毒がすっかり消えたあとも、すぐには手が強張って動かないくらいに、翠蓮《スイレン》の頭の中は混乱していた。

――誤って持ち込んでしまった毒剣と、猛毒でも死なない皇帝。

紅玉から飛び出してきた不思議な赤虎の仔に、身代わり花嫁としてやってきた自分。

煌びやかな後宮の一室、卓を挟んだ向かい側で、人ならざる者かと疑いたくなるような眩《まばゆ》い美貌の男が、優雅に杯を呷《あお》っている。

目の前の光景は現実なのか、それとも幻なのだろうか――。

杯を干した皇帝の目が翠蓮《スイレン》に留まる。ただ何気なく視線を向けられただけなのに、目が合うと、金縛りに遭ったみたいに身動きが取れなくなった。

黒武帝《こくぶてい》は、もしかすると普通の人間ではないのかもしれない。

まるで美しい魔物に魅せられ、白昼夢でも見ているかのように、翠蓮《スイレン》はいまの状況に現実味を感じられずにいた。

「まだ名を告げてもいなかったな。私は汪国《おうこく》皇帝、名は哉嵐《セイラン》だ」

皇帝が律儀に名乗りを上げる。

翠蓮《スイレン》は慌てて頭を下げ、「こちらこそ、申し遅れました。白氏《ハクし》の長である白天祐《ハクテンユウ》の息子、ぎ、玉蓮《ギョクレン》でございます」と本来嫁ぐはずだった従兄弟の名を名乗る。

黒武帝《こくぶてい》――哉嵐《セイラン》がふと眉根を寄せた。

「……玉蓮《ギョクレン》、というのは、そなたの本当の名か？」

唐突に問われ、予想外の質問に思わず息を呑んだ。

「それは……」

皇帝が片田舎の小さな村に住む玉蓮《ギョクレン》と翠蓮《スイレン》の顔を知っているはずがない。たとえ知っていたとしても、二人は見た目だけならよく似た顔立ちをしている。なぜそんなことを訊かれたのかわからず、翠《スイ》蓮《レン》は内心で激しく戸惑った。

「やはり、偽りか。真の名を言え。今すぐに答えれば、責めはしない」

翠蓮《スイレン》の反応で確信を持ったのだろう、初めて皇帝がかすかな苛立ちを感じる声音で言った。翠蓮《スイレン》はこれが寛容な彼の最後通牒《さいごつうちょう》なのだと悟った。すぐさま袖を払うとその場に叩頭し、必死に謝罪した。

「も、申し訳ございません、このことには深い事情があり……僕の本当の名は、白翠蓮《ハクスイレン》と申します。村長の甥で、お召しを受けた長の息子の玉蓮《ギョクレン》とは、従兄弟の間柄です」

翠蓮《スイレン》、と皇帝は口の中で転がすように名を繰り返す。

事情があったとはいえ、毒塗りの剣を後宮に持ち込み、皇帝に命を助けてもらいながらも、名を偽ったままでいた。自分が一国の皇帝に対してしたことは、命を助けてもらうどころか、この場で斬り捨てられてもおかしくはないほどの無礼な所業の連続だ。

それなのに、哉嵐《セイラン》は怒ることもなく「顔を上げよ」と言った。

びくびくしながらも翠蓮《スイレン》が従うと、驚いたことに、彼の顔には憤りの感情は見当たらない。

哉嵐《セイラン》は穏やかな口調で鷹揚《おうよう》に続けた。

「翠蓮《スイレン》。そなたにもなにか事情があるようだ。私のほうにも、話したいことがある。だが……なにより先に、まず、毒が塗られた短剣を持って嫁いできた理由を聞かせてもらおうか」

翠蓮《スイレン》は硬い表情で、はい、と頷く。

もはや包み隠さず、すべて正直に打ち明けるしかないと、翠蓮《スイレン》は事の経緯を説明し始めた。

言葉を選びながらも、今度こそ嘘のないように真実を語る。たどたどしく打ち明ける翠蓮《スイレン》の話を、哉嵐《セイラン》は時折じゃれついてくる赤虎の仔を手であやしつつ、静かに聞いていた。

本来、後宮に嫁いでくるはずだった玉蓮《ギヨクレン》にはすでに想い人がいて、彼の恋人だった浩洋《コウヨウ》が、よく似た翠蓮《スイレン》に身代わり花嫁になるよう持ちかけてきたこと。

更に浩洋《コウヨウ》は、おそらくは自分と玉蓮《ギヨクレン》の結婚の障害になる白氏《ハクし》の村を潰すため、両親の仇である皇帝に復讐しろと翠蓮《スイレン》に強要してきたこと。そして、翠蓮《スイレン》は玉蓮《ギヨクレン》にそんな恋人の本性を教えなければと、出発の日、浩洋《コウヨウ》が用意した剣を受け取るところをあえて玉蓮《ギヨクレン》に見せた。しかし、玉蓮《ギヨクレン》が浩洋《コウヨウ》と別れてくれてホッとしたところまではよかったが、暗殺用に渡された短剣を懐に入れたまま、処分する間もなく嫁いできてしまったのだということを――。

翠蓮《スイレン》が『両親の仇討ちをすべきだ』と浩洋《コウヨウ》に強く後押しされたことを聞くと、哉嵐《セイラン》はかすかに眉を顰《ひそ》めた。

暗殺計画までをも話すべきなのかは激しく悩んだが、なぜか翠蓮《スイレン》が身代わりであることを見破った哉嵐《セイラン》には、隠そうとしてもおそらく全部お見通しだ。自分や浩洋《コウヨウ》が罰されるのはやむを得ない、しかしその代わり、なんの罪もない玉蓮《ギョクレン》たちのいる村だけは助けてもらいたくて、翠蓮《スイレン》はなにもかもいっさいを正直に打ち明けた。

一連の経緯を話し終わると、しばしの間彼は無言だった。

「――事情はわかった。しかし、いまの話の中には、そもそも大きな誤解があるようだ」

そう言うと、哉嵐《セイラン》は身を硬くして座っている翠蓮《スイレン》に告げた。

「翠蓮《スイレン》、そなたの両親を殺したのは私ではないぞ」

「え……」

「そなたが五歳のときということは、十三年前……私は十四歳だ。十代半ばといえば、皇太子の地位にいた異母兄、光衍《コウエン》の乱行の後始末にたびたび奔走《ほんそう》させられていた。ちょうどその頃、光衍《コウエン》が白氏《ハクし》の村がある碧楊《へきよう》の辺りで揉め事を起こし、その後始末に行った記憶がある」

哉嵐《セイラン》の話はこうだった。

当時、光衍《コウエン》は、皇太子の位を笠《かさ》に着て放蕩《ほうとう》の限りを尽くしていた。配下の者を引き連れては帝都を出て、我が物顔で村や家々を荒らして回ったり、見かけた美貌の娘を捕らえては無理やり宮城に連れ帰って妾《しょう》にしたりしていたそうだ。

腹違いの兄弟皇子たちは皆、光衍《コウエン》を毛嫌いしていたが、皇太子に歯向かうわけにはいかない。兄弟たちの中でも、母の出身家が中流の家柄だった哉嵐《セイラン》は、光衍《コウエン》から家来同然に扱われ、その乱行の後片付けをするためにたびたび呼びつけられて、うんざりしていたのだという。

「事件が起きたのは碧楊《へきよう》にある暘谷《ようこく》という村だった。村から宮城に捧げられた献上品の中に、なにか光衍《コウエン》の気に入る物があったらしい。もっとと要求したが届けられた量では光衍《コウエン》は満足せず、根こそぎ奪うために自ら乗り込んだようだ。光衍《コウエン》は本当に愚かで下劣な人間だった。私が着いたときには、すでに奴らは去り、何人かの村人が殺されたあとで、村中が騒然としていた。おそらく、その中にそなたの両親がいたのだろう……情けないことだが、当時の私には、どれだけ憎く思っていても皇太子を止められるだけの力がなかった。本当にすまないことをしたと思う」

かすかに痛ましげな表情をして、哉嵐《セイラン》が続ける。

「到着した私たちは、手分けをして村の片付けを手伝い、亡くなった者の家族に葬式と詫びをする以外にはできることがなかった」

苦い顔で言う哉嵐《セイラン》の話は事実だった。

天祐《テンユウ》は翠蓮《スイレン》がもう少し大きくなった頃に、「お前の両親の死に対する詫びの銀子だ」と言って、纏まった額の銀子を見せてくれた。いまは預かっておくが、大人になったら渡す、と言われていて、昨夜出してくれた。あれこそが、哉嵐《セイラン》が使いの者に持たせたものなのだろう。

子供だった翠蓮《スイレン》には、両親を同時に失った衝撃はあまりに大きすぎた。そのせいで記憶は曖昧だが、詫びに来た兵士たちが翠蓮《スイレン》にとても丁重な態度をとっていたことだけは覚えている。中には、両親の亡骸《なきがら》の前で呆然としゃがみ込む翠蓮《スイレン》の背中をしばらくの間撫でて、慰《なぐさ》めるためか、美しい石のはまった玉佩《ぎょくはい》を握らせてくれた兵士もいた。犯人は憎くてたまらないけれど、世の中の人間がすべて悪人ではないのだという証しのように思えて、翠蓮《スイレン》はいまでもそれを大切に保管している。

彼の説明を聞いて、翠蓮《スイレン》は頭のどこかで腑《ふ》に落ちるものを感じていた。

現汪《オウ》帝が、皇子の時代から冷酷で残虐な人柄だという昔からの噂通りなら、後宮に毒剣を持ち込んだ翠蓮《スイレン》は、もうとっくに斬り捨てられてこの世にはいないだろう。聞き及んでいた皇帝像と、目の前に現れた哉嵐《セイラン》はどうしても繋がらず、どこか違和感を覚えていたのだ。

当時、光衍《コウエン》が暘谷《ようこく》の村人と翠蓮《スイレン》の両親を殺したその現場を見た者はいなかった。おそらくは、ただ後始末に駆り出された哉嵐《セイラン》の姿だけを目撃した村人の口から、彼こそが殺戮《さつりく》を犯した者であるという誤解が一帯に広まってしまったのだ。

——両親の仇と思い込んでいた相手は、人違いだった。

呆然としている翠蓮《スイレン》に、哉嵐《セイラン》は続けて話した。

「光衍《コウエン》は前帝が側室である貴妃《きひ》に産ませた皇子だ。奴は皇后が産んだ皇太子が病で亡くなったことで皇太子の座についたが、我が国の皇帝になることへの恐れから荒れた行動を繰り返し、次第に気が触れたようになって、昼となく夜となく叫び声を上げて宮城内を徘徊《はいかい》するようになった。結局、数年前に皇太子位を返上して母君の実家に戻ったが、その後、屋敷の庭にある池で溺れて亡くなったそうだ……おそらくは天罰が下されたのだろう」

「……そう、だったのですか……」

両親の仇はすでに死んだと聞き、翠蓮《スイレン》の体から力が抜ける。嬉しいわけでも、安堵したわけでもなく、ただ、なんとも言えず、空虚な気持ちだけが胸に込み上げた。

まだ呆然としている翠蓮《スイレン》の前で、哉嵐《セイラン》は杯を傾けて一口酒を飲む。それから卓に頬杖《ほおづえ》を突き、じっとこちらを見つめてきた。

「……そなたは、不思議だな」

唐突に言われて、翠蓮《スイレン》はどう答えていいか返答に困った。

「普通の者は、こうして天紅《テンコウ》が近くをうろうろしていたら怯《おび》えるものだ。だが、そなたは少しもこの子を怖がる様子がない。これは虎の仔の霊獣だぞ？　主人の私がそばにいるとはいえ、嚙みついたり引っ掻いたりしないかと不安にはならないのか？　それに、私が毒を口にしても死なないとわかっても、畏怖《いふ》の目で見ることもない。白《ハク》の一族は神龍の祝福を得た民だと聞くが、もしや奇跡や異象の類に慣れているということか？」

「いいえ、慣れている、というわけではありません」と、翠蓮《スイレン》は慌てて首を横に振った。

「ですが……村が不思議な加護の力に守られているのは事実なので、幼い頃から神龍の存在を信じて育ってきました。それに、その子は、僕が自害しようとしたのを止めてくれようとしたわけですし、皇帝陛下には命を救ってもらったのに、怖いなんて……」

深く感謝しこそすれ、怯える気持ちなど持つはずがない。

そう言うと、彼はまじまじと翠蓮《スイレン》を見つめた。ふいに、卓の上にひょこっと赤虎の仔が顔を出す。

皿の上のものを凝視する霊獣に、哉嵐《セイラン》は言う。

「天紅《テンコウ》、そろそろ玉佩《ぎよくはい》に戻れ」

指示された赤虎の仔はムッとした顔になり『いやじゃ！』と不満げに答えた。

（この子……しゃべった……!?）

『まだごほうびのお餅《もち》をもろうてない』

目を瞬かせる翠蓮《スイレン》の前で、赤虎の仔は不満げに訴える。「そうだったな」と言うと、やれやれとい

うように彼は卓の上に置かれた小さな皿を取る。盛られた小振りな餅を箸で摘まむと、赤虎の仔の口元に持っていった。

あーんと大きく口を開けた赤虎の仔は、もぐもぐといかにも美味《うま》そうに餅を咀嚼《そしゃく》する。

ごくんと飲み込んで、名残《なごりお》惜しそうに口元をこしこしと擦《こす》りながら、ちらりと翠蓮《スイレン》に目を向ける。

じっとこちらを見つめる大きな緑色の目は宝石のように綺麗で、かすかに金色がかって輝いている。

思わず目を奪われた翠蓮《スイレン》の前で、くるっと視線を哉嵐《セイラン》に向け、赤虎の仔は言った。

『帝《みかど》よ、あやつの言ったことはすべて真実じゃ』

「そうか」

哉嵐《セイラン》が頷く。

『我はあやつが気に入ったぞ』

赤虎の仔の言葉に、彼がわずかに口の端を上げる。それから促すように帯から下げた玉佩《ぎょくはい》を示すと、渋々といった様子で赤虎の仔――天紅《テンコウ》は吸い込まれるようにして紅玉の中に戻っていった。

「……天紅《テンコウ》は頭がいいうえに強くて非常に役に立つが、好物を与えないことにはすんなり玉佩《ぎょくはい》に戻ろうとしない。出すときはいいが、戻らせるときがいつも厄介だ」

ぼやく哉嵐《セイラン》は、まるで子供のことを話す父親みたいで、こんなときなのについ翠蓮《スイレン》は頬が緩むのを感じた。

しかし、こちらを見た彼と目が合うと、翠蓮《スイレン》の体に緊張が走った。

哉嵐《セイラン》がスッと笑みを消したからだ。

「話を戻すが……そなたが入宮に毒塗りの剣を持ってきた経緯については、納得した」

穏やかに対応してくれる哉嵐《セイラン》の態度と、珍しい赤虎の仔の存在のおかげで忘れかけていたが、その話がまだ終わっていなかった。

覚悟を決め、翠蓮《スイレン》は静かに沙汰《さた》が下されるのを待った。

「それから、今後の処遇についてだが、私は白《ハク》の一族もそなたのことも罰するつもりはない」

驚きに翠蓮《スイレン》は目を見開いた。

「天紅《テンコウ》には嘘を見抜く力がある。あの子が気に入ったというのなら、さきほどそなたが打ち明けた話に嘘偽りはないということだ。剣のことは私の胸だけにとどめておこう」

「ほ、本当ですか……？」

「ああ」と哉嵐《セイラン》は頷いたが、ふっと眉を顰め、「ただ、さすがに村長の息子の恋人だったという浩洋《コウヨウ》だけは、放置しておくわけにはいかないな」と言う。

「実は、今日、後宮に来るのが少々遅れたのにはわけがある。そなたが着いたという知らせが届いて間もなくのことだ。李浩洋《リコウヨウ》と名乗る者が宮城を訪れて、『白氏《ハクし》から嫁いできた花嫁は偽者で、村長の息子じゃない。そいつは、皇帝を暗殺するつもりで毒の剣を持ってる』と知らせてきたのだ」

なぜ浩洋《コウヨウ》がと、翠蓮《スイレン》は愕然とした。天祐《テンユウ》と話がついて、すでに拘束を解かれたのだろうか。

驚愕している翠蓮《スイレン》を安心させるように、哉嵐《セイラン》は続けた。

「浩洋《コウヨウ》のほうからも事情を話させたが、すべてを白氏《ハクし》の村とそなたになすりつけようとしているせいか、様々な点で矛盾が多い。つまり、そなたの話のほうが信ぴょう性が高い。毒の入手先を調べさせれば、どちらがそれを手に入れたかわかるが……まあ、調べるまでもないだろう」

浩洋《コウヨウ》はいま捕らえられ、宮城の一室で兵士をつけて見張らせているそうだ。

村と玉蓮《ギョクレン》を守るために翠蓮《スイレン》はすべてを話した。浩洋《コウヨウ》の企みまで打ち明けるのには罪悪感があったが、いまの話を聞いてそれも消えた。実行していないとはいえ、皇帝の暗殺に関われば、死罪は確実だ。

——浩洋《コウヨウ》は、自らの計画を台無しにしたうえ、玉蓮《ギョクレン》との間を裂いた翠蓮《スイレン》に復讐するため、わざわざこの宮城までやってきたのだ。

衝撃に怯えていると、哉嵐《セイラン》が「奴のことはこちらで適切に処分する」と言った。

「どうも浩洋《コウヨウ》自身は深い考えから起こした行動ではなさそうだが、皇帝の暗殺など、そう簡単に思いつくことではない。そなたが危惧《きぐ》したように、一族に累《るい》が及ぶことを考えれば、まず相当の覚悟がない限りは実行には至らないはずだ。おそらくは身辺に同じような思想を持つ者がいるのだろう。ならば、纏めて早めに芽を摘んでおいたほうがよさそうだからな」

宥《なだ》めるように言われ、翠蓮《スイレン》は思わず縋るように彼を見つめる。

自分もまた、本来はその『芽を摘む』うちの一人に入るべきなのではないか。そんな不安がよぎるが、哉嵐《セイラン》が続けたのはまったく違うことだった。

「浩洋《コウヨウ》は、暗殺計画以外にも、身代わり花嫁のことをあれこれと暴露したようだが、そなたが本当は翠蓮《スイレン》で、身代わりとして嫁いできたことは、私にとっては取り立てて問題ではない。村の長の息子を選んだのは単に年頃が合ったからで、私としては長の息子でもそなたでも、いっこうに構わないんだ。ただ……やはり、表向き『玉蓮《ギョクレン》』として嫁いできたからには、実は従兄弟だったと明かすことはさすがに好ましくないだろうな。宮廷に伝われば、うるさがたの貴族たちが皇帝への不敬罪だと騒ぎ出すことは目に見えている。妃となった者はまず後宮から出ないのだからばれないとは思うが、面倒であっても、表向きは玉蓮《ギョクレン》として振る舞ってくれ」

信じられない話に、翠蓮《スイレン》は感謝のあまり、何度もこくこくと頷きながら、思わず胸の前で手を合わせた。

もし、打ち明けた事情をすべて信じてもらえたとしても、おそらくなんらかの罰は下されるだろう、と覚悟していた。せめて、村にだけは寛大な処遇をと願っていたが、自分までなんのお咎めもなく許してもらえるとは思ってもみなかった。

まさか、皇帝自身が事情をすべて呑み込んだうえで、身代わり妃を許してくれるだなんて。

「ああ、皇帝陛下、感謝いたします……！」

深々とその場に叩頭すると「やめよ」と言われる。おずおずと顔を上げると、哉嵐《セイラン》は口の端を上げている。

「頭を上げてくれ。この宮の中にいるときは堅苦しいことはなしだ。身代わりであっても、そなたは私の妃として入宮した身だ。今後は私に叩頭する必要も、陛下などと呼ぶ必要もない。名を呼んで構わない」

恐縮したけれど、そう言われて陛下と呼び続けるのはむしろ無礼に当たる。

「はい……では、哉嵐《セイラン》さま」と、翠蓮《スイレン》が恐々ながら呼びかけると、彼は苦笑する。それから、胡坐《あぐら》をかいていた脚をゆっくりと崩し、片方の膝を立てた。

「翠蓮《スイレン》。そなたを望んだ私のほうにも、実は特別な事情がある」

（特別な事情……？）

「よければ、食べながら話そう。酒は飲めるか？」

杯を勧められて「は、はい、いただきます」と言って翠蓮《スイレン》はありがたく手に取る。村では十五歳くらいから飲酒が許されていて、祝い事のときに何度か飲んだことがあった。一口飲むと、さすが皇帝が飲む酒は香りがよく、舌触りもまろやかな極上の味だ。翠蓮《スイレン》が両手で持った杯の中身を飲み干すと、哉嵐《セイラン》が小さく笑って酒器からお代わりを注いでくれる。

それから、なにかに気づいたように卓の上に並べられた皿に目を向け、彼は困ったように言った。

「そなたの好物を調べて用意させたつもりでいたが、これは、『玉蓮《ギョクレン》』の好物ということだな」

そう言われて見ると、用意されたのは酒に合う肴は少なく、点心《てんしん》を含め、菓子のような食べ物が多い。皿には珍しい果物の他に、捻《ね》じって揚げた索餅《さくべい》などの素朴な菓子や、平べったくして焼いた胡餅《こべい》などの軽食が食べやすい大きさに纏められて綺麗に並んでいる。しかも、部屋の端にある卓の上に積まれていた箱や包みの類は、彼が白氏《ハクし》を訪れる使いの者に命じて好みをあれこれと調べさせ、『玉蓮《ギョクレン》』のために用意した贈り物だったようだ。

更には、居室内に置かれた衝立は、故郷を離れて寂しくないようにと、絵師に清閑湖《せいかんこ》を描かせたものだと言われて驚いた。

「また、改めてそなたの好むものを用意させよう」と言われ、翠蓮《スイレン》は慌てて首を横に振った。

「い、いえ、様々なお心遣い、心から感謝いたします……確かに、玉蓮《ギョクレン》の好物でもありますが、僕も好きな食べ物ばかりです。贈り物も、とても嬉しく思います」

そうか、と微笑み、彼は料理を勧めてくれる。宮城の料理人の作ったものは、村で使用人が作ってくれた素朴な味に比べると上品な味つけだ。小麦粉や油も質のいいものを使っているのがわかり、いくらでも食べられそうなほど美味《おい》しい。一つ食べると、緊張のあまり忘れていた空腹を思い出した。

「さきほど天紅《テンコウ》が食べていたこの蜜《みつ》がけの餅もなかなか美味いぞ。果物は今朝禁園《きんえん》から届けさせたものだから新鮮だ」

自らは時折酒の杯を呷るのみで、哉嵐《セイラン》は翠蓮《スイレン》が食べるのをゆったりと眺めている。どれも美味《びみ》なものばかりで、宮城の料理人の腕に感嘆しつつ、並べられた品を堪能する。

一通り食べて、翠蓮《スイレン》が箸を置くと、哉嵐《セイラン》は口を開いた。

「……通常、帝位についた後は、有力な貴族との繋がりを強固なものにするために、皇帝は次々と名家の妃を迎えるものだ。しかし、即位して一年余りが経つが、私が妃を娶ったのは今回が初めてのことになる。これまで、周囲からどれだけ要望されても妃の入宮を拒み続けてきたのは、我が汪《オウ》家には、即位にまつわる特殊な事情があるからだ」

言葉を切り、彼は杯を持ち上げて一口飲む。それから、憂《うれ》いとかすかな憤りが混ざったような表情で続けた。

「これは、汪《オウ》家に近い一部の者しか知らないことだが、この国の帝位につく者は、強大な妖力を持つ黒龍《こくりゅう》を身に宿し、その力を抑え込むという定めがある」

「黒龍……？」

思わず問い返すと、ああ、と哉嵐《セイラン》は頷いた。

――それでは、龍を呼べる、という噂は、たわ言などではなく、真実だったのか。

翠蓮《スイレン》の村に神龍の加護があると伝えられているように、汪国《おうこく》はそもそもが龍の住処だった土地に造られた国とされていて、あちこちに古くから様々な龍にまつわる伝承が残されている。だが、その中でも黒龍は強大な妖力を持つ陰の生き物で、凶兆の証でもあり、いかにも不吉な存在だ。その黒龍と皇帝との話は、これまで聞いたことがなかった。

真剣な表情で聞く翠蓮《スイレン》の前で、哉嵐《セイラン》は更に続きを話した。

「歴史書によれば、汪国《おうこく》初代皇帝の時代にそれは始まった。初代皇帝は国を荒らして民を脅《おびや》かしていた黒龍を退治するために戦ったが、死闘を繰り広げても果てしない力を持つ黒龍を殺すことはできず、封じることも難しかった。やむなく禁術を使って自らの体を檻《おり》として取り込み、封印に代えたというのが、その始まりだったらしい」

史実によると、天才術師でもあった初代皇帝は、黒龍をその身に取り込んだとき、子孫に亘《わた》るまでの血の契約を結ばせた。

黒龍を身に宿した皇帝の首を落とす。

それが、黒龍を殺す唯一の方法だ。

だが、そうはしないと約束する代わりに、汪《オウ》一族の皇帝の中に黒龍がいる間、憑代《よりしろ》となった皇帝が、その力を自由に使うことができるようにという契約を交わしたのだ。

黒龍は天眼《てんがん》を持ち、遥か遠くまでを見通すことができる。気脈を感じ取り、水を操り、雷や雨を招く力もある。やろうと思えば人心を操ることも容易《たやす》いが、国を荒らす原因となるとして、それは掟で禁じられている。

宿した黒龍と皇帝の体は半ば同化していて、龍が中にいる間はどんな大怪我をしても、皇帝は斬首されない限り、決して死ぬことはない。皇帝が寿命を迎えれば黒龍が解放されてしまうので、その前に必ず、黒龍を皇太子に移す儀式を行う必要がある。

もし、儀式が行われずに皇帝が亡くなったり、もしくは汪《オウ》家の血統が断たれたりしたときは、黒龍の悪しき力が世に放たれて、帝都は荒れ果て、国は滅びるといわれている――。

黒龍の力のあまりの強大さに、翠蓮《スイレン》は恐れおののいた。神も同然の黒龍を制御し、その力を自在に扱うことができるのならば、民の反乱や周辺国との諍《いさか》いなど、皇帝には怖いことはなにもないに違いない。

しかし、哉嵐《セイラン》は驕《おご》りのかけらもなく、浮かない表情で続けた。

「汪《オウ》家の代々の皇帝たちは、身の内に取り込んだ黒龍の力を逆に利用することによって、帝都を治め、守ってきた……だが、黒龍を人が飼うにはそれなりの代償がいる。求めるエサを与えないことには黒龍は憑代となった者の身の内で暴れるのだ」

「エサ、ですか……」

翠蓮《スイレン》は困惑に目を瞬かせた。龍という生き物は神に近い存在で、基本的にものを食べることはないと聞いていたからだ。白氏《ハクし》の村でも神龍を祀《まつ》り、漁のたびに一番大きな魚を供えているけれど、結局それらを食べるのは村人たちだ。

「黒龍さまは、いったいなにを召し上がるのでしょう？」

翠蓮《スイレン》の質問に、哉嵐《セイラン》は苦い顔で答えた。

「――人の精気だ。人間の体液……つまり黒龍は、憑代《よりしろ》である皇帝以外の者の血液や精液など、精気に満ちた体液を欲する」

（血液か……、精液……!?）

哉嵐《セイラン》の話によると、代々の皇帝たちは、後宮に入った多くの妃嬪から少しずつ血を差し出させ、それをエサとして黒龍に与えていたそうだ。妃たちは皇帝の寵愛を得るため、自らが与えるだけではなく、若い宮女を次々に差し出したりして、競い合うようにして皇帝を支えてきたのだという。

けれど、やむなく黒龍をその身に受け入れたものの、帝位を継いだ哉嵐《セイラン》は血を捧げさせるというやり方を好まず、宮女たちからも血はもらわず、どんな名家の妃を娶ることも頑《かたく》なに拒んできた。

「しかし、だんだんと体の中で、飢えた黒龍が精気を求めて暴れることが多くなり……正直、近頃は抑え込むのに手を焼くようになり始めた。そんなときだ、妃候補の中から、側近が白氏《ハクし》の『玉蓮《ギョクレン》』を強く勧めてきたのは」

白氏《ハクし》の名は帝都にまで伝わっていて、哉嵐《セイラン》ももちろん聞いたことがあった。

彼らは代々の皇帝に必ず一人は妃として望まれ、しかも、誰もが皇帝の深い寵愛を受けたという、極めて稀有《けう》な一族だからだ。

そこまで話したところで、哉嵐《セイラン》はじっと翠蓮《スイレン》を見据えた。

「――翠蓮《スイレン》。私を助けてはくれないか」

唐突に頼まれて、翠蓮《スイレン》は戸惑った。

なにを頼まれているのかわからないわけではない。彼の願いがわかるからこそ、激しい動揺を感じた。

「血をもらうのには抵抗がある。どんなに気をつけても、妃の体に支障があるからだ。だが、男であれば、体を弱らせることなく精気をもらうことができる」

彼は射るような目でこちらを見つめている。

「側近にそう言われてもまだ、黒龍のために身を犠牲にさせるようで気が進まなかったが……もはや限界だ。私の中にいる黒龍は、飢え切っている」

焦れたような声音で言うと、哉嵐《セイラン》は立ち上がった。襦裙《きもの》の裾を優雅に払い、ゆっくりとこちらにやってくる。卓の向こう側に座っていた翠蓮《スイレン》の横まで来て、片方の膝を突く。

「ここのところは、黒龍の力を使うときも次第に制御が効かなくなりつつある。どうにか抑え込んではいるものの、このままでは遠からず、黒龍は私の意思を振り切り、国を守るどころか人民を喰い荒らすような行動に出てしまうかもしれない……だから、そなたの助けが欲しいのだ」

そう言うと、彼が顔を近づけてきて、膝の上で握り締めていた翠蓮《スイレン》の手をそっと取った。優美な見た目に反し、彼の手はしっかりとして大きく、指先は硬い。哉嵐《セイラン》が黒龍や妖魔を操るだけでなく、相当な腕前の剣の使い手であることがその感触から伝わってくる。

翠蓮《スイレン》ももちろん剣は使えるが、手に触れただけで、彼には決して敵《かな》わないだろうことがわかった。

「後宮に召し上げられた妃が最も苦しむのは、他の妃嬪たちとの揉め事だ。だから、私はそなた以外の妃を迎えるつもりはない。前帝に仕えていた妃嬪たちは全員じゅうぶんな報償とともに実家に帰らせたから、後宮にはいま他に妃はいない。私が訪れる以外の時間は、なんでも自由にしていて構わない」

彼はそう言うと、翠蓮《スイレン》の手を握る手のひらにかすかに力を込めた。

「跡継ぎを産む義務もない。望むものがあればどのようなものでも手に入れさせる……ただ一つ、そなたが私の求めるものを与えてくれるのならば」

切々と訴えながら、哉嵐《セイラン》の深い闇の色をした目は、翠蓮《スイレン》だけを射貫いている。

彼が言っているのは、翠蓮《スイレン》は側室にされるために呼ばれたわけではない、ということだ。

――哉嵐《セイラン》の身の内にいる黒龍にエサを与えるため。

普通に考えれば、屈辱に感じる要求なのかもしれない。けれど、翠蓮《スイレン》は少しもそんなふうに感じることはなかった。

「どうぞ……お好きになさってください」

震えそうな声で答えると、哉嵐《セイラン》は端正な顔に、なぜか驚いた表情を浮かべる。

「いま、好きにしていいと言ったか？」

「はい」と翠蓮《スイレン》はぎくしゃくと頷く。おずおずと彼を見上げ、目を合わせると言った。

「僕は玉蓮《ギョクレン》の身代わりですが、元々、哉嵐《セイラン》さまの妃にしていただくつもりで村を出てきました。ですから、その……よ、夜伽《よとぎ》のお相手をすることも、覚悟のうえで嫁いできたのです。寛大にお許しくださいましたが、愚かな過ちで毒剣を持ち込んでしまった僕の運命は、すでにあなたの手の中にありますす。そんな僕の命がお優しい哉嵐《セイラン》さまのお役に立てるのなら、これほど嬉しいことはありません」

黒龍のエサのためだとしても構わない、と翠蓮《スイレン》は思った。

一度は死を覚悟した身だ。哉嵐《セイラン》は、毒剣のことや身代わりだったことのすべてを、寛大にも罪に問わずに許してくれた。そのうえ、それらを秘密にすることを交換条件にすらせず、平民の翠蓮《スイレン》に対して自らの事情を打ち明け、真摯《しんし》に頼んできたのだ。

会ってまだわずかしか経っていないけれど、哉嵐《セイラン》がとてもまっすぐな性格で、損なほど誠実な人格の持ち主なのだということが翠蓮《スイレン》にも伝わってくる。親の仇だと思い込み、冷酷だという噂を信じてきた皇帝が、まさかこんな人だとは想像もしていなかった。

彼は身の内にいる飢えた黒龍に心底困らされている。自分にできることがあるのなら助けたい。

心の底からそんな思いが湧いてきて、翠蓮《スイレン》は必死の思いでまっすぐに哉嵐《セイラン》を見て告げた。

「ですから、……必要であれば、血液でも……せ、精液でも、どうぞ、お好きなだけ……僕は、あなたの……妃にしていただいた身なのですから」

そこまでどうにか伝えると、翠蓮《スイレン》は凝視してくる彼ともう目を合わせていることができなくなった。

無礼な行動だと自分を叱咤《しった》したが、どうしても視線を上げることができない。

「本当に、よいのか」

頼んできたわりに、まだ信じられないというように哉嵐《セイラン》は確認してくる。視線を伏せたまま、翠蓮《スイレン》はこくりと頷く。

「ただ……実は僕、夜伽のときの振る舞いを、まだどなたからも教えていただいていなくて」

本来、皇帝の妃となる者は、入宮したあとに閨《ねや》で皇帝にどう仕えるべきか仕込まれるはずだと聞いていた。それから初めて、皇帝の訪《おとな》いを受けるものなのだと。

だから、本来嫁ぐはずだった『玉蓮《ギヨクレン》』も使いの者からなにも伝えられていないと言っていた。

しかし、後宮に着いたあと、それほど経たないうちに哉嵐《セイラン》が宮を訪れたため、翠蓮《スイレン》はまだ妃としての手ほどきを受けていない。

それを聞くと、哉嵐《セイラン》は意外なことを言った。

「ああ、それは、私がなにも教える必要はないと命じたからだ」

背中に腕が回され、彼のほうにぐいと体を引き寄せられる。哉嵐《セイラン》の襦裙《きもの》に焚《た》き染《し》められた上品な香が、かすかに翠蓮《スイレン》の鼻孔を擽《くすぐ》った。

「妃の嗜《たしな》みを使用人から仕込ませるなど無粋なことだ……多く妃嬪がいる帝は効率の面からやむを得なかったのかもしれないが、私の妃はそなたひとりだから、そんな必要もない」

間近で見る哉嵐《セイラン》の漆黒の目は、喜色を宿して輝いている。自分が想像していた夜伽と、皇帝の望みはずいぶんと違っているような気がして、翠蓮《スイレン》は戸惑いに揺れる目で彼を見上げる。

「なにもかも、私がしてやる」と言うと、彼は翠蓮《スイレン》に顔を近づけてきた。

顎《あご》を摑まれ、熱い唇が重なってくる。下唇を甘く食《は》まれて、上唇を何度もそっと啄《ついば》まれる。

「は、んっ、ん、ぅ……っ」

求め続けていたものをようやく得たというかのように熱のこもった口付けだった。初めての接吻に、翠蓮《スイレン》は頭の芯がぼうっとするまで酔わされた。

項《うなじ》を大きな手で支えられながら、ゆっくりとその場に押し倒され、真上から伸《の》しかかってくる哉嵐《セイラン》の口付けを受け止める。彼は豪奢な刺繡が施された座布団の上に頭を預けるようにして、翠蓮《スイレン》を寝かせる。襦裙《きもの》の上から体を撫でられて、翠蓮《スイレン》は緊張で身を硬くした。

「あ、あの、おそれながら、哉嵐《セイラン》さま」

「なんだ」

「牀榻《しんだい》は、あちらでは……？」

ここは居間だ。あろうことか、このままここで事に及びそうな哉嵐《セイラン》に驚き、おそるおそる声をかけると、彼は「呼ばない限り誰も来ないから気にするな」とあっさりと答える。もちろん、翠蓮《スイレン》に異を唱える権利などない。戸惑った表情に気づいたのか、彼は翠蓮《スイレン》の両頰を包んで顔を近づけると囁いた。息がかかるほどの近さに、整いすぎるほど整った彼の顔が迫っている。

「連れていってやりたいが、もう待てない」

切実な声音で言われて、かあっと体が熱くなった。すぐにまた唇を重ねられ、唇の隙間から哉嵐《セイラン》の舌が入り込んできて咥内《こうない》を舐《な》め回される。余すところなく咥内を探られて、舌の裏側をねっとりと

擦られる。くちゅりと唾液の音がするほど濃厚な口付けの中、舌をきつく搦《から》め捕《と》られて甘噛みされた。

「ん、ん」

戯《たわむ》れるように舌同士を擦り合わされ、優しく吸い上げられる。息もできないほど情熱的な口付けをされているうち、翠蓮《スイレン》の緊張がわずかに緩み始めた。

自分は彼の妃なのだから、なにをされても受け止めなくてはならない。求めてもらえた以上、彼の役に立たなくては……そう固く決意をしていたが、哉嵐《セイラン》のすることは、まるで心から求める最愛の妃に触れているかのように丁寧で優しい。

まさかこんなふうに扱われるとは思わず、体から強張りがじょじょに解けていくのを感じた。

彼は何度も愛しげに翠蓮《スイレン》の唇を吸いながら、口付けの合間に囁いた。

「もはや限界だと、やむなく一人だけ妃を迎えると決め、白氏《ハクし》に使者を送ったあとも、黒龍のエサのために妃を迎えるなど、すべきではないと思っていた。だが、それとは裏腹に、そなたが嫁いでくる日を、一日千秋《いちにちせんしゅう》の思いで切実に待ってもいた」

彼は鼻先をそっと触れ合わせ、間近から翠蓮《スイレン》の目を見つめる。

「渇望《かつぼう》する黒龍と、その欲望を嫌悪する自らとの間で、今朝になってもまだ思い悩んでいたが……さきほどそなたを見たとき、唐突に考えが変わった」

そう言いながら、熱い手が翠蓮《スイレン》の首筋に下り、指先が襦裙《きもの》と中衣の間にするりと忍び込む。

中衣の薄布越しに胸元を撫でた手が、翠蓮《スイレン》の小さな乳首を探り当て、指先でそっと摘まんだ。

「あ……っ」

頬や耳朶に口付けられながら、小さな尖《とが》りをやんわりと刺激され、勝手に体がびくついてしまう。

柔らかな布越しにしつこく捏ねられ、きゅっと指で挟まれると、腰が震えるほどの痺れが走った。

「あぅ……、あ、んっ」

初めて人から胸に触れられ、そこで快感を得られることに驚く。乳首を弄《いじ》られるたび、ひくっと腰が揺れてしまうことに戸惑っていると、小さく笑った哉嵐《セイラン》が、あやすように翠蓮《スイレン》の唇を啄んだ。

行灯の光を背にした美貌に漆黒の長髪がはらりとかかり、長い睫毛《まつげ》の影が落ちる。かたちのいい唇がかすかに濡れているのは、自分とたったいままでしていた口付けのせいだ。そう思うと、翠蓮《スイレン》の胸に激しい羞恥《しゅうち》が湧き上がった。

彼はまじまじとこちらを見下ろしながら言った。

「妃を迎えるよう勧める者たちからは、とある噂を伝えられていた。『神龍の加護がある潭沙《たんさ》の村には、美しい人魚のような青年が二人いるらしい』、と。そして、彼らは村長の息子と、甥だと。つまり……そなたたちのことだな」

(そんな話が、まさか皇帝の耳にまで伝わっていたなんて……)

驚く翠蓮《スイレン》の頬を、彼の熱い手がそっと撫でる。それにさえ強く反応して背筋が甘く震えた。

「噂以前にも、白氏《ハクし》の青年の美しさは格別だ、という話は耳にしていたが、前帝に嫁いだ白氏《ハクし》の妃は私が生まれる前に亡くなっているから会ったことがなかった。おそらく、遠方の一族の話だから、帝都に届くまでの間に多少誇張されて伝わっているのだろうと思っていた。しかし、こうして実際に嫁いできたそなたときたら……どうだ？　噂は誇張などではなかった。見た瞬間、いままさに天人が後宮へ降り立ったのかと思ったほどだ」

「そ、そんな……」

驚きに視線を彷徨わせると、頤《おとがい》に指をかけられて上向かされる。目を伏せることを許さず、哉嵐《セイラン》は翠蓮《スイレン》と視線を合わせる。

「私は世辞など言わない。鏡を見ればわかるだろう？　黒蝶《くろちょう》真珠のような瞳に、淡雪の如きこの艶やかな肌、絹糸のような美しい髪。側室だった母の元に生まれ、ずっと後宮で育ってきた私は、国中から父へと差し出された妃嬪たちを数多く見てきた。だが、そなたときたら……また格別だ」

翠蓮《スイレン》は、村ではごく普通の存在で、こんなふうに容姿を褒められたことはない。哉嵐《セイラン》のほうこそが、まともに見るのが眩しいばかりの美貌の持ち主なのに、そんな相手からこれ以上ないほどの賛美の言葉を与えられると、どうしていいかわからなくなる。

いたたまれず「もったいないお言葉です」と言うと、「世辞ではない、と言っている」と小さく笑われる。

「そなたは美しい……それに、心根が清らかで純粋なところも、また大変に好ましいな」

低くて甘い声でこのうえなく褒め称えられ、その囁きで鼓膜から全身に痺れが回るような感覚がした。

まるで操られるかのように、頭がぼうっとしてくる。

むしろ、望みのものを得るために、過剰に褒め称えているのだと言ってくれるほうがよかった。それなのに、人を惹きつける強い魅力がある彼が、これは本心からの言葉だと告げるようにかすかに目を眇《すが》め、翠蓮《スイレン》を得難い宝物のように見つめてくる。

「私は幸運だ。黒龍のために呼び寄せた妃に、こんなふうに興味を抱けるとは思ってもみなかった」

独り言のように言って、哉嵐《セイラン》がまた深く口付けてきた。

濃厚に舌を交わらせながら、その合間に、哉嵐《セイラン》の手は、翠蓮《スイレン》が着ている婚礼衣装をはだけていく。

大きな手は器用に動き、帯は緩めないまま、あっという間に襦裙《きもの》の前を開かれた。翠蓮《スイレン》の胸元には、さきほど指で弄られて色づいた二つの乳首が薄布越しに透けて見えている。

哉嵐《セイラン》が片手で中衣をはだけさせ、翠蓮《スイレン》の左胸があらわになった。

真っ白な肌の上には、薄桃色の小さな乳首が覗いている。一族の者は皆肌が白い。翠蓮《スイレン》も毎日のように早朝から漁に出て暮らしてきたものの、少し赤くなる程度で日焼けが残ることがない。

「……ん……っ、あ……」

哉嵐《セイラン》がそこに顔を伏せ、乳首に口付ける。

温かな濡れた感触がして、胸の先を舌で舐められているのを感じた。羞恥でとても見ていられずに目を逸らすと、彼の長い黒髪がさらりと胸元にかかる。くすぐったさの中で、敏感な尖りを食まれ、舌先で捏ねられる。ねろねろと舐め回されると体から力が抜け、恥ずかしい声が漏れてしまう。

「胸が感じるのか……そんなふうに可愛らしい反応を見せられると、こちらもたまらなくなるな」

「ひゃ……っ」

かすかに興奮を滲ませた声で言い、翠蓮《スイレン》の中衣の胸元をいっそう大きく開けた哉嵐《セイラン》が、じゅっと音を立ててそこを吸う。

「あ、ぁ、んっ」

また声を漏らすと、もう一方まできつめに摘まみ上げられ、どうしようもなく翠蓮《スイレン》は喘《あえ》いだ。指と舌で繰り返し弄られた乳首は吐息がかかるだけでも感じるほどなのに、更に執拗《しつよう》に弄《もてあそ》ばれ、背筋まで震えるばかりの快感で体が燃えるように熱くなる。混乱の中、浮かんだ疑問で頭がいっぱいになった。

哉嵐《セイラン》はさきほど『跡継ぎを産む義務もない』と言っていた。血に拒否感があるのなら、手早く触れて翠蓮《スイレン》から精気さえ奪えれば、それで黒龍は満足するはずなのではないか。

　こんなふうに、数え切れないほど口付け、繰り返し甘い睦言《むつごと》を囁き、感じるところを弄って悶《もだ》えさせる必要はないはずなのに。

──これでは、まるで本物の初夜のようだ。

「哉嵐《セイラン》さま……あ、あの……あっ」

　言葉を選んで訊ねようとしたとき、熱心に胸元にしゃぶりついていた哉嵐《セイラン》が顔を上げた。一瞬、その目が赤く見えた気がして、翠蓮《スイレン》は思わず動きを止めた。

　哉嵐《セイラン》の手が翠蓮《スイレン》の帯を手早く解く。襦裙《きもの》の前をぐっと開かれ、下衣《したごろも》越しの下腹を撫でた手に、性器をそっと握られる。

「……っ！」

　濡れた感触がして、翠蓮《スイレン》は羞恥のあまり、顔に血が上るのを感じた。

「もうこんなに濡らして……もじもじと腰を揺らしていたのは、ここが熱くなっていたからなのだな」

　嬉しげに言い、哉嵐《セイラン》が翠蓮《スイレン》の濡れた下衣を脱がせる。ひやりとした感覚とともに、下半身を隠すものが奪い去られる。

　白氏《ハクし》の子を産める男たちが皆そうであるように、翠蓮《スイレン》もまた下腹にも脚にも体毛は生えず、つるんとしている。細身の体つきと同じく、性器も小振りなものだ。その性器はいま、口付けと胸を弄られた刺激で硬くなり、乳首よりも少し色を濃くして臍《へそ》のほうを向いている。肉付きの薄い翠蓮《スイレン》の下腹は、すでに透明な雫《しずく》でしとどに濡れてしまっていた。

　ごくりと小さく喉を鳴らした哉嵐《セイラン》が、翠蓮《スイレン》の膝を持ち上げ、ぐっと大きく開かせる。

「あっ⁉」

驚いてとっさに身を硬くしたものの、拒むわけにはいかない。広げさせた脚の間に顔を近づけると、哉嵐《セイラン》は翠蓮《スイレン》の性器をまじまじと見つめた。

彼は翠蓮《スイレン》の性器をそっと握ると、顔を伏せ、下腹に零《こぼ》れた雫へ舌を伸ばして丁寧に舐め始めた。

「ひゃ……っ」

「なんと瑞々《みずみず》しく、溢れるほどの若い精気か……」

驚いて身を竦めながらも、翠蓮《スイレン》はされるがままでいるほかはない。どこかうっとりとした上擦《うわず》った声で言う彼の目は、やはり赤みがかって見える。だが、怪訝に思う間もなく、哉嵐《セイラン》は熱心にその滴りを舐めとって啜《すす》ってから、今度はまだ足りないというかのように、翠蓮《スイレン》の性器の先端に口付けてきた。

滴った蜜を舐めとりながら、根元からべろりと裏筋を舐め上げられ、先端から熱い口の中に呑み込まれる。

「あっ⁉」

愛撫をするわけではなく、あからさまに出させるための動きで、大きな手で根元から強く扱《しご》き上げられ、執拗に先端の小さな孔《あな》を舌でぐりぐりされる。

信じ難いほど気持ちがよくて、もうわずかも持たない。

「やっ、あっ、哉嵐《セイラン》、さま、そんな」

あっという間に高みに追い上げられ、動揺して身を捩《よじ》らせながら、翠蓮《スイレン》の頭の中は真っ白になった。

「あ、あぁ……っ！」

ごくっという露骨な音とともに、吐き出した蜜を飲まれてしまう。

達した翠蓮《スイレン》は、胸を大きく喘がせ、ぐったりと体の力を抜いた。

（これで、黒龍さまが満足してくれれば……）

潤んだ目で呆然と彼を見上げていると、哉嵐《セイラン》がゆっくりと身を起こした。

「ああ……そなたの精気は、なんと美味なことだ……」

夢を見るかのように呟き、半ば恍惚《こうこう》とした表情で漏らす。蜜の味を美味と言われて、なんとも言えず羞恥だけが込み上げる。

「黒龍が喜んでいる……こんなことは、帝位につき、黒龍を我が身に宿してから初めてだ」

本当に飢え切っていたのだろう、哉嵐《セイラン》は信じ難いという顔で自らの胸元に触れている。どうやら望みを果たせたようだ。よかった、と翠蓮《スイレン》が心底安堵して、脚を閉じかけたときだ。

なぜか哉嵐《セイラン》の手がぐっとその膝を摑み、もう一度ゆっくりと翠蓮《スイレン》の脚を開かせたのは。

目を瞬かせ、されるがままでいると、彼は翠蓮《スイレン》のくったりとした性器を優しく握り、濡れた控えめなくびれをじわりと擦ってくる。

「哉嵐《セイラン》さま……？」

むず痒《がゆ》いような快感に小さく身を捩り、翠蓮《スイレン》が呼びかけると、視線を上げた彼と目が合って、息を呑んだ。

赤みがかっていた哉嵐《セイラン》の瞳が、いまや紅玉のような真っ赤な色に変化している。さきほど見たものは、どうやら間違いではなかったようだ。

「黒龍がもっと欲しいとせがんでいる……もう一度、欲しい」

「え……」

予想もしなかった答えに、翠蓮《スイレン》は目を丸くした。

「で、ですが、まだ……たったいま、出したばかりなので……」

翠蓮《スイレン》は性衝動があまり強くない。ごくたまに自らの手で吐き出すときも、二度続けてしたことなどなかった。

だが、哉嵐《セイラン》は頬を染めて言葉に詰まった翠蓮《スイレン》の反応を、好意的なものだと受け止めたらしい。

「ゆっくり可愛がろう」と言うと再び顔を伏せ、更に熱心にそこを舐め始めてしまう。

「ん……っ」

力のない性器にじっくりと舌を這《は》わせながら、彼は大きな手で小さめの双球をやんわりと揉み込む。

「あ、ぁっ、あ、う……んっ」

出してすぐの敏感な性器を弄られ、翠蓮《スイレン》はひくんと身を揺らす。勃ちかけたところで、じゅぷじゅぷと淫らな音を立ててきつくしゃぶられ、先端の孔を舐め回されては、経験の浅い体はひとたまりもない。

萎えていた性器が、情熱的な舌遣いに促され、彼の口の中で勃ち上がっていく。

襦裙《きもの》の袖を口元に当て、がくがくと身を震わせながら、翠蓮《スイレン》は漏れそうになる喘ぎを必死に押し殺す。翠蓮《スイレン》の性器を弄りながら、内腿《うちもも》にちゅっと音を立てて口付け、哉嵐《セイラン》が言った。

「声を聞かせてくれ。黒龍もそなたの初々しい声を聞きたがっている。さあ、可愛い翠蓮《スイレン》。私のために、何でもしてくれるとさっき言ったばかりだろう？」

「あ、う……」

そう言われて、半泣きで口元から手を離す。

身を焼かれるような羞恥の中でも、皇帝の命令に逆らうわけにはいかない。

「あ、あっ！」

再び先端をきつく吸われ、翠蓮《スイレン》はたまらずに喘いだ。淫らな声で興奮するのは、黒龍と哉嵐《セイラン》のどちらなのだろう。堪え切れずに声を漏らすたび、刺激を与えてくる指や舌の動きがいっそう激しくなっていく。

確かに、彼の役に立ちたいと思った。けれど、黒龍へのエサがまさか一度では済まず、満足するまで延々と与え続けなければならないものだなんて知らなかった。

しかもそれが、こんな淫らな行為をされることだとは思ってもいなかったのだ。

「あう、や、……あ、んっ」

哉嵐《セイラン》の激しい舌技に翻弄《ほんろう》され、泣きじゃくりながら再び達し、翠蓮《スイレン》は蜜をまた搾《しぼ》られる。

皇帝との初夜は、黒龍が満腹になり、哉嵐《セイラン》の瞳の色が元の漆黒に戻るまで、解放されることはなかった。

＊

穏やかな風の吹く午後、翠蓮《スイレン》のいる蓮華宮《れんげきゆう》に皇帝から使いの者がやってきた。

「間もなく主上《しゆじよう》がこちらへおいでになりいます」

先触れにやってきたのは、哉嵐《セイラン》の側仕えの宦官《かんがん》である睿《ルイ》だ。

「えっ」

昼食後、榻《ながいす》の上で横になって休んでいた翠蓮《スイレン》は、慌てて飛び起きた。まだ時刻は申の刻《午後四時頃》で、日が暮れてすらいない。

「こんなに早く？」

声を上げたのは、翠蓮《スイレン》ではなく、翠蓮《スイレン》の側仕えの仔空《シア》で、彼も睿《ルイ》と同じく宦官だ。

「……哉嵐《セイラン》さまが来るとお決めになったのだから、早いも遅いもない。さっさと準備をしろ」

睿《ルイ》は弟をじろりと睨み、冴《さ》え冴《ざ》えとした面立ちをわずかに歪めて言う。

翠蓮《スイレン》より二歳年上の二人は双子なので、顔の造りだけは鏡に映したかのようにそっくりだ。しかし、おしゃべり好きで陽気なたちの仔空《シア》と、落ち着きがあり冷ややかな性格をした睿《ルイ》は、まるで光と影のように纏う空気が異なっている。それぞれがいつも身に着けている玉佩《ぎょくはい》は哉嵐《セイラン》からもらったという揃いの澄んだ碧色《あおいろ》の石がはめ込まれたもので、どちらも宦官とわかる袍を着ている。だが、皇帝に仕える睿《ルイ》のほうが位は高いため、装飾が異なっていて、誰も二人を見間違えることはなかった。

「翠蓮《スイレン》さま、少し髪が乱れていらっしゃいます。直して差し上げましょう」

横になっていたせいで、髪紐が解けかけていたらしい。簞笥から櫛《くし》と鏡を取り出すと、仔空《シア》は手早く翠蓮《スイレン》の髪を結び直してくれる。その間に鏡を覗き込み、翠蓮《スイレン》は緩んだ襦裙《きもの》の領《えり》を直す。

「さあ、これでよろしいです」

「ありがとう仔空《シア》。ここは僕が片付けるから、お茶の支度を頼める？」

翠蓮《スイレン》が卓の上のものを片付けながら頼むと、「はい、いますぐに！」と言って、さっと櫛類をしまい、仔空《シア》が厨房《ちゅうぼう》に向かう。

翠蓮《スイレン》は急いでそばに広げていた読みかけの書物を閉じ、大量の手紙の山を文箱《ふばこ》にしまう。哉嵐《セイラン》はもっとたくさんの使用人を付けてくれようとしたが、平民出身の翠蓮《スイレン》は身の回りのことは自分でできる。多くの人に傅かれるのは落ち着かないし、掃除や料理をする下働きの使用人は別にいるから、仔空《シア》さえいてくれればじゅうぶんだと断っていた。

哉嵐《セイラン》はいつも先触れの意味がないくらいにすぐ着いてしまうから、急がなければならない。

ちらりと見ると、睿《ルイ》は慌ただしく部屋を整える翠蓮《スイレン》からは目を背け、扉のそばに端然とした様子で片方の膝を突いている。

その様子は礼儀正しく見えるが――どちらかといえば、ただ翠蓮《スイレン》のことを視界に入れたくないだけかもしれない。

睿《ルイ》は哉嵐《セイラン》から信頼を受けている。もちろん、そんな彼に嫌がられるようなことをした覚えは一つもないのだが、哉嵐《セイラン》の妃として後宮に入った翠蓮《スイレン》は、なぜか睿《ルイ》に好かれてはいないようだ。

のどかな村で一族の仲間たちに囲まれてのんびりと育ってきた翠蓮《スイレン》は、人からあまり強い敵意を向けられたことがない。ささいな揉め事程度は日々あれど、明確に嫌われた経験自体が少なかった。だから、故意に人を陥れようとする浩洋《コウヨウ》のような者や、理由もわからないまま冷ややかな態度をとる睿《ルイ》に、いったいどんな対応をすればいいのか困惑してしまう。

哉嵐《セイラン》は、元々は睿《ルイ》とともに彼の側仕えだった仔空《シア》を翠蓮《スイレン》付きにしてくれた。仔空《シア》は哉嵐《セイラン》に付くまでの間は十年近く前帝の皇后の下で働いてきたそうで、後宮において皇帝の妃が知るべき様々なしきたりを熟知している。貴族への礼状についても、紙の選び方から文章、同封する気の利いた品まで、ほとんど翠蓮《スイレン》は仔空《シア》に頼り切りだ。

帝都に来るのすら初めてで、貴族社会については一般的な知識程度しかない翠蓮《スイレン》は、よく気の回る仔空《シア》がいてくれて、日常生活を送るうえでとても助けられている。だが、もしかしたら睿《ルイ》から恨まれているのはそのせいなのかもしれない、とも思う。

（『弟に世話ばかりかけるな』ってことなのかな……）

頭の中で悩みつつも、どうにか部屋を片付け終えたところに、ちょうど哉嵐《セイラン》がやってきた。

「――小蓮《シャオレン》」

「哉嵐《セイラン》さま、ごきげんよう。ようこそお越しくださいました」

機嫌よく華やかな笑みを浮かべて入ってくる彼を、翠蓮《スイレン》は急いで立ち上がって出迎える。

『玉蓮《ギョクレン》』と従兄弟の名で呼ばれるのは馴染まないだろうし、かといって翠蓮《スイレン》と呼ぶところを誰かに聞かれたら問題だ。というわけで、仔空《シア》たちは翠蓮《スイレン》を基本は『皇貴妃《こうきひ》さま』と呼び、哉嵐《セイラン》だけは、親密な呼び名である『小蓮《シャオレン》』と呼ぶようになった。これまで、亡き両親しかそう呼ぶ人はいなかったので、呼ばれるたびにどこかくすぐったく、懐かしさを覚える呼び名だ。

「午後の陽光の中で見る姿もまた麗《うるわ》しいな……おや、目をどうした？　休んでいたところだったか？」

こちらに近づいてきた彼は、褒め言葉を言いながら翠蓮《スイレン》の背中に腕を回すと、指先でそっと目元を撫でてくる。昼寝をしていたせいで目元が腫《は》れぼったくなっているのかもしれない。さきほど鏡を見たときにはあまり目立たなかったと思うが……と思いながら、翠蓮《スイレン》は慌てて答えた。

「申し訳ありません、お礼のお手紙を書く合間に、少しうとうとしてしまいました」

「謝ることではない、後宮を出られない代わりに、なんでも自由にしていて構わないと言っているだろう？　そもそも、そなたが眠り足りないとすれば……私のせいなのだから」

やや声を潜めて言い、哉嵐《セイラン》が翠蓮《スイレン》の唇を指でゆっくりと辿る。毎夜、彼は数え切れないほど口付けてくるので、紅を差してもいないのに翠蓮《スイレン》の唇はほんのりと赤く充血している。

哉嵐《セイラン》は身を屈めて顔を近づけると、鼻先が触れそうな距離で翠蓮《スイレン》を見つめてくる。

彼はいつも翠蓮《スイレン》を、こうして穴が開いてしまいそうなほどまじまじと凝視する。もしかしたら、目元が腫れている以外にも、どこかおかしいところがあるのかもしれない。不安になって熱くなった頬に手をやったとき、ようやく彼が背筋を伸ばし、小さく咳払《せきばら》いをしてから訊ねてきた。

「ところで、手紙とは誰宛てだ？」

「宰相さまです。贈り物をしてくださったので、早くお礼状を送らなくてはと思いまして」

「……泰然《タイラン》の奴か」

贈り主の名を聞いて、哉嵐《セイラン》が眉を顰めた。

宰相の位にある徐泰然《ジョタイラン》は、代々宮廷に出仕している名家の出で、彼もまた若くして文武の才能を開花させて前帝に引き立てられ、その忠臣振りから、前帝亡きあとも引き続き哉嵐《セイラン》に重用されている。

皇帝の側近中の側近であり、諸侯百官《しょこうひゃっかん》を纏める立場にある男だ。

帝都から遥か遠方の翠蓮《スイレン》の村にまで宰相の有能振りは轟《とどろ》くほどで――つまり、皇帝の妃である翠蓮《スイレン》にしても、決してないがしろにしてはいけない人物なのである。

「まあ、そなたが直々に礼状を書いてやったら喜ぶだろう……ところで、贈り物とはなんだ？」

「あの子です」

翠蓮《スイレン》が開いた窓の外を指差すと、哉嵐《セイラン》は怪訝そうな顔になった。

いったん翠蓮《スイレン》から離れてひょいと窓の外を覗いて「天黒《てんこく》じゃないか……」と呆然とした声音で呟く。

翠蓮《スイレン》も驚いたが、泰然《タイラン》から贈られたのは、なんと大きくて真っ黒な甲羅《こうら》を持つ亀だった。

置物などではなく、生きた亀だ。

蓮華宮《れんげきゅう》から見える中庭にはそれなりの規模の池がある。水の中を放された魚が泳ぎ、周囲には季節の木が配置されて、美しく整えられた生垣《いけがき》に囲まれている。そこへ、泰然《タイラン》から『池が殺風景なのは寂しいでしょう』という手紙とともに、今日の昼前に突然、使用人の宦官たちが亀の入った巨大な入れ物を担いでやってきた。人が乗れそうな大亀の巨大さには驚いたものの、真ん丸で真っ黒な目には愛《あい》嬌《きょう》があり、もしゃもしゃと葉を食べる様はなんとも愛らしくて癒される。仔空《シア》も翠蓮《スイレン》もすぐにこの大亀が気に入り、徐《ジョ》宰相の気遣いに感謝した。

「『天黒《てんこく》』というのがあの子の名前なのですか？」

そういえば亀の名前は教えてもらっていなかったと思って笑顔になると、哉嵐《セイラン》はああ、となぜか顔をしかめたまま頷く。のっそりと半身を池の水に浸している大亀――天黒《てんこく》もこちらを向く。しばし哉《セイ》嵐《ラン》と見つめ合っているように思えたが、天黒《てんこく》はまた視線を外してゆったり池の中を歩き始めた。いったいどうしたのだろうと首を傾げていると、哉嵐《セイラン》は小さなため息を吐《つ》いて翠蓮《スイレン》の手を取った。

「蓮華宮《れんげきゅう》の北側はどうしても守りが薄くなりがちだから、私も、なにか対策をしなくてはと思っていたんだ。だがまあ、天黒《てんこく》がいるなら安心だ」

（亀は番犬のように吠えて異常を知らせてはくれない気がするけど……）

翠蓮《スイレン》が頭の中で考えていると、哉嵐《セイラン》は苦々しい口調で「天黒《てんこく》は泰然《タイラン》の霊獣だ」と言った。

「天黒《てんこく》は聴覚に優れていて、この宮とその周辺に異常があれば、どんなに鋭い警護の者よりも早く気づいて知らせることができる。見張りをさせるには最適だ」と言われ、翠蓮《スイレン》は呆気にとられた。

餅が好物の仔虎に、耳のいい大亀。宮城の宝物庫には、凄腕だった初代皇帝が捕らえた多くの霊獣がそれぞれ玉に収められ、厳重に保管されているらしい。いったいどのくらいの霊獣がいるのだろうと思うと、これまで触れることのなかった世界を覗き見るようで不思議な気持ちになる。

「しかし泰然《タイラン》の奴め、気が利くのはいいが、相変わらず私に一言もなく……」

哉嵐《セイラン》のぼやきを聞いて、翠蓮《スイレン》はハッとした。警護してくれる亀の贈り物自体はありがたいことだが、どうやら泰然《タイラン》は事前に彼に話を通していなかったらしい。

「も、申し訳ありません、いただいたら、すぐにお知らせすべきでした」

先に礼状をと思いつつも、うっかりうたたねをしていた自分が憎い。ここのところ、あちこちの名のある貴族や諸侯から数え切れないほどの贈り物が日々届けられている。それと同じくらい、哉嵐《セイラン》から贈られた品も大量に届くので、夜に彼が訪れたとき、纏めて伝えて礼を言うのが日課となっていた。だが、今回の贈り主は宰相なのだから、届き次第、さっさと哉嵐《セイラン》の元にも使いの者を送っておくべきだったのだろう。自分への贈り物で哉嵐《セイラン》が忠臣と揉め事になったりしたら、それこそ妃失格だ。

翠蓮《スイレン》がしゅんとしてうつむくと、慌てたように哉嵐《セイラン》が手を引き寄せて抱き締めてくる。

「そなたはなにも悪くない。私も、むしろ気の回る泰然《タイラン》に感謝すべきなのだろう。ただ、いつも自分がやろうと思っていたことを先回りされるのでな。有能すぎる部下が少々癪《しやく》に障《さわ》っただけだ」

すまない、と謝られて、翠蓮《スイレン》は驚いて顔を上げる。

項を引き寄せられて額《ひたい》にそっと口付けられ「ただの愚かな嫉妬だ。そなたのことは、私がなにもかもしてやりたいだけだから」という囁きを耳に吹き込まれて、頬が熱くなる。

ちょうどそのとき、茶を淹れて仔空《シア》が戻ってきた。

「――お、お茶は、こちらに置いておきますね！　お昼に主上からお届けいただいたお団子も……」

状況を察すると、仔空《シア》も頬を染めてあたふたと言う。茶と黒蜜のかかった団子を載せた盆を卓の上に置き、ぺこりと頭を下げて慌てて下がっていく。

仔空《シア》が姿を消すと、哉嵐《セイラン》はちらりと扉のそばに控えている睿《ルイ》に目を向ける。

敏い睿《ルイ》は視線だけで皇帝の意図を察したらしく、一礼して素早く部屋を出ていく。

音もなく扉が閉まると、哉嵐《セイラン》は翠蓮《スイレン》に視線を戻した。

「昼寝の邪魔をしてすまなかったな。ちょうど私も今日は朝から宮廷に詰めていて、まだ休んでいない。だから……」

彼がそう言いかけたときだ。哉嵐《セイラン》が帯から下げている玉佩《ぎょくはい》がかすかに光った。中心にはめ込まれた紅玉が文句を言うようにちらついている。二人ともが同時にそれに気づき、小さくため息を吐いた哉《セイ》嵐《ラン》が「——天紅《テンコウ》」と呼んだ。

すぐさま中からぴょんと飛び出してきたのは、彼の使い魔である赤い仔虎の天紅《テンコウ》だ。

『蓮蓮《レンレン》！』

「天紅《テンコウ》、こんにちは」

真っ赤な毛玉のような霊獣の姿を見て、翠蓮《スイレン》は思わず微笑んだ。

天紅《テンコウ》は紅玉から出てくるたびに翠蓮《スイレン》の元に飛んできては、足元にまとわりついて遊んでくれとせがむ。舌足らずのせいか翠蓮《スイレン》とは呼びづらいようで、いつの間にか勝手に蓮蓮《レンレン》と呼ぶと決めたようだが、他の者のことは『あやつ』だの『やつら』だのとしか言わないので、懐いてくれているようで嬉しい。

汪《オウ》家の者は、生まれたあと、必ず一匹の霊獣を使い魔として与えられるそうだ。本人の素質により、選び出すことのできる霊獣の強さは様々だそうだが、哉嵐《セイラン》の霊獣である天紅《テンコウ》いわく『我は汪国《おうこく》ずいいちの力をもつ霊獣なのじゃ！』だそうだ。

そのときふと、皇帝の血筋ではないはずの泰然《タイラン》が、なぜ霊獣を持っていたのだろうと少し不思議に思った。しかし、彼は前帝の代から宮廷に仕えている重臣だから、特別に下賜《かし》されたのかもしれない。

そこまで考えたところで天紅《テンコウ》がぴょんと膝の上に飛び乗ってきて、翠蓮《スイレン》は思わず頬を緩めた。天紅《テンコウ》は抱っこされるのが大好きなのだ。

古めかしい言葉遣いをするわりに、仔虎の行動はまるで無邪気な仔猫のようで可愛い。仔空《シア》はいつも天紅《テンコウ》の牙や爪を怖がって遠ざかろうとするが、翠蓮《スイレン》はこの可愛い霊獣を怖いとはちっとも思わず、天紅《テンコウ》が出てくるのを楽しみにしている。だが、今日は翠蓮《スイレン》の手に頭を擦りつけてひとしきり甘えたあと、天紅《テンコウ》はすぐに卓の上の菓子に目を向け、目を輝かせた。

『お団子！』

「ああ、わかった、食べて構わない。食べ終わったらこの部屋で遊んでいろ。間違っても外に出ていたずらをするなよ？」

わかったというように頷きながら、天紅《テンコウ》は前肢を卓にかけてもう団子の皿に顔を突っ込んでいる。

その様子を後目《しりめ》に、翠蓮《スイレン》は哉嵐《セイラン》に手を引かれ、奥の寝所のほうへ連れていかれる。想像はしていたことだったが、翠蓮《スイレン》は慌てて声をかけた。

「あ、あのう、哉嵐《セイラン》さま、まだこんなに外は明るくて……」

「暗いほうが好みか？　ならば、天蓋《てんがい》の布をもっと厚いものに変えさせよう。布を引くだけで真夜中のように暗くできる」

言いたいのはそういうことではなくて——と翠蓮《スイレン》が考えたところで、すでに天蓋の布を捲《めく》った哉嵐《セイラン》によって牀榻《しんだい》の中へと引き入れられていた。

続けて入ってきた哉嵐《セイラン》が天蓋の布を引く。牀榻《しんだい》の上で二人きりになると、翠蓮《スイレン》はいよいよ追い詰められた。寝所の牀榻《しんだい》の天蓋にかかる紗の布はごく薄く、明かりを遮るようなものではない。困り果て、赤くなっているであろう顔で、正直に言うしかなくなった。

「哉嵐《セイラン》さま、僕……情けないのですが、まだ、お役に立てないかもしれません」

申し訳なく思いながら伝えても、「そんなことは構わない」と彼はいっさい怒る様子はない。

困惑する翠蓮《スイレン》の頬を撫でながら、哉嵐《セイラン》は秀麗な顔を緩める。

「そなたが蜜を出せないのだとしたら、そもそも私が今日まであまりに求めすぎたせいだろう。少し好きにさせてくれるだけで構わない。黒龍はいまそれほど空腹ではないから、それだけでもじゅうぶんに満たされるはずだ。早々に来たのは……ただ、私がそなたと一緒に過ごしたかっただけだから」

そう言うと、哉嵐《セイラン》は翠蓮《スイレン》の背中を引き寄せ、ゆっくりと唇を重ねた。

そのまま軽々と持ち上げられて、胡坐をかいた彼の膝の上に抱きつくかたちで座らされる。長軀の彼とは身長差があるので、膝の上に乗せられるとちょうど目線が合う。明るさに戸惑う翠蓮《スイレン》をあやすように甘く唇を吸いながら、彼は手早く翠蓮《スイレン》の帯を解き、襦裙《きもの》の前を開いていく。

「この色はそなたにとてもよく似合うな。白い肌に映えていっそう美しい。この襦裙《きもの》を着ているそなたは、絵心のない私が絵を描きたくなるほど雅びやかだ」

哉嵐《セイラン》は惚れ惚れとした口調で囁く。

今日翠蓮《スイレン》が着ているのは濃紺の中衣に領《えり》の白い薄青色の襦裙《きもの》という涼しげな色合いの組み合わせで、襟元と裾には優美な藍色《あいいろ》の龍の刺繍が施されている。玉佩《ぎょくはい》と揃いの髪飾りは、捻じった銀の簪《かんざし》に深い青色の小さな藍宝石《らんぽうせき》がはめ込まれたものだ。

哉嵐《セイラン》は翠蓮《スイレン》に様々な贈り物を届けてくる。宮城に出入りする商人から買った玉を散りばめた簪や耳飾りや、上質な布をあれこれと取り寄せさせては勝手に仕立てに出すので、蓮華宮《れんげきゅう》には次々と新しい襦裙《きもの》が届けられている。どれもどこかに汪《オウ》家の象徴である龍の刺繍が施されている美しく見事な襦裙《きもの》だが、中でも、この襦裙《きもの》の爽《さわ》やかな色合いは翠蓮《スイレン》のお気に入りだった。

褒め言葉に礼を言ってから、「僕も、この襦裙《きもの》がとても気に入っています」と恥じらいながら伝えると、彼も嬉しそうに「それはよかった」と微笑んだ。

胸元があらわになると、哉嵐《セイラン》は動きを止めた。視線の先にあるのは充血して腫れた乳首だ。

哉嵐《セイラン》は翠蓮《スイレン》から蜜を得るとき、快感を高めさせるためか、必ず胸にも触れてくる。そうして繰り返し弄られたそこは控えめな桃色から濃く色を変え、ぷっくりと痛々しいほどに腫れてしまっている。

「これはさぞかしじんじんと疼《うず》くだろうな。指で触れては痛むだろう」

哉嵐《セイラン》はそう言うと、乳首の周りをそっと指で辿る。精気を与えられて身の内にいる黒龍が喜ぶと、昂《たかぶ》り切った彼は加減を忘れて激しく翠蓮《スイレン》の乳首を吸う。その際に執拗な吸い痕《あと》を残すので、翠蓮《スイレン》の胸元には点々と花びらのような赤い痕が残ってしまっている。

「あとで薬を塗ろう。その前に舌で舐めてやろうか」

「い、いいえ、どちらもけっこうです……っ」

慌てて言ったが、哉嵐《セイラン》は少し身を屈めて翠蓮《スイレン》の胸の尖りにフッと息を吹きかける。

「……っ」

翠蓮《スイレン》はびくんと身を強張らせる。それだけでも、腫れて敏感な乳首にはじゅうぶん過ぎるほどで、

過剰な反応を見て、彼は口の端を上げた。

「そなたのここは、『舐めて治してほしい』とせがんでいるようだ」

「そ、そんなことは……、あっ！」

哉嵐《セイラン》は狼狽《うろた》える膝の上の翠蓮《スイレン》の背を抱えたまま、ゆっくりと敷布の上に押し倒す。

翠蓮《スイレン》は上半身を牀榻《しんだい》の敷布に預け、腰を哉嵐《セイラン》の膝の上に乗せた姿勢になる。狼狽えて向けた目に、彼が自分の薄い胸元に顔を伏せるのが映って息を呑む。乳首に彼のかたちのいい唇が近づき、舌でそっと舐められるむず痒い感触に、ぶるっと身を震わせた。

「あ……、ん……っ」

彼の長い髪が垂れてあらわになった翠蓮《スイレン》の胸元を擽る。甘噛みしたり、唇に挟んで吸ったりもせず、尖らせた舌先ではじくでもなく、哉嵐《セイラン》はただ柔らかいままの舌で腫れた乳首をねろねろと舐《ねぶ》ってくる。空いたもう一方は、いつもならば指で摘まんでさんざん捏ね回されるのに、今日は羽根で撫でるようにやんわりと擦るだけだ。

「う、ぅ」

だが、そのいつになくもどかしい刺激が逆にたまらず、翠蓮《スイレン》は熱い息を吐き出す。

普段は飢えた黒龍に急かされた彼に荒々しく翻弄されるばかりだが、今日は確かに黒龍が満足しているらしく、哉嵐《セイラン》には理性が残っているようだ。しかし、冷静な彼とは裏腹に、翠蓮《スイレン》のほうは、毎夜失神するまで愉悦《ゆえつ》を与えられて、体がすっかり感じやすくなっている。そのせいか、どこもかしこも疼く体に触れられただけで、すぐに甘い声を漏らし、頭がぼうっとして、なにかを考えることすらできなくなってしまうのだ。

「あっ、や……っ」

翠蓮《スイレン》がひくっと身を揺らすと、彼が胸から顔を上げる。目が合うなり哉嵐《セイラン》は笑みを消し、少し伸び上がって顔に覆いかぶさり、翠蓮《スイレン》の唇をやや荒々しく吸ってきた。

「ん……、ふ……っ」

深く舌を絡められて、吸い上げながら擦り合わされる。熱を込めた口付けに、もう出るものはなにもないのに、背筋から腰へとびりびりとした疼きが走る。愛が籠もっていると錯覚してしまいそうなほど情熱的な接吻に酔わされ、翠蓮《スイレン》は陶然《とうぜん》となった。

逃れられない状態でじっくりと咥内を貪《むさぼ》られたあと、やっと濃密な口付けが解かれる。

「哉嵐《セイラン》さま……、あの、どうかなさったのですか……？」

かすかに息を荒くしている哉嵐《セイラン》が気にかかり、翠蓮《スイレン》は心配になって訊ねた。

視線を合わせると、哉嵐《セイラン》は一瞬言葉に詰まる。それから困ったように言った。

「そなたが、あまりに可愛い顔で喘ぐものだから……黒龍が、目覚めてしまったようだ」

「え……」

さきほどまで穏やかな色をしていた彼の目が、欲情を帯びた深紅に変わっている。熱い頬に更に血が上がり、身を起こそうとすると、肩を摑まれ、ゆっくりと敷布の上に押し戻されてしまう。

「で、でも、僕……」

「大丈夫だ。出ないのだろう？　無理に搾ったりはしない」

戸惑う翠蓮《スイレン》をそう言って宥め、「……少し、好きにさせてくれれば大人しくなる」と哉嵐《セイラン》は囁く。

彼は翠蓮《スイレン》の首筋の匂《にお》いを嗅《か》ぐように鼻先をうずめる。首から肩に口付けていきながら、脱げかけて肩にかかっていた襦裙《きもの》を中衣ごと脱がせた。ぐっと腕を持ち上げられ、彼がなにをするつもりなのかに気づき、翠蓮《スイレン》は困惑した。

「哉嵐《セイラン》さま、そこは……」

「すぐに済ませる」

やんわりと腕を摑まれ、痛くはないが、抗えない力で頭上の敷布に押しつけられる。

黒龍を身に宿した男の「すぐに」という言葉は、信用してはならない。満足するまでが、普通の雄の言うすぐとは、わけが違うのだ。

「ああ……そなたは、本当にいい匂いだ」

哉嵐《セイラン》は顔を伏せ、翠蓮《スイレン》の腋《わき》の下をべろりと舐め上げた。

「ひゃ……っ」

もう何度か、出なくなったときにすでにそこを舐め回されている。くすぐったく、感覚の敏感な腋の下は匂いが濃く、汗が滲みやすい場所だ。

どうも、黒龍の欲する『精気』というものは、血液や精液以外に、わずかながら唾液や汗からも摂取することができるらしい。そのため、繰り返し搾られすぎて翠蓮《スイレン》が雫すらも出せなくなり、それでもまだ黒龍が満足しない夜には、哉嵐《セイラン》から汗の出る場所を舌で攻められてしまう。感じやすい場所に唇を押しつけられ、音を立てて吸いつかれ、むずむずした刺激がたまらず、翠蓮《スイレン》は身を捩った。

「あう、……、ん、ん……っ」

白氏《ハクし》の一族の生まれで特殊な体質のせいだろうか、翠蓮《スイレン》の体には、髭はもちろんのこと、性器の周辺も、脚も腕も、そして腋の下も毛が生えておらず、つるんとして完全に無毛だ。

彼は快感と羞恥でわずかに汗の滲んだそこの匂いを犬のように嗅ぎ、舌で味わうように舐め回して、啜ってくる。

困るのは、ただ汗を舐め取られて済むわけではなく、変に自分の体が反応してしまうことだ。潤んだ視線を向ければ、美貌の皇帝が自分の腋に顔をうずめて夢中でそこに舌を這わせているのだ。信じ難い光景に頭がくらくらして、翠蓮《スイレン》はただ必死に刺激に耐えようとする。

まさか、腋の下がこんなに感じる場所だとは知らなかった。

「馨《かぐわ》しい香りに、美味な甘露《かんろ》だ……」

ため息交じりに呟き、哉嵐《セイラン》がじゅっと音を立てて腋の下を吸い上げる。あり得ないところから汗を舐め取られて、翠蓮《スイレン》は泣きたくなった。

哉嵐《セイラン》のすることは、なにもかも翠蓮《スイレン》の想像の域を遥かに超えている。


後宮に入ってからのこの一か月の間に、翠蓮《スイレン》の暮らしは一変していた。

毒剣を懐に隠して嫁いできた身代わりの妃だ。処刑されても文句は言えないと半ば覚悟していた。

だが、驚いたことにすべてを許したうえに、哉嵐《セイラン》は翠蓮《スイレン》を表向きは『玉蓮《ギョクレン》』としてすんなりと受け入れてくれた。更には、毎夜どころか、時間が空けば昼であっても後宮に足を運ぶほどで、自分の宮にいるよりも長い時間、この宮に入り浸っているのだ。

もちろん、それは黒龍が欲する『精気』を得るためなのだが、汪《オウ》家皇帝が代々黒龍をその身に継いでいるという事情を知る者は、宮廷に出入りする限られた者だけだ。

そもそも、身代わり妃として入宮した最初の夜。翠蓮《スイレン》は彼に事情を打ち明けられ、過ちを鷹揚に許してくれた感謝の気持ちから、精気が欲しいという頼みを受け入れた。

飢えた黒龍のエサにするため、血をもらうことを頑なに拒む哉嵐《セイラン》の気持ちと、男の自分であれば血液ではなく精液で済むという話に、戸惑いを覚えながらも納得し、少しでも彼の助けになりたいと思ったからだ。

——しかし。彼の助けになりたいと思った翠蓮《スイレン》の想像と、実際の精飲とはまったく違うものだった。

利害関係が一致し、哉嵐《セイラン》に情熱的な口付けをされながら、婚礼衣装をはだけられた。口付けすら初めての翠蓮《スイレン》は彼の指や舌で胸の尖りを弄られ、あちこちに刺激を与えられて快感を高められた。彼は翠蓮《スイレン》の性器を嬉々として舐め回し、そこから溢れた蜜を飲んだ。

恥ずかしかったが、これで黒龍が満足してくれるのなら——そう考えていたのだ。

だが、事はそんなに甘くはなかった。哉嵐《セイラン》は即位してから妃を迎えることを拒み続け、丸一年以上も精気を与えられずにいた黒龍は、翠蓮《スイレン》の想像以上に飢え切っていたのだ。

その渇望に操られるかのように、哉嵐《セイラン》は続けて翠蓮《スイレン》の性器をしゃぶり、二度蜜を飲み干した。それから、まだ息も整わない翠蓮《スイレン》を抱き上げて牀榻《しんだい》に連れていき、脱げかけた婚礼衣装を中衣ごと脱がせると、今度は体中を舐め回し始めた。

驚いたが、目の色が赤く変化した哉嵐《セイラン》はまるで黒龍に乗り移られたかのように、猛烈に翠蓮《スイレン》の精気を求めた。強引に昂らされた翠蓮《スイレン》は、体を押さえつけられ、否応なしに三度目のごく薄い蜜をも搾り取られることになってしまった。

しかも、三度飲んでも哉嵐《セイラン》はまだ翠蓮《スイレン》を離そうとはせず、怖くなってとっさに逃れようとしてもすぐに捕まってしまい、翠蓮《スイレン》は彼の膝の上に背中向きに抱き込まれた。『もう一度だけ欲しい』とせがむ彼に、こめかみや頬に熱っぽく口付けられながら、また萎えた性器を弄られ続けて、翠蓮《スイレン》は半泣きになった。もう無理です、許して、と懇願したけれど、哉嵐《セイラン》は聞いてはくれず、双球をしつこく揉まれ、痛みを感じるほど性器の先端の孔を執拗に擦られ続けた翠蓮《スイレン》は、最終的に、まるで子供がお漏らしをするように、無理やり水のような雫を吐き出させられてしまった。

呆然としているうちに、嬉々とした哉嵐《セイラン》にそれまでをも丁寧に舐め取られてしまい、絶望が込み上げた翠蓮《スイレン》は、泣きじゃくりながら『村に帰る』と彼に訴えた――らしい。その言葉で、哉嵐《セイラン》はやっと自分を取り戻したのだという。

嫁いできた当日、目まぐるしい一日の最後に、あり得ないやり方で激しく蜜を貪られ、疲労のあまり翠蓮《スイレン》自身はそのときのことをはっきりとは覚えていない。だが、哉嵐《セイラン》は心底反省したらしく、翌朝には皇帝からだという大量の詫びの贈り物が次々と宮に届けられた。唖然とした翠蓮《スイレン》がその包みのすべてを開け終えないうちに、使用人から『お部屋をお引っ越ししていただくことになりました』と言われ、最初に与えられた桂花宮《けいかきゅう》から、蓮華宮《れんげきゅう》という建物に移ることになった。新たな宮は、前の宮より少し広くて、建物に面した庭も大きくて立派だ。

翠蓮《スイレン》は当初、側室として上から三番目の身分である妃《ひ》として入宮した。平民の出で特別な後ろ盾もないことを考えれば、それすらも相当な好待遇といえる。

しかし、後で聞いたことだが、哉嵐《セイラン》は入宮翌日に自ら官吏に命じ、翠蓮《スイレン》を妃の二つ上の位である皇《こう》貴妃《きひ》に出世させた。妃賓は位によって住む宮が異なる。翠蓮《スイレン》が引っ越しする必要ができたのは、そのためだったのだ。

皇貴妃は皇帝の正妃である皇后に次ぐ位で、つまりは側室の中での最高位である。

しかも、翠蓮《スイレン》は側室ながら、現在正妃のいない哉嵐《セイラン》にとっては唯一の妃だ。

理由もなく側室に二つ飛びの出世をさせ、そして入宮の翌日から、毎夜どころか仕事が済み次第、昼間であっても一刻すら惜しんでまっすぐに後宮を訪れるようになったという皇帝の行動は、瞬く間に宮城内に広まった。

そうして、嫁いできて一週間も経つ頃には、その噂は人の口を伝い、帝都中を駆け巡ったという。

『黒武帝《こくぶてい》は、娶ったばかりの白氏《ハクし》の妃に相当ご執心らしい』――と。


(これは、本当に現実なんだろうか……)

翠蓮《スイレン》はぼんやりした頭の中で思う。

横たわった牀榻《しんだい》の隣には哉嵐《セイラン》がいる。昼間も会いに来たというのに、彼は夜もまた、仕事を終えるなりこの蓮華宮《れんげきゅう》にやってきた。用意された酒肴もそこそこに寝所に連れていかれ、汗だけでも舐めたいと望む彼にあちこちを舐め回され、また感じやすい腋の下を攻められて、翠蓮《スイレン》はもう出すものもないのに達したかのような愉悦に堕とされた。

満足した彼は、使用人に湯を持ってこさせ、手ずから翠蓮《スイレン》の体を清めてくれたあと、夜着を着せた翠蓮《スイレン》を胸に抱き込んで、いつものように横になった。

「私も夜明けまでここで休んでいく」と言うと、本当に疲れていたらしく、翠蓮《スイレン》が眠りに落ちるより前に穏やかな寝息が聞こえてきた。

後宮で二番目に位の高い妃が住む宮。その贅を凝らした静かな寝所で、目の前には瞼《まぶた》を閉じた秀麗な美貌がある。

――いったい、いまの状況を誰が想像できただろうか？

いきさつを知らない者からしたら、翠蓮《スイレン》のことを、いまをときめく汪国《おうこく》皇帝の熱烈な寵愛を受けた、幸福な妃だと誤解することだろう。

だがその実、翠蓮《スイレン》は哉嵐《セイラン》に気に入られているというわけではない。男の身で同性に嫁ぐことを許されているのは白氏《ハクし》の血を引く一部の青年だけだ。精を吐き出せる男でありつつも、特別に後宮に入宮を許されている白氏《ハクし》の者だから、ここに迎え入れられた。そのうえで、彼が宿している黒龍のエサとなるものを血の一滴すら流さずに与えられる身ゆえに、重宝されているだけだ。

そもそも、もし玉蓮《ギョクレン》が入宮していたら、この役目を担うのは彼だったはずなのだ。

決して自分が特別なわけではない。

そんな状況をよく理解したうえで、哉嵐《セイラン》の望みに応じているつもりだったが、意外な誤算もあった。

「……どうした、眠れないか？」

うっすらと目を開けた哉嵐《セイラン》は、腕の中にいる翠蓮《スイレン》が眠っていないことに気づいたらしい。

「いいえ、少し、考え事をしていて……」

なんだ、というように彼が翠蓮《スイレン》を見つめてくる。

「あの……こんなに頻繁に後宮にいらして、大丈夫なのですか……？」

ここのところ、ずっと気になっていたことだ。その質問を聞き、哉嵐《セイラン》は小さく笑った。

「政務をおろそかになどしていないぞ？　そなたが来るまでの間、私は飢えた黒龍のおかげで心身ともに限界を感じていた。大臣たちはそれを知っている者がほとんどだから、妃を迎えることを強く勧めてきた。だから皆、皇貴妃のおかげで私が元気になったと喜んでくれているくらいだ」

確かに、まだ嫁いで一か月ほどしか経っていないが、初対面のときは黒龍に翻弄されていたせいだろう、そう言われてみれば、以前の哉嵐《セイラン》はやや影を感じさせるところがあった。だがそれから翠蓮《スイレン》の精気をじゅうぶんに得たせいか、彼の容貌は日々輝きを増し、もはや眩しいほどだ。出会って間もない翠蓮《スイレン》がそう感じるのだから、彼に仕えてきた大臣たちが安堵するのも当然だった。

「まあ、そのうち蓮華宮《れんげきゅう》に通いすぎだと苦言を呈されるようになるかもしれないが……いまはまだ、誰一人として文句を言う者などいない」

そう言いながら、彼は小さなあくびを噛み殺す。せっかくの眠りを妨げてしまったことを反省し、翠蓮《スイレン》は慌てて言った。

「ごめんなさい、どうぞお休みになってください……僕も、眠りますから」

そうか、と囁き、小さく口の端を上げると、彼は翠蓮《スイレン》の肩に布団をかけて抱き直す。額に唇を触れさせ、髪に鼻先をうずめるようにしてから、もう一度眠りに落ちた。

目を閉じて、温かな鼓動を感じながら、翠蓮《スイレン》はこのあまりにも予想外ないまの状況について頭の中で考え続けていた。

暗殺未遂と身代わりの妃であるという二つの秘密と引き換えの哉嵐《セイラン》の要求は、願ってもない話で、断る選択肢などなかった。

しかし、やむを得ず選んだ道だったはずなのに、彼は黒龍を満足させた翠蓮《スイレン》を、あからさまにただの『エサ』として扱ったりはしない。いつも恥ずかしくなるくらいなにもかもを褒め称えてくれるし、精気を得たあとも、使用人に翠蓮《スイレン》の世話を任せずに体を拭いてくれたり、こうして蓮華宮《れんげきゅう》の牀榻《しんだい》で夜明けまで一緒に休んでいったりもする。

歴代皇帝には嘘か真《まこと》か、後宮と妃嬪にまつわる様々な逸話がある。それは、愛の冷めた側室を暗く狭い部屋に追いやって精神を病ませたり、男との密通の噂を信じて自害させたりといった恐ろしい話ばかりで、誰もが身分差を笠に着てやりたい放題だったようだ。

だが、そんな皇帝たちとは哉嵐《セイラン》はまったく違う。

もし哉嵐《セイラン》が彼らのような残忍な皇帝だったら、最初の夜に翠蓮《スイレン》が過剰な求めに怯えて逃げようとしたところで、おそらく苛烈な罰を与えられているはずだ。けれど哉嵐《セイラン》はむしろ、翠蓮《スイレン》が彼に傅くことを好まず、必要なとき以外は自由にのんびりと暮らすようにあれこれと気遣ってくれる。

輝かしいまでの美貌に恵まれ、すべての民を従わせる天子の地位にありながらも、彼は意外なほどまっとうな心を持った優しい人だ。

それを知らずにいた翠蓮《スイレン》には、当初、皇帝の前でなにか失敗を犯せば斬り捨てられてしまうかもしれないという怯えがあった。だが、次第に彼がどんな人間かが伝わってくると、どうやら自分が大変な幸運に恵まれたようだということに気づいた。

哉嵐《セイラン》は帝位にありながら、暴君とは程遠い。常識も、思い遣りも持ち合わせている。

普通に考えれば、前帝たちと同じように、潤沢なエサ――つまり、多くの妃嬪を迎えることが最も容易く黒龍を満足させられる方法なのだろうが、彼は過去の皇帝とは違い、血液を奪うことを毛嫌いしている。

だから、いつまでかわからないけれど、彼の妃は当面の間、自分一人だけだ。

平民の翠蓮《スイレン》は、後宮ではもったいないほどの待遇をされているうえに、皇帝自身からも寵妃のような扱いを受けている。村でもささやかな幸福を感じながら暮らしてきたが、蓮華宮《れんげきゅう》での日々は、まさに雲の上のような夢の暮らしだ。

（だけど、僕は本物の側室じゃないから……）

どんなに褒め称えられても、どれだけ哉嵐《セイラン》が自分に優しくしても、誤解しないようにしなくてはならない。

なぜなら、時間を惜しんでこの宮に足を運んで執拗に精気を求め、一見、翠蓮《スイレン》に猛烈に執着しているように思える哉嵐《セイラン》は、その反面、決して翠蓮《スイレン》を抱こうとはしない。

いま皇太子位についているのは、前帝が遅くに産ませた哉嵐《セイラン》の腹違いの弟だ。まだ十歳で母親が宮女なために有力な後ろ盾がなく、暗殺を恐れてか、皇帝の側近である徐《ジョ》宰相の別邸に身を寄せてひっそりと暮らしているという。他にも前帝が産ませた皇子は数人いるが、どの子供も似たり寄ったりの状況で、前帝の皇子として華々しく担ぎ上げられる者は少ないようだ。

白氏《ハクし》の一族である翠蓮《スイレン》は子を孕める体を持っているので、もし抱かれれば子ができる可能性がある。

もし、いまの状況で哉嵐《セイラン》と翠蓮《スイレン》の間に子が生まれれば、その子は現皇帝の血を引く第一子――つまり、前帝の子よりも帝位継承順が上位の、汪国《おうこく》の皇太子となるのだ。

翠蓮《スイレン》が平民の出なので反発は必至だろうが、前例がないわけではない。

とはいえ、翠蓮《スイレン》は我が子を次代の帝にしたいなどという大それたことはいっさい望んでいないが、

ただ、彼が子を作ろうとしない理由が気にかかった。

哉嵐《セイラン》が翠蓮《スイレン》以外には妃を迎えないと決めていることは理解しているものの、跡継ぎが不要だとは聞

いていない。そもそも、皇帝は盤石《ばんじやく》の地位を築くため、婚姻により名門貴族との深い繋がりを得たうえで、多くの子を産ませようとするのが普通だ。

しかし、いま現在、妃が一人しかいない哉嵐《セイラン》は、安定を考えればいっそう跡継ぎを欲しがって当然なのに、彼は翠蓮《スイレン》から精気を求めるだけで、決して子を生《な》そうとはしないのだ。

そうなると、その理由は明白だった。

だから、翠蓮《スイレン》はしっかりと自分に言い聞かせ、立場を弁《わきま》えなくてはと決めている。

本当の意味で抱いてはもらえない自分は、彼にとって本物の妃ではない。

——ただの、黒龍に与えるためのエサなのだと。

＊

陽光を映し出す池の水面がそよ風に揺らいでいる。

煌く水面には、白い小さな花びらが浮かぶ。いったいどこから飛んできたのだろうと思いながら、翠蓮《スイレン》は天黒《てんこく》の口元にまた新しい葉を差し出す。大亀はもぐもぐとのんびりした動作で葉を咀嚼する。

「——さま、……皇貴妃さま……？」

なにか聞こえた気がしたが、考え事をしながら庭で天黒《てんこく》に食事を与えていた翠蓮《スイレン》は、空耳だろうとそのままエサやりを続ける。

水面を眺めていると、故郷の村を思い出す。無意識に、翠蓮《スイレン》は漁のときにいつも歌っていた懐かしい歌を口ずさんでいた。

かすかな甘い香りに気づき、何気なく顔を上げる。

「小蓮《シャオレン》」

驚いて振り返ると、すぐそばに哉嵐《セイラン》が立っている。慌てて翠蓮《スイレン》は立ち上がった。

「えっ……あっ、哉嵐《セイラン》さま⁉」

「すごいな、これは。そなたが呼んだのか？　歌でか？」

不思議そうに訊かれて、彼の視線の向けられた先を見ると、水面が跳ね、翠蓮《スイレン》のいる池の辺りにありったけの魚たちが集まってしまっている。

特に呼ぶつもりで歌ったわけではなかった翠蓮《スイレン》は慌てた。

代々一族に受け継がれている、漁のときに歌うものなのだと説明すると、彼は「『白氏《ハクし》は決して漁を外さない』といわれているのは、その歌のせいか」と納得したように頷いた。

歌うのをやめれば、ほどなくして魚たちは三々五々に散っていく。

「も、申し訳ありません、いらっしゃったことに気づかなくて……あの、今日は睿《ルイ》はどうしたのですか？」

皇帝が後宮に来るとき、先触れがないことはまずあり得ない。

とはいえ、哉嵐《セイラン》は先触れの意味がないくらいすぐに到着してしまうときが多いけれど、それでも事前に睿《ルイ》が訪れを知らせに来ないことはこれまでにはなかった。

「いつも通り知らせはやったぞ。だが、睿《ルイ》が声をかけても気づかなかったようだ」

言われてみれば、宮の通路には確かに睿《ルイ》の姿がある。いつも通りの無表情だが、やや不服そうなところを見ると、おそらく呆れているのだろう。謝罪の気持ちを込めて、翠蓮《スイレン》は彼に小さく頭を下げる。

「献上品の中に美味そうな桃があったから渡しに来たんだ。また戻らねばならないが、せっかくだから新鮮なうちにと思ってな」

そう言って、彼は手に持った小さな籠を渡してくる。中には瑞々しく熟れた桃がいくつか入っている。甘い香りはどうやらこの籠からだったようだ。

「ありがとうございます……とてもいい香り」

やっと笑顔になった翠蓮《スイレン》の目を覗き込み、哉嵐《セイラン》が訊ねてくる。

「どうかしたか？　なにか、心配事でも？」

一瞬、どうすべきか迷ったが、翠蓮《スイレン》はこくりと頷いた。

「はい……実は、少し気になることがありまして」

「では話を聞こうか」と言う哉嵐《セイラン》に手を取られ、もしゃもしゃと一心不乱に葉を食べる天黒《てんこく》の前に残りの葉をすべて置いてやってから、翠蓮《スイレン》は部屋に戻る。

ちょうど書き終えた手紙を使いの者に頼みに行っていて仔空《シア》が留守なので、もう一人、雑用をこなしてくれる使用人の笙鈴《ショウリン》を呼ぶ。彼もまた宦官で、仔空《シア》の推薦で翠蓮《スイレン》付きになった。まだ十五歳の少しあどけない雰囲気をした無口な少年だ。

笙鈴《ショウリン》に籠ごと桃を渡し、お茶と一緒に出してくれるように頼む。仔空《シア》と笙鈴《ショウリン》も食べてと伝えると、彼は嬉しそうにぺこりと頭を下げる。

翠蓮《スイレン》は、卓を挟んだ哉嵐《セイラン》の向かい側に腰を下ろすと、卓の上の文箱を開けて一通の手紙を取り出す。

それを見て、彼の表情が曇った。

「もしやまた、そなた宛ての頼み事か？」

快い反応ではないのはわかったが、やむを得ず「はい」と頷く。

「滎陽《けいよう》の苞《ほう》という村で、助けを求めている者がいるのです」

そう言いながら、翠蓮《スイレン》は手紙を開く。

後宮に入り、黒武帝《こくぶてい》の唯一の寵妃として知れ渡ってしまった翠蓮《スイレン》の元には、周辺国の王族に国内の貴族官史や村長からも様々な贈り物が届くようになっていた。

結婚祝いなので断るわけにもいかず、一つひとつに礼状を送っていたのだが、その贈り物攻勢が少し落ち着き始めた頃、今度は市井《しせい》の民からも手紙が届くようになった。

内容は純粋に祝福だけのこともあるが、それはごくわずかで、多くは決まって『困り事を皇帝に伝えてほしい』というものだ。

きっと切実な頼み事なのだろうと思って開くと、中はやはり、『重い病気にかかった子供を助けてほしい』『街の役人が無罪の者を死罪にしようとしているので救ってほしい』などといった、重々しく一刻を争うような内容のものばかりだった。

汪国《おうこく》は豊かで、しばらく飢饉《ききん》の話を聞かずに済んでいるが、それでもまだ多くの人々が困っている。

できればなんとか力になりたくて、翠蓮《スイレン》は最初に助けを求める手紙が届いたとき、すぐ動いた。哉《セイ》嵐《ラン》が訪れるなり、急いで手紙のことを伝えたのだ。

しかし、一通り話を聞いてくれたあとで哉嵐《セイラン》はどこか困った顔になった。『今日の話は管轄の者に伝えさせる』と言われてホッとしたのも束の間、『各街には、それぞれ担当の官吏が気を配っている。今後は心配する必要はないから』――要するに、口出しは無用だとやんわり言われてしまい、翠蓮《スイレン》は落ち込んだ。

しかし、哉嵐《セイラン》の言うことが正しいのもよくわかっていた。

なんの権限も持たず、ただの側室でしかない自分がしゃしゃり出ていいことは何もない。

仔空《シア》によると、本来であれば、後宮には知り合いや名のある貴族以外からの手紙はすべて届けられるわけではないらしい。

つまり、翠蓮《スイレン》の手元に届いたものは、差出人かもしくは使いの者が、手紙を確実に届けるように、後宮の通信を取り仕切る官吏に幾ばくかの銀子を渡して頼み、そのうえで届けられているということだ。

また、皇帝の妃が見知らぬ民からの手紙を読むようなことも、普通はないらしい。

哉嵐《セイラン》からも、届いた手紙は、事前に仔空《シア》に振り分けさせてから必要なものだけ目を通すようにと言われたが、なにもできなくても、せめて読むだけはしたいと、翠蓮《スイレン》はこれまで届いたすべての手紙に目を通していた。

そして今日、苞《ほう》の村から届いた手紙には、切実な願いが綴られていた。

「……先日降った豪雨で、山間部にある苞《ほう》の村と、滎陽《けいよう》の他の街を繋ぐ大橋が流されてしまったそうなんです」

手紙には、周辺の街には人夫がやってきて復旧作業が進められていること、だが苞《ほう》の村だけはなぜか人手を送ってもらえず、橋も壊れたままだと書かれていた。村内に病人がいるので街の医師のところに連れていきたいが、増水した川を越えられず、迂回《うかい》して別の橋を渡ろうとすれば山道を丸一日進まなくてはならないのだという。

やむなく、村の若者が命がけで川を泳いで渡り、窮状《きゅうじょう》を街の役人に伝えにいったが、しばし待てと言われるばかりで動いてくれる気配がない。

村内の物資もじゅうぶんではなく、このままでは橋が直るまで持たない。

若者は宮城の官吏に訴え出ようとしたが、門のところで突き返され、取り合ってはもらえなかった。もはや皇貴妃しか救いはなく、この訴えを皇帝に奏上し、どうかあなたの力で村を助けてほしいという願いが切々と綴られていた。

手紙の内容を読み上げたところで、笙鈴《シヨウリン》が器に盛り付けた桃と茶を運んできた。翠蓮《スイレン》が礼を言って受け取ると、笙鈴《シヨウリン》が下がってから、哉嵐《セイラン》が口を開いた。

「苞《ほう》の村を含めた滎陽《けいよう》一帯の被害については、役人から日々報告が上がってきている。復旧のために帝都軍からも一旅団を送り、軍で備蓄している食糧庫も開けさせ、かなりの人手と支援を投入してあるはずだが……」

桃には手をつけず、哉嵐《セイラン》は考え込んでいるようだ。

差し出がましいとは思ったが、帝都から遥か遠方にある田舎の村の被害は、翠蓮《スイレン》にとって人ごとではなかった。白氏《ハクし》が長きに亘り平和を保ってきたのは神龍のおかげだが、もしその加護を失うときが来て、苞《ほう》の村のような被害が出たらと思うと恐ろしくなる。

どうにかしてやりたいが、翠蓮《スイレン》にはなにもできる力がない。分不相応なまでの高価な大量の贈り物に囲まれていると、もどかしい気持ちが募り、いてもたってもいられなくなって、翠蓮《スイレン》はいい顔をされないとわかっていても、哉嵐《セイラン》に頼まずにはおれなかった。

「最寄りの街までは支援物資が届いているようなのです。ですから、なんとか橋だけでも直してあげられないでしょうか？　そうしたら、村民は自力で助けを求めに行くこともできますし、医師も呼べるようになると思うのです」

そう言うと、しばし考え込むように哉嵐《セイラン》は黙っていた。

「滎陽《けいよう》のある顕州《けんしゅう》の管轄は……」

独り言のように言ってから、なにか決意したかのように彼は顔を上げる。

「――天紅《テンコウ》」

彼が帯から下げた玉佩《ぎょくはい》に呼びかけるなり、中から解き放たれるようにして、真っ赤な仔虎がぴょんと飛び出してくる。

まず翠蓮《スイレン》の膝に飛び乗り、伸び上がって撫でてとせがんでから、天紅《テンコウ》は卓の上をくんくんと嗅ぐ。

『おお、桃じゃ！』

大はしゃぎの天紅《テンコウ》に、翠蓮《スイレン》が小さく切った桃を食べさせてやっていると、哉嵐《セイラン》は、今度は扉の前に控えている睿《ルイ》に向かって言った。

「これより遠見を行う。しばしの間、この宮に誰も近づけるな」

（遠見？）

翠蓮《スイレン》が首を傾げていると、睿《ルイ》が「承知いたしました」と答え、素早く部屋の外に出て扉を閉める。

「天紅《テンコウ》、あとでとっておきの栗の甘露煮入りの饅頭《まんじゅう》をやるから、小蓮《シャオレン》の周りに結界を張れ」

『栗のまんじゅう！　うむ、しっかと引き受けた！』

哉嵐《セイラン》の頼みを聞き、天紅《テンコウ》は桃を急いで飲み込む。それから翠蓮《スイレン》の膝の上できちんと背筋を正して座り直し、『障《ショウ》！』と吠えた。

そのとたん、眩暈《めまい》がしたときのように一瞬視界がぐらりと揺らぎ、すぐに元通りになった。

「哉嵐《セイラン》さま……」

なにがなんだかわからず、心細くなって翠蓮《スイレン》が呼ぶと、安心させるように天紅《テンコウ》が胸を張る。

『案ずるでない、帝は『天眼《てんげん》』を使うだけじゃ。蓮蓮《レンレン》は我がお守りする』

天眼《てんげん》とは、距離や時間に関わらず、あらゆるものを見通すことのできる眼だ。

哉嵐《セイラン》も頷き、「黒龍の眼を借りて滎陽《けいよう》の状況を確認する。馬や鳥を飛ばすより、この方法が正確で早い。ただ、黒龍の力を使うと風が立つ。場合によっては暴風になるが、すぐに済むから、天紅《テンコウ》のそばから離れないでくれ」と言う。

苞《ほう》の村がある滎陽《けいよう》の顕州《けんしゅう》までは、白氏《ハクし》の村のある潭沙《たんさ》どころではなく、帝都から馬で七日はかかるほど遠方にあるはずだ。

——黒龍は、そこをいますぐに覗き見ることができるというのか。

信じ難い思いで見つめていると、胡坐をかいた姿勢で哉嵐《セイラン》は目を閉じる。

呪文を唱えるでもなく、印《いん》を結ぶこともない。

ふっと肌を生温い風が撫でた。

扉も窓も閉まっているのになぜ、と翠蓮《スイレン》が動揺しているうち、不思議な風は部屋の中を渦巻き始め、その勢いは次第に激しくなっていく。

いまや卓の上の手紙が飛ばされそうなほど、室内には強い風が吹き荒れている。

それなのに、天紅《テンコウ》の結界のおかげなのだろうか、翠蓮《スイレン》の周りには風がない。同じように、卓を挟んだ向こう側にいる哉嵐《セイラン》の長髪もかすかに揺らぐ程度だ。

ゆっくりと薄く目を開けた哉嵐《セイラン》を見て、息を呑む。

彼の瞳の色は、血のような真っ赤に変化していた。それと同時に、息苦しいほどの威圧感が部屋の中に満ち、目には見えない得体の知れない生き物がここにいることを翠蓮《スイレン》は実感する。

（これが、哉嵐《セイラン》さまが身に宿している黒龍の力……！）

翠蓮《スイレン》の中に、本能的な激しい恐怖と同時に、強い畏怖の念が湧く。

膝の上の天紅《テンコウ》を抱き締めながら身を硬くしているうち、ふっと張り詰めていた空気が緩む。

すると、天紅《テンコウ》が『解《カイ》！』と言って翠蓮《スイレン》の膝の上からぴょんと下りる。

いつの間にか、気づけば謎の恐ろしい気配は消え去り、哉嵐《セイラン》の目の色もいつも通りに戻っている。

遠見が終わったようだとわかり、翠蓮《スイレン》は深い安堵の息を吐いた。

「天紅《テンコウ》、お利巧《りこう》だった。約束のものはあとでな」

仔虎を褒め、哉嵐《セイラン》は卓の上の桃を一切れ天紅《テンコウ》にやっている。

「睿《ルイ》、済んだぞ。入れ」

すぐさま中に入ってきて膝を突いた睿《ルイ》に、哉嵐《セイラン》は命じた。

「先に戻って、泰然《タイラン》を飛龍殿《ひりゅうでん》に呼んでおいてくれ。私もすぐに戻る」

飛龍殿《ひりゅうでん》というのは皇帝の住まいだ。「かしこまりました」と言って翠蓮《スイレン》にも義務的な一礼を向け、睿《ルイ》が部屋を出ていく。

それから、哉嵐《セイラン》は満足げに毛づくろいをしている天紅《テンコウ》を撫でながら、翠蓮《スイレン》に目を向けた。

「泰然《タイラン》と早急に話し、帝国軍から彼の直属の部下を急ぎ縈陽《けいよう》に向かわせる」

一瞬ぽかんとしたが、彼が苞《ほう》の村に手を差し伸べてくれるのだと気づき、翠蓮《スイレン》は顔を輝かせた。

「ありがとうございます、哉嵐《セイラン》さま……！」

しかし、頬を紅潮させる翠蓮《スイレン》とは裏腹に、なぜか哉嵐《セイラン》は苦い顔だった。

「黒龍の眼を通して、滎陽《けいよう》一帯と苞《ほう》の村の様子を遠見した。大雨からの経緯と、そなたの元に手紙が届くまでの時間を考えると、もうすでに復旧には着手しているはずだと思ったが……村にはいっさい救助が届いておらず、酷いありさまだった」

彼が見た光景を想像し、翠蓮《スイレン》は胸が苦しくなるのを感じた。

「滎陽《けいよう》には、軍の手が入ってほとんど復旧している村もあれば、苞《ほう》のようにほぼ手つかずのところもあった。人口の多さや救助のしやすい場所であるかなどは関係なく、その差はあからさまなほどに歴然としていた。どうやら、役人が故意に采配を誤り、支援が偏っているようだ。苞《ほう》の村に、なにか禍《か》根《こん》があるのかもしれないな」

遠見をした際に、哉嵐《セイラン》の憤りに共鳴した黒龍はその場に幻の姿を現し、滎陽《けいよう》の役場に雷を落としたらしい。役人たちは皇帝の怒りに触れたことに気づき、きっと慌てて対処し始めている頃だろう。

だが、今更事態を誤魔化すことなどできない。

「滎陽《けいよう》の役人には早々に話を聞き、場合によっては更迭《こうてつ》させる。そなたに手紙を送った苞《ほう》の村の者とも連絡を取り、できる限りのことをさせるから、あとは任せてほしい」

哉嵐《セイラン》の誠意のある言葉に、翠蓮《スイレン》ははい、と硬い表情で頷き、「哉嵐《セイラン》さま、ありがとうございました」と心からの礼を伝える。

思った以上の大ごとになってしまい、忙しい彼の手を更に煩わせる結果になったことは心苦しいけれど、これで困っていた苞《ほう》の村人たちが救われるのだ。

彼は桃を食べた天紅《テンコウ》を玉佩《ぎょくはい》に戻すと立ち上がる。霊獣に褒美の栗饅頭を与え、宰相に指示をするため足早に翠蓮《スイレン》の宮をあとにする。

心配事が解決に向かい、ホッとする。

戻ってきた仔空《シア》と笙鈴《ショウリン》とともに食べた桃は、瑞々しくて甘かった。


しかし、安堵していられたのはほんのわずかな間だった。

その夜、珍しくずいぶん遅くなってから、哉嵐《セイラン》が後宮にやってきた。

睿《ルイ》の先触れを受け、翠蓮《スイレン》は仔空《シア》に酒肴を用意させていたが、着くなり哉嵐《セイラン》は「すぐに戻るから不要だ」とそれを断った。

酒どころか、哉嵐《セイラン》は座ることとすらしない。

「なにかあったのですか？」

訊ねると、彼は真剣な顔でじっと翠蓮《スイレン》を見つめてきた。

黙ったままの彼に不安が湧く。なにか起きたのだとわかった——それも、よくないことが。

彼はゆっくりと翠蓮《スイレン》の頬に手を触れさせると、口を開いた。

「……そなたはいま、後宮にたった一人だけの私の妃だ」

緊張しつつ、翠蓮《スイレン》は彼の話に耳を傾けた。

「しかも、私が皇貴妃の元に足繁く通っているという話は、すでに誰もが知るところになっている。後宮の周辺を警護で固めておけば、隠す必要などないと思っていた。一人だけなのだから、妃同士の争いも起きない。そなたへの愛情をあらわにしたところで問題は起きないと。しかし……それは甘い考えだったのかもしれない」

いったいどういう意味なのかと訊ねようとしたとき、ふいに彼が背中に腕を回し、翠蓮《スイレン》を胸に抱き寄せた。逞《たくま》しい体軀に強く抱き込まれ、胸の鼓動が跳ね上がる。

「翠蓮《スイレン》、そなたは純粋で優しい心根の持ち主だ。帝都には怨念《おんねん》が渦巻き、宮城には様々な種類の悪鬼が跋扈《ばっこ》しているということを知らない」

彼がなにを言おうとしているのかがわからない。

「できることなら、そのままでいさせたかった。行動も、後宮から出さえしなければ極力自由を許したいと思っていたのだ。だが……このままでは、そなたを政《まつりごと》の駆け引きに巻き込んでしまうことになりそうだ」

「哉嵐《セイラン》さま……？　あの、それは、どういう……」

翠蓮《スイレン》が戸惑って訊こうとすると、彼はゆっくりと身を離してから翠蓮《スイレン》の頰を撫でた。

「今後、そなた宛ての外部からの手紙は、いったん中身を確認させて渡すことにさせる。ああ、大丈夫だ、潭沙《たんさ》の村のものについては開封せずにおくから」

驚いた顔になった翠蓮《スイレン》に、哉嵐《セイラン》がそう付け加える。玉蓮《ギョクレン》からの手紙を誰かに読まれては困るので、それはありがたい――でも、他の手紙はどうなるのだろう？

つまり哉嵐《セイラン》は、「後宮に届いた翠蓮《スイレン》宛ての手紙を哉嵐《セイラン》の部下が事前に検閲《けんえつ》し、届ける届けないを分別する」と言っているのだ。そう気づくと、翠蓮《スイレン》は愕然とした。

「……僕が、苞《ほう》の村のことに口出しをしてしまったからですか……？」

「それも一つにはある。だが、それだけではない」

哉嵐《セイラン》は眉を顰めて告げる。翠蓮《スイレン》には、彼がどこか苦しげに言う理由がよくわからなかった。自分が踏み入ってはいけない領域に足を踏み入れてしまったのだということだけはわかる。忙しい彼に更に荷を背負わせてしまった。哉嵐《セイラン》を困らせていることが辛い。彼は仕事の合間を縫って、美味しい果物を手にわざわざここまで足を運んでくれたのに。

「ごめんなさい……」

どうすべきだったのか正解がわからず、心苦しさのあまり、翠蓮《スイレン》は彼に謝罪した。

「謝るな。一番の原因は、私がそなたを迎えたことに浮かれ、気を緩めすぎていたせいなのだから」

静かに彼は答え、それから、決意したように今度はきっぱりとした口調で言う。

「しばらく、私はここには来ない」

「な、なぜなのですか？」

予想外の言葉に仰天して翠蓮《スイレン》は問い質す。

「そろそろ妃に飽きたようだという噂が立ち、市井の民の間に広まるくらいまでは距離を置いたほうがいいだろう。その間は念のため、蓮華宮《れんげきゅう》に磊《ルイ》も置いて警護させる。それから……これを肌身離さず持っていろ」

彼は帯から玉佩《ぎょくはい》を外すと、呆然とする翠蓮《スイレン》の手にそっと握らせた。大きな温かい手が、玉佩《ぎょくはい》ごと翠《スイ》蓮《レン》の手をそっと握り締める。

「天紅《テンコウ》はそなたが名を呼べば出てくる。もし身の危険が迫ったら、迷わずに呼び出せ。どのような相手であっても、天紅《テンコウ》はそなたを害する意思を持つ者を確実に仕留めて喰い殺す。紅玉に戻すときには大概駄々をこねるから甘いものが必要だ。なにか用意しておくといい」

後宮の周囲には高い塀が張り巡らされ、門には常に門番が配置されて、内部を宦官の警護が見回っている。いったい、ここをどんな危険が襲うというのか。それだけ言って、まだ状況が呑み込めていない翠蓮《スイレン》を置き、彼は名残惜しそうに身を翻して去ろうとする。翠蓮《スイレン》は慌てて訊ねた。

「でも……でも、それでは、黒龍に与える精気はどうなさるのですか？」

一度足を止めたが、振り返らないままで哉嵐《セイラン》は言った。

「やむを得ない。我慢するほかはない」と答えてから、彼は苦しげな息を吐いて続ける。

「民の関心が宮城ではなく、後宮に向くのは危険なことだ。私は……そなたを傷つけたくない」

そう言うと哉嵐《セイラン》はもう足を止めずに蓮華宮《れんげきゅう》を去っていく。

しょんぼりと見下ろした翠蓮《スイレン》の目に、手の中の玉佩《ぎょくはい》の玉が、光を反射してきらりと輝くのが映った。

＊

仔空《シア》が淹れてくれた温かい茶を飲みながら、翠蓮《スイレン》は小さなため息を吐く。

皇帝のために地方の山に造られた御茶園から、宮城に貴重な茶葉が運ばれてきた。後宮にも届けられたその茶葉を、仔空《シア》が丁寧に淹れてくれて、辺りには馨しい香りが漂う。

一口含むと、いい香りが鼻から抜ける。しかし、美味しい茶菓子を食べても、特上の茶を飲んでも、胸の奥に重たいものが詰まったような気持ちは晴れない。

最後に訪れたあの夜から、哉嵐《セイラン》は言った通り、ぴたりと蓮華宮《れんげきゅう》を訪れなくなってしまった。

翠蓮《スイレン》はもう一週間も彼の顔を見ていない。短い手紙や贈り物は、日に一度は必ず届けられているけれど、皇帝からだということを周囲に伏せておくためだろう、哉嵐《セイラン》付きではない宦官がなにかの荷物に隠して密かに運んでくる。

すべては「黒武帝《こくぶてい》は皇貴妃にもう飽きたようだ」と思わせるための工作だ。

早くも効果が出たようで、あちこちから怒涛《どとう》のように届けられていた贈り物は、ここ数日ずいぶんと少なくなっている。すべて、『皇帝の寵妃』への品だったのだから当然だろう。

翠蓮《スイレン》にとっては分不相応な贈り物ばかりで、ありがたいとは思いつつも、正直困惑する気持ちのほうが大きかった。だから、いまはむしろホッとしている。

哉嵐《セイラン》が後宮に足を運ばなくなると――翠蓮《スイレン》は後宮にいる意味がなくなってしまう。たった一つだけ、皇帝から望まれた務めすらも果たせない。自業自得とはいえ、自らの存在価値を見出せなくなった翠蓮《スイレン》は、萎れた気持ちで悄然《しょうぜん》と日々を過ごしていた。

「大丈夫ですよ、きっと、もうそろそろ主上はまたこちらへいらっしゃいます。さ、潭沙《たんさ》の村に送る便箋《びんせん》はどちらになさいますか？」

仔空《シア》が沈んでいる翠蓮《スイレン》を気遣い、あれこれ元気づけようとしてくれる。

うん、と頷いて、翠蓮《スイレン》は仔空《シア》が並べた便箋の中から、「じゃあ、この薄藍《うすあい》ので」と、季節に合った涼しげな淡い青色の紙を選ぶ。薄い紙は高級品だが、さすが後宮では便箋が欲しいと頼みさえすれば、一級の品を用意してもらえる。

ここしばらくの間で唯一よかった出来事と言えば、玉蓮《ギヨクレン》からようやく手紙の返事が届いたことだった。

少し前にこちらの様子を伝える手紙を送ったのだが、玉蓮《ギヨクレン》はしばらくの間体調を崩して寝込んでいると、天祐《テンユウ》から代筆で返事が来ていた。天祐《テンユウ》からの返事は、養い子だった翠蓮《スイレン》宛てというより帝の側室宛ての儀礼的な文で、ほんの少しだけ書いてあった村の話の中に、伏せっている玉蓮《ギヨクレン》の様子が短く綴られていて、とても心配していたのだ。

おそらくは浩洋《コウヨウ》との衝撃的な別れのせいもあるだろう。これ以上玉蓮《ギヨクレン》を傷つけたくなくて、浩洋《コウヨウ》がその後宮城までやってきて、更に翠蓮《スイレン》を陥れようとしたことは伏せておこうと思った。

玉蓮《ギヨクレン》からの返事には『いまはすっかり元気になったし、湘雲《シヨウウン》たちがたびたび屋敷に来て気遣ってくれるから安心してほしい』と書かれていて、翠蓮《スイレン》は安堵して胸を撫で下ろした。

こちらも、皇帝はとてもいい人で、側仕えの仔空《シア》も優しくしてくれる、霊獣の仔虎が可愛いので玉《ギヨク》蓮《レン》にも会わせたいと、つらつらと後宮の当たり障りない話を書き綴り、村の皆にもよろしくと締めて、手紙を書き終えた。

「じゃあ、睿《ルイ》……あれ、いないのかな」

仔空《シア》が扉の外を見回して困ったように言う。睿《ルイ》はだいたい扉の辺りに控えているが、姿が見えないのなら、おそらく蓮華宮《れんげきゆう》の周りを見回っているところなのだろう。

「じゃあ、僕ちょっと行ってきますね」と、仔空《シア》が手紙を使いの者に託しに行く。

仔空《シア》が出かけて一人になると、翠蓮《スイレン》の頭の中にはまた哉嵐《セイラン》の姿が思い浮かんだ。

思えば、入宮してから毎日欠かさず訪れがあったため、恥ずかしくないように翠蓮《スイレン》の襦裙《きもの》を整え、部屋を片付けて香を焚きと、仔空《シア》は笙鈴《シヨウリン》とともに相当忙しく働いていた。

翠蓮《スイレン》も毎日があっという間で、寂しいなどと思う暇《いとま》さえなかった。

いまではその慌ただしい日々が、本当は得難い幸福の時間だったのではないかと思えてくる。

戻ってきた仔空《シア》が、茶のお代わりはどうかと訊いてくれるのに首を横に振る。一人でいた間、翠蓮《スイレン》がなにを考えていたのかわかったのだろう、彼は困ったように微笑んだ。

「きっと主上も皇貴妃さまに会いたいと思っていらっしゃいますから。すぐに顔を見せてくださいますよ。もうじきです」

「うん……そうだといいのだけど……」

仔空《シア》がそう言ってくれる気持ちは嬉しいが、翠蓮《スイレン》の胸には不安しかなかった。

なぜなら哉嵐《セイラン》は、最後に会いに来た夜、翠蓮《スイレン》に口付けすらもしようとはしなかったからだ。

彼は優しいから怒りを面《おもて》には出さなかったが、翠蓮《スイレン》は、以前に口を出すなとやんわり言われていたにもかかわらず、また手紙を読み、差し出がましくも彼に頼み事をした。その行動に呆れ果ててしまったのかもしれない。

もう十日も精気を得ていない彼の体が心配だが、哉嵐《セイラン》さえその気になれば、手を回し、誰にも知られないように密かに後宮を訪れることもできるはずだ。だが哉嵐《セイラン》はそうはしない。もう翠蓮《スイレン》からは精気を得たくないと思っているのかもしれない。

(もしかしたら、もう僕の宮には来てくれないのかも……)

彼が新たな側室を娶ることを想像し、悲しい気持ちになって、翠蓮《スイレン》は扉のほうに目を向ける。

哉嵐《セイラン》の訪れがなければ、性器を舐められて蜜を一滴残らず啜られ、羞恥を感じることもない。恥ずかしさは消えないけれど、翠蓮《スイレン》は彼の役に立てることに喜びを覚えていた。

家具の配置も変わらず、むしろそばには睿《ルイ》と天紅《テンコウ》が加わったというのに、哉嵐《セイラン》の訪れがない蓮華《れんげ》宮《きゅう》は不思議なほど寂しくて、翠蓮《スイレン》は日に何度も扉のほうを眺めてはため息を吐いてしまう。

ふと、動く気配に目を向けると、外廊に寝そべって日向《ひなた》ぼっこをしている天紅《テンコウ》がころんと寝返りを打つところが見えた。

お茶の時間になると、毎日帯に垂らした玉佩《ぎょくはい》が出せとせがむように光るので、特に危険は迫っていなくともそのたびに呼び出して一緒に茶菓子を食べている。さきほど美味しいおやつをもらって満足したらしく、のんびりと満足顔で寝ている黒い縞々《しましま》の入った真っ赤なふわふわの体を見ると、少し気持ちが柔らかくなる。

（……この光景を哉嵐《セイラン》様と一緒に見られたら、どんなにか幸せだろう）

苞《ほう》の村からの手紙について哉嵐《セイラン》に頼んだことが、まさかこんな結果を招くとは思いもしなかった。

そもそも翠蓮《スイレン》には、哉嵐《セイラン》がなにを懸念して、自分の関心が妃から薄れたと周囲に思わせたいのかがよくわからないままだった。

「いったい、どうしたらよかったんだろう……」

無意識のうちにぽつりと呟くと、仔空《シア》が気遣うようにそっと訊ねてきた。

「もし、差し支えなければ、気がかりをお伺いしてもよいでしょうか？」

悲しい気持ちで沈み込んでいた翠蓮《スイレン》は、躊躇《ためら》いつつも大まかな事情を仔空《シア》に打ち明けてみた。すると、意外なことに、仔空《シア》が深く頷いて口を開いた。

「ああ……えっと、たぶんですけど、僕、主上のお気持ちがわかりました」

「えっ、本当⁉」

翠蓮《スイレン》が目を瞠ると、はい、と頷いて仔空《シア》が説明してくれる。

「僕が思うに、主上が懸念していらっしゃるのは、皇貴妃さまの民を助けてあげたい、っていう優しいお気持ちが、逆に御身に危険を招いてしまう……ってことじゃないかと思うんです」

「危険って、どうして？」

仔空《シア》は考えを纏めながら話した。

「ええと、つまり……役人に訴えるのではなく、皇貴妃さま宛ての手紙で苦しい状況を綴って頼めば、皇帝に直接伝えてもらえて、どうにかしてもらえる。しかも、役人に訴え出るよりも早く。そのことが苞《ほう》の村の者から周辺の民に伝われば、すぐに噂になり、次々に国中のあちこちから皇貴妃さまの元に助けを求める手紙が届くようになるでしょう。皆皇貴妃さまに感謝するけれど、同時に、『最愛の妃の言うことなら、黒武帝《こくぶてい》を動かすことができる』と皇貴妃さまを利用しようとする者や、最悪の場合、後宮から皇貴妃さまを拉致《らち》し、皇帝を脅そうと企む者までもが出てこないとも限りません」

「そんな……」

想像もしていなかった話に、翠蓮《スイレン》は青褪《あおざ》めた。

「――皇帝は誰にも影響されない存在として立つ必要があるのです」

その声に、翠蓮《スイレン》たちは目を向ける。いつ戻ってきたのか、部屋の入り口には睿《ルイ》が片膝を突いている。

「即位後、これまでの間はずっと、哉嵐《セイラン》さまは弱点を作らずにうまくやってこられたんです」

彼は足元に転がって寝ている天紅《テンコウ》の腹をわしゃわしゃと撫でながら、苦い口調で言う。

翠蓮《スイレン》の存在は不快でしかない様子の彼だが、どうやら、天紅《テンコウ》とは仲がいいらしい。

天紅《テンコウ》のほうも、撫でられるたびにうねうねと身を捩り、気持ちよさそうに目を閉じている。

「でも、僕は、哉嵐《セイラン》さまにとって、本当の意味での側室というわけじゃないから、弱点になんか……」

しかし、狼狽えながら言った翠蓮《スイレン》に、「もう、なにをおっしゃってるんですか、皇貴妃さまは、どう考えても完全に皇帝の弱点ですよ！」と仔空《シア》が困ったように言う。

仔空《シア》と睿《ルイ》は子供の時分から後宮で働いてきた。そのため、代々の皇帝が身に宿した黒龍のエサを必要とする事情や、妃たちから血をもらい、精気を得ていたことなどを、翠蓮《スイレン》以上によく知っている。

だから彼らは、自分が黒龍を満たすための仮初《かりそ》めの妃であることを理解しているはずなのに。

仔空《シア》はやや焦《じ》れたように言う。

「確かに、当初はそのためにお迎えになったかもしれませんが、主上はいまや皇貴妃さまに夢中ではないですか！」

「夢中だなんて……そんなこと、あるわけがないよ」

驚いて視線を彷徨わせると、睿《ルイ》はなぜか天紅《テンコウ》を撫でる手を止めて翠蓮《スイレン》を睨むような目で凝視する。いつものように、上辺だけでも不快感を押し隠そうともしない。

その態度に戸惑っていると、睿《ルイ》が「まさかそれは、本気で言っているのではないでしょうね」と確かめるように問い質してきた。

「睿《ルイ》、落ち着いてよ。――皇貴妃さま、念のためお伺いしますが、主上があなたに首ったけなことは、伝わっておいでですよね？　僕たちの目から見ますと、黒武帝《こくぶてい》は、もうおそばでは正視できないくらいに皇貴妃さまに溺れていらっしゃるように思えるのですが」

答えようがなくて、翠蓮《スイレン》が言葉に詰まっていると、今度は仔空《シア》のほうが愕然とした顔になった。普段は見分けがつくが、驚いた顔はそっくりだ。睿《ルイ》に至っては、驚いているのか怒っているのか、顔色が赤黒くなっている。

「普通、側室のところへ皇帝が顔を見せるのなんて、月に一度か二度程度、週に一度来たら相当愛されているなというくらいのものです。毎夜、しかも昼間まで、時間が空けば一人の妃に会いに来るだなんて、まったくあり得ないことなんですよ？」

焦ったような仔空《シア》の説明にも、翠蓮《スイレン》は納得がいかない。

「で、でも、それは、哉嵐《セイラン》さまには精気を捧げる者が必要だけど、いま後宮には僕しかいないから……」

「――違います」

突然、睿《ルイ》が鋭く口を挟んだ。

驚いて目を向けると、彼は険しい表情でこちらを見ずに続けた。

「哉嵐《セイラン》さまは、皇子時代も、それから即位してからも、ずっとお一人で気を張ってこられました。だが、あなたがここに来てから……彼は、変わったんです」

睿《ルイ》の口調は苦々しいものだ。

「献上品からは、まっさきにあなたが喜びそうなものを見繕っています。蓮華宮《れんげきゅう》においでになるときは、いつも表情が輝いておられます。あなたのそばにいるときは、常に髪や頬に触れたり、手を握ったりと、どこかしら触れていたいご様子です。あなたの寝所から出てこられる時には、幸福に満たされた顔をしておられて……あなたは哉嵐《セイラン》さまにとって、黒龍のエサというだけの存在ではありません」

おそらく、睿《ルイ》は哉嵐《セイラン》が寝所で翠蓮《スイレン》を抱いていると思っているのだろう。体を弄られて刺激されるのは翠蓮《スイレン》から精気を得るためだし、そもそも哉嵐《セイラン》は翠蓮《スイレン》と繋がる行為を決してしようとはしない。そう言えば、わかってもらえるかと思ったけれど、あれほど何度も二人だけの時間を過ごしているのに「まだ抱いてもらっていない」などとは恥ずかしくてどうしても言えなかった。

「言い草は癪に障りますけど、僕も睿《ルイ》に同意です。主上は、ぜったいに皇貴妃さまに首ったけですよ」

黙っている翠蓮《スイレン》に、仔空《シア》がうんうんと頷きながら言う。

二人に断言されても、まだ翠蓮《スイレン》が信じられずにいると、仔空《シア》が言葉を選びながら言った。

「どうして主上が皇貴妃さまにこんなに夢中になられたのか、後宮暮らしが長い僕たちだからこそ余計にわかるのかもしれないです」

ね、と仔空《シア》が睿《ルイ》に同意を促すと、渋々といった様子で睿《ルイ》も頷いている。

いったいどういう意味だろうと真剣な目で見る翠蓮《スイレン》に、仔空《シア》が説明してくれた。

「皇貴妃さまは……後宮に入られるお妃さまたちとは、ちょっと違う感じなんです。まず、皇后さまは名家のお嬢さま、側室は皆美しさを誇る方々で、つまり……率直に言わせていただくと、どなたも気位が高い方ばかりなんですよね。しかも、連れてきた宮女たちも、皇帝に目を留められれば人生が一変するわけで、なにか気を引けないか、自分を見てもらえないかと、あの手この手を使って皇帝に見初められようとするんです。ですが、皇貴妃さま……翠蓮《スイレン》さまは、そういうところがまったくなくて、えっと、なんと言ったらよいのか、のんびりしておられると言いますか……」

そこまで言うと、仔空《シア》がちらりと睿《ルイ》に目を向ける。

「皇貴妃さまは、主上がいらしても、天紅《テンコウ》が出てくればこの子を優先して、皇帝をほったらかしでおやつをあげたり遊んだりしていらっしゃる」

冷ややかにそう指摘されて、翠蓮《スイレン》は思わず頬を赤らめた。

確かにそれはよくあることだ。遊びたがる天紅《テンコウ》を放っておくのは可哀想だし、自分も懐いてくれる仔虎を好いているからだったが、考えてみるまでもなく皇帝に対して無礼な態度だったかもしれない。

「そうそう、それにいつも僕たちにもお茶菓子を一緒に食べようと誘って、必ず美味しいものは分けてくださいますし、いつも気遣って、休憩もゆっくりとらせてくださいますよね。お優しくて、不機嫌なことがいっさいありません。ご自身も、お疲れになるとその辺ですぐ丸くなって寝入ってしまって……お化粧もお襦裙《きもの》もあんまり気にされませんし、いつも笑顔でいらして……なんでしょう、そういった素朴なところが、生まれてからずっと後宮育ちで、こう言ってはなんですが、自己主張のかたまりみたいな前帝のお妃さまたちを見慣れた主上には、新鮮に映ったのではないでしょうか」

にっこりと笑顔になって、仔空《シア》がそっと付け加えるように言った。

「哉嵐《セイラン》さまは変わられました……きっと、嫁いでこられることになった翠蓮《スイレン》さまにお会いして、本当にお好きになられたのではないかと思います」

その言葉を聞いて、翠蓮《スイレン》の胸に、戸惑いと歓喜の入り交じった気持ちが湧いてくる。

すると、睿《ルイ》がぼそりと口を開いた。

「後宮の妃たちは、香りと色の強すぎる花のようなものだからな。主上がささやかに咲く野花のような皇貴妃さまを珍しく思い、特別好まれるのも無理はないことだ」

「ちょっと睿《ルイ》、野花って！」

水を差すようにぼそりと言う睿《ルイ》に、仔空《シア》は怒って文句を言っているが、そう言われて翠蓮《スイレン》は思わず笑ってしまう。二人の言葉にもやっと納得がいった。

自分の田舎育ちで気負わないところが好まれたのだとしたら、複雑だが、嬉しくないわけではない。

それは、飾らない翠蓮《スイレン》自身を気に入ってくれた、ということだからだ。

（仔空《シア》も睿《ルイ》も、すごく哉嵐《セイラン》さまの様子に詳しいんだな……）

しみじみと納得する。特に、意外にも睿《ルイ》が哉嵐《セイラン》の様子をよく見ていることに、小さな驚きを感じた。忠臣であるとか、尊敬しているとか、そういったことでは説明できないほどに、彼は哉嵐《セイラン》を深く慕っているように思えたからだ。

（もしかして、睿《ルイ》は哉嵐《セイラン》さまのことが、好きなのかも……）

哉嵐《セイラン》は、容貌に優れているうえ、性格までもがまっすぐな優しい人だ。たとえ皇帝という地位についていなかったとしても、そばにいれば好意を抱かない者はいないだろう。

睿《ルイ》の想いに気づいてしまった気がして、翠蓮《スイレン》が思わず彼を見つめると、睿《ルイ》は気まずそうに視線を逸らす。天紅《テンコウ》がむくりと起き上がり、ぽてぽてと歩いて翠蓮《スイレン》のところまでやってきた。伸び上がってくるのでよしよしと頭を撫でてやると『我も、帝は蓮蓮《レンレン》が大好きじゃとおもう！』と言う。

「そうなのかな」と、翠蓮《スイレン》はぎこちない笑みを浮かべる。

『うむ、あやつはいつも蓮蓮《レンレン》のことをかんがえておるぞ！　あとな、我も蓮蓮《レンレン》が大好きじゃ！』と、無邪気に元気よく言われて、翠蓮《スイレン》はどうしたらいいのかわからなくなり、「嬉しいよ。ありがとうね、天紅《テンコウ》」と言ってふわふわの体をぎゅっと抱き締める。天紅《テンコウ》の喉がゴロゴロ鳴っている。天紅《テンコウ》を撫でているうち、哉嵐《セイラン》に会って、いまの気持ちを伝えたくてたまらなくなった。

「ともかく、あなたはいま、間違いなく汪国《おうこく》皇帝の最大の弱点です。しかも、すでに誰もがそれを知っているんです。更には苞《ほう》の村の件で、皇帝がどれだけ容易くあなたの言葉を聞き入れるかもわかってしまいました」

冷え冷えとした口調の睿《ルイ》に言われ、翠蓮《スイレン》はハッとした。天紅《テンコウ》を放すと、仔虎はご機嫌で床に転がっている毬を追いかけに行った。

「僕……とんでもないことをしてしまったんだね」

——だが、救いを求めるあの切実な手紙を、いったいどうするのが正解だったのだろう。

睿《ルイ》に訊ねてみると「もし私が受け取ったのだとしたら、放っておく、と言いたいところですが、そうもいきませんね。報告だけして、あとの処遇は哉嵐《セイラン》さまに委ねるでしょう」という答えが返ってきた。

つまり「知らせはするが、助けてほしいと頼むことはしない」ということのようだ。

「そもそも顕州《けんしゅう》にある滎陽《けいよう》の一帯は、長年宮廷に反抗的だった領主が広大な土地を所有していて、しかも隣国との国境に程近く、遠方で宮廷の目が行き届きにくい。いつどのように転がるかわからない難しい土地だったんです。ただ、哉嵐《セイラン》さまが即位されたあと、顕州《けんしゅう》は徐《ジョ》宰相に統轄を任されて、役人も変わり、宮廷との繋がりも濃くなりました。とはいえ、未だに古くからの領主の支配が強く残っていて、彼らの指示を役人の命令よりも優先するような、非常に特殊な土地なんですよ」

苦々しい顔で睿《ルイ》は続ける。

「今回の問題は、純粋に、末端の役人が苞《ほう》の村の長老と揉めた腹いせに、あらゆる支援を止めていただけでしたが、場合によっては領主の指示で村人が決起し、顕州《けんしゅう》の軍に帝都軍が迎え撃ちされていた可能性だってある。問題の起きた土地が滎陽《けいよう》なら、なおさら、役人に改善の指示を出して、本来は様子見すべきだった案件でしょう。そうわかっていても、即座に哉嵐《セイラン》さまが動いたのは、それがあなたの頼みだったからに他なりません」

そんな入り組んだ事情の土地だったのかと、初めて知る事実に、翠蓮《スイレン》は複雑な気持ちになった。

(僕は……支えになるどころか、哉嵐《セイラン》さまの足を引っ張ってしまったんだ……)

翠蓮《スイレン》ががっくりと沈んでいるのを見ても、厳しい口調のままで睿《ルイ》は続ける。

「哉嵐《セイラン》さまのご実家は貴族ですが中流で、現当主となった伯父君も少々頼りなく、有力な後ろ盾とは言えません。婚姻によって名家との深い繋がりを得ていない哉嵐《セイラン》さまには、すり寄る者は多くとも、いつ手のひらを返されるかわからず、宮廷にいる確実な味方は泰然《タイラン》さまくらいのものです。それを、黒龍の力を頼りにどうにか補い、主上はこの広大な国を治めていらっしゃるのですよ。あなたには、それをわかっておく義務があるのです」

翠蓮《スイレン》は肝に銘じようと決め、真剣な顔でこくりと頷く。

すると、やや声音を和らげ、睿《ルイ》は付け加えるように言った。

「もう少し待てば、世間の注目はあなたから逸れるでしょう。そうすれば、哉嵐《セイラン》さまもたまにはこちらに会いに来られるようになるはずです。それまでの間は、どうか大人しくしていてください――ご自身の身の安全のためにも、それから、哉嵐《セイラン》さまをこれ以上困らせないためにも」

「わかった、教えてくれてありがとう。今後はそのように、心がけます」

項垂《うなだ》れたまま従順に答えたが、じわじわと自己嫌悪が込み上げてきて、悲しい気持ちになる。翠蓮《スイレン》はぽつりと漏らした。

「でも……哉嵐《セイラン》さまは、もうここには来てくれない気がする」

「いいえ！　必ず来てくださいますよ」という焦った仔空《シア》の言葉と「来ないわけがないでしょう」という睿《ルイ》の憤怒《ふんぬ》の声が重なった。

わやわやと双子が翠蓮《スイレン》を挟んで言い合っているうちに、ふっと窓の外が陰った。

遠雷が響き、慌ててそばにいた天紅《テンコウ》が翠蓮《スイレン》の膝の上にぴょんと飛び乗ってくる。

「雷が怖いの？」

しがみつかれて訊くと、毛を逆立てた天紅《テンコウ》が『我にこわいものなどない！　蓮蓮《レンレン》を守りにきただけじゃ』と強がりを言う。どうやら霊獣にも怖いものはあるらしい。

白氏《ハクし》の村がある潭沙《たんさ》は一年を通して雨の多い土地なので、翠蓮《スイレン》は雷にも慣れっこだ。

大丈夫だよ、と安心させるように天紅《テンコウ》を抱き締めていると、睿《ルイ》も仔空《シア》も、なぜか強張った顔をして窓の外を見ている。皆、雷が怖いのだろうかと思っていると、地鳴りのような雷鳴が続けざまに轟く。

一雨来そうな気配だ。

「……おそらく、哉嵐《セイラン》さまが黒龍の力を使っているんだ」

窓の外を憂《うれ》い顔で眺めながら、どこか悔しそうに睿《ルイ》がぽつりと呟く。哉嵐《セイラン》はなぜいま、黒龍の力を使ったのだろう。二人が表情を曇らせている理由を知り、翠蓮《スイレン》の中にも気がかりな気持ちが込み上げた。

「宮廷でなにか起きたのかもしれない。様子を見に行かせよう」

翠蓮《スイレン》は頷く。いまは、睿《ルイ》が言う通りにするしかない。

睿《ルイ》が使用人を呼び、急いで宮廷の様子と哉嵐《セイラン》の無事を確認してくるよう命じる。

不安な気持ちでいると、ぱらぱらと降り始めた雨は次第に豪雨へと変わった。仔空《シア》が慌てて窓や扉を閉めて回る。翠蓮《スイレン》も天紅《テンコウ》を抱きかかえて立ち上がり、一つだけ窓を閉めるのを手伝った。

いったい、なにが起きているのだろう。

ちらりと見ると、雨の音を窓越しに聞きながら、睿《ルイ》はもどかしげな表情を浮かべている。どれだけ心配でも、翠蓮《スイレン》の警護を任されている彼は、勝手に後宮を出ることはできないのだ。

「──睿《ルイ》、哉嵐《セイラン》さまのところに行って」

翠蓮《スイレン》が決意を固めて言うと、睿《ルイ》が驚いたようにこちらに目を向けた。

「僕には仔空《シア》も天紅《テンコウ》もいるし、後宮の入り口には警護も立っている。僕の頼みだからと言えば、きっと罰されることはないはずだから。早く行って、哉嵐《セイラン》さまを守って差し上げてほしい」

すると、一瞬だけ迷う表情を見せたあと、睿《ルイ》は首を横に振った。

「気持ちはありがたいが……そういうわけにはいかない。私は、哉嵐《セイラン》さまの大切な人を守るように任された。重大な任務だ。命を懸けて皇貴妃殿下をお守りする」

そう誓いを立て、睿《ルイ》は扉のほうに目を向ける。好き嫌いは関係なく、職務をまっとうするという睿《ルイ》の言葉に、翠蓮《スイレン》は小さく頷く。

翠蓮《スイレン》も、いま哉嵐《セイラン》がいるであろう、見えない仁龍殿《じんりゆうでん》のほうに気持ちを向けた。

「すごい雨ですねえ……」

蓮華宮《れんげきゆう》が呑み込まれてしまいそうな豪雨に、仔空《シア》が不安そうに言う。天紅《テンコウ》怖さよりもいまは心細い気持ちのほうが強いようで、仔空《シア》は翠蓮《スイレン》のすぐ近くに座る。頼りなくとも、自分はこの宮の主人なのだ。皆を自分が守らねばと翠蓮《スイレン》は気を引き締める。

激しく降りしきる雨の中、しばし重苦しい雷鳴が続いたあと、爆音とともに建物が揺れた。

「ヒッ⁉」

仔空《シア》が息を呑む。どこかに落雷したようだとわかって、翠蓮《スイレン》も天紅《テンコウ》とともに身を硬くする。

（──近い？）

おそらく、宮城の敷地内だろう。哉嵐《セイラン》は大丈夫だろうかと不安に思いながら、翠蓮《スイレン》はがたがたと震えている天紅《テンコウ》をぎゅっと強く抱き締める。

「天紅《テンコウ》、紅玉に戻る？」

『だめじゃ。わ、我は、蓮蓮《レンレン》をお守りする……』

天紅《テンコウ》がぶるぶるしながら言うので、安心させるように背中を撫でてやる。

「……おそらく、哉嵐《セイラン》さまの訪れはそう遠くはないでしょう」

睿《ルイ》の言葉に顔を上げ、翠蓮《スイレン》は慌てて問い質す。

「ど、どうして？」

睿《ルイ》は憂い顔のまま無言だ。仔空《シア》が助け舟を出すように「僕もそう思います」と付け加える。

しかし、なぜかと訊いても二人ともどこか複雑そうな顔をして教えてはくれない。

——そして二人の予言は、違うかたちで翌日の夜に的中した。

＊

深夜、ずいぶんと更《ふ》けてから戻ってきた使いの者によると、やはり昼間、仁龍殿《じんりゅうでん》でなにか問題が起きたらしい。

滅多にないことだが、日が落ちてから大臣たちが招集され、何人か地方高官たちも呼ばれたようだ。

落雷のあと、急ぎで医師が駆けつけたから、怪我人か病人が出たことは間違いない。しかし、皇帝付きの医師ではないから、怪我人は哉嵐《セイラン》ではないと聞いて翠蓮《スイレン》はホッとした。

事が顕州《けんしゅう》に関わるようだという以外、詳しい話はまだ不明らしい。

（顕州《けんしゅう》……）

先日、哉嵐《セイラン》が訪れなくなったきっかけも、顕州《けんしゅう》にある苞《ほう》の村がきっかけだった。

ともかく、黒武帝《こくぶてい》は無事だという報告に、翠蓮《スイレン》は安堵の息を吐く。

飛龍殿《ひりゅうでん》から迎えが来たのは、その出来事の起きた翌夜のことだった。


『主上がお呼びです』

一式の襦裙《きもの》とともにそんな手紙が届けられ、翠蓮《スイレン》は目を丸くした。

差出人は、徐《ジョ》宰相。哉嵐《セイラン》の側近の泰然《タイラン》だ。

皇帝陛下が熱を出し、皇貴妃殿下の名を呼んでいる。やむを得ない状況だが、側室が後宮を出て皇帝の寝所を訪れることは表向き許されていないので、届けさせた服を着て、密かに見舞いに来てはもらえないだろうか――。

達筆の手紙にはそう記されていた。用意されたのは、地味な色合いの宦官用の襦裙《きもの》だ。

「しきたりを重んじる徐《ジョ》宰相がこんなことを頼むなら、もしかすると、主上はよほどお加減が悪いのかもしれませんね」

襦裙《きもの》を着替える手伝いをしてくれながら、仔空《シア》が憂い顔で言う。

宦官の服を用意されたのは、後宮に入れる男は皇帝か皇子、もしくは宦官しかいないからだろう。後宮の門を怪しまれずに出入りし、宮城の敷地内を歩くなら、確かに官吏や宮女ではなく、宦官を装うのが最も無難だ。

そうして、泰然《タイラン》からの指示で、飛龍殿《ひりゆうでん》まで翠蓮《スイレン》を送る役目を担うのは睿《ルイ》だった。いつも冷ややかな空気を纏う彼の眉間には、今日は深い皺《しわ》が刻まれている。きっと、哉嵐《セイラン》のことが心配なのだろう。宦官の着替え終わると、念のため、身から離すなと言われている天紅《テンコウ》入りの玉佩《ぎよくはい》を帯から下げた。宦官の服に着けるには正直立派すぎるものだが、置いていくと哉嵐《セイラン》に会ったときに怒られそうだし、天紅《テンコウ》にも恨まれそうだ。

準備を整えてくれた仔空《シア》が、「お気をつけて」と心配そうに見送ってくれた。

睿《ルイ》のあとをついて、届け物をするふうを装って荷物の包みを胸に抱える。「宰相さまのご命令で、飛龍殿《ひりゆうでん》に届け物に行く」と睿《ルイ》が言うと、門番に呼び止められもせず、宮灯《きゆうとう》が灯された後宮の門を出ることができた。

提灯《ちようちん》を手に迷わず進む睿《ルイ》のあとをついていくが、初めて歩く通路はずいぶんと長い。あちこちに龍の頭像や彫り込みのある高い塀に囲まれていて、少し怖いくらいに辺りは静まり返っている。

いつもこの道を通って哉嵐《セイラン》は後宮に通ってきてくれていたのだと思うと、不思議な気持ちになる。

長い通路が開けた先には、宮城の敷地内で後宮から最も近くに建つ建物である飛龍殿《ひりゆうでん》——皇帝の住まいがある。

朱塗りの重厚な門の前に立つ門番に、睿《ルイ》が「泰然《タイラン》さまのお呼びで来た」と伝える。話が通っていたようで、ここもまたすんなりと通され、顔をうつむかせた翠蓮《スイレン》は睿《ルイ》のあとに続いた。

前庭を抜けると、建物の入り口に、官服を着た一人の男が立っていた。

三十代半ばほどだろうか。眉が太くていかにも実直そうなきりりとした容貌のその男は、睿《ルイ》を見て頷き、それから翠蓮《スイレン》に向かって深々と頭を下げた。

「わざわざおいでくださり、感謝いたします、皇貴妃殿下。徐泰然《ジョタイラン》と申します」

「初めまして、徐《ジョ》宰相どの」

緊張しつつも、秘密の状況から翠蓮《スイレン》が名乗らずに挨拶を返すと、彼は顔を上げ、かすかに笑みを浮かべた。

「お目にかかれて光栄ですが、時間があまりありません。すぐに主上の元へご案内いたしましょう」

睿《ルイ》はその場で待つように言われ、翠蓮《スイレン》だけが建物の中に通される。

ぽつぽつと装飾的な宮灯に明かりの灯った内部は、朱塗りの柱に悠々とした金の龍が巻きつき、瀟洒な窓枠も家具の設えも際立って豪華な一級品が揃えられている。

人払いをしてあるのだろう、使用人の姿が見当たらないせいか、天井が高い室内は、人がくつろげるような雰囲気がない。

いくつかの広間を通り抜けたあと、泰然《タイラン》は奥まった部屋の扉を静かに開ける。

ここが哉嵐《セイラン》の私室なのか、室内には、突き当たりの窓際に卓と榻《ながいす》が置かれ、壁際にはずらりと本の詰まった書棚がある。そして、反対側の壁際には天蓋付きの豪奢な牀榻《しんだい》が据えられている。そこに、誰かが寝ているのが見えた。

「——主上、皇貴妃さまをお連れしました」

先に入った泰然《タイラン》が、牀榻《しんだい》のそばで片膝を突いて呼びかける。

「……小蓮《シャオレン》？」

衣擦れの音とともに身を起こす気配がする。泰然《タイラン》に促され、翠蓮《スイレン》は慌てて牀榻《しんだい》に駆け寄った。

「哉嵐《セイラン》さま」

だるそうに身を起こした哉嵐《セイラン》は寝間着姿で、頬も目元も赤く染まっている。

彼は驚いた顔になり、翠蓮《スイレン》を引き寄せて「泰然《タイラン》、ここへ小蓮《シャオレン》を呼ぶなど……！」と低く怒鳴った。

「熱に浮かされたあなたが、うわごとで何度も皇貴妃さまの名をお呼びになるからです。使用人がなんとか皇貴妃さまに来てはいただけないか、と、私に泣きついてきたんですから」

哉嵐《セイラン》を怒らせても、泰然《タイラン》はいっこうに狼狽える気配がない。

「では、私は失礼します」と言うと、彼は立ち上がり、部屋を出ていく間際にふと振り返った。

「人払いはしてあります。皇貴妃さまには、夜明け前には後宮にお戻りいただかねばなりませんので、その頃にまたお迎えに上がります」

それから、彼は翠蓮《スイレン》に目を向け「もし、なにかありましたら、いつでも枕元の鈴を鳴らしてください」と伝える。

「わかりました。ありがとうございます」

翠蓮《スイレン》が礼を言うと、深々と頭を下げ、泰然《タイラン》は部屋を出ていった。

扉が閉まるなり、哉嵐《セイラン》が苦々しい顔で舌打ちをする。

「これでは、私がここのところずっと後宮に行かず、堪えていたことが台無しじゃないか……」

寝間着越しに触れている彼の体が燃えるように熱いのは、怒っているからだけではないだろう。

「哉嵐《セイラン》さま、どうか横になってください」

翠蓮《スイレン》がそう頼むと、彼はやっと表情を緩めてこちらに目を向けた。

「寝てなどいられない」と言うと、哉嵐《セイラン》は牀榻《しんだい》から身を乗り出し、立っている翠蓮《スイレン》の背中に腕を回す。

だが、抱き締めてくる逞しい腕にはいつものような力がない。おそらく、本当に体が辛いのだろう。

これだけ熱が高ければ当然だ。

牀榻《しんだい》のそばに置かれた腰ほどの高さの卓には盆が置かれ、氷の器が用意されている。そこに水を入れ、額を冷やす布を絞るためのもののようだ。

「夜明け前までおそばにいますから、どうか横になって」と重ねて頼むと、彼は渋々といった様子で身を横たえた。

翠蓮《スイレン》はそっと彼の手から離れると、水差しからその氷の器に水を注ぎ、冷たい水に浸した布を絞る。

ひんやりした布で額を拭いてやると、彼は目を閉じ、気持ちがよさそうに息を吐いた。

「もっと近くへ」とねだる哉嵐《セイラン》に腕を引かれ、躊躇いながら自分も牀榻《しんだい》に上がる。

手を伸ばしてくるので、翠蓮《スイレン》はおずおずと身を屈め、彼に顔を近づけた。

「これは、熱が見せた幻ではないな？」

熱い両手で翠蓮《スイレン》の頬を包んだ彼が、疑うように確認してくるのに、思わず微笑む。

「本物です。後宮から、たったいま参りました」

彼はホッとしたように頬を緩めると、翠蓮《スイレン》を抱き締める。熱のある体に乗る体勢になって慌てたが、彼は決して翠蓮《スイレン》を放そうとはしない。

抱き締めた翠蓮《スイレン》の首筋や髪の匂いをひとしきり嗅ぐと、哉嵐《セイラン》は間近から目を覗き込む。

「もう十一日もそなたに会っていなかった……」

感慨深げに呟きながら、顔を撫でられ、唇を指でなぞられる。

近くで見ると、昨夜の出来事のせいなのか、それともしばらく精気を得ていないせいか、または高熱のせいか。哉嵐《セイラン》はかすかにやつれて見える。疲労と熱に苦しめられ、額に汗が滲んでいてさえも彼の美貌はよりいっそう際立って見えるほどだが、彼の熱さが心配になり、翠蓮《スイレン》はそっと訊ねた。

「これは、昨夜、黒龍さまをお呼びになったからなのですか……？」

「いや、それだけではない。おそらく……飢えている黒龍を憤りに任せて呼んだから、いつもより反動が大きかったのだろうな……だが、これまでの一年も、黒龍はずっと満たされてなどいなかった。力を使ったあとはいつも消耗するが、こんなふうに寝込むなど初めてだ。本当にふがいない」

体調が優れないせいか、哉嵐《セイラン》は少々気落ちして見える。こんな彼を見るのは初めてで、翠蓮《スイレン》はどうしていいかわからなくなった。

「情けなくなどありません」

翠蓮《スイレン》の言葉を聞いた彼がかすかに目を瞠る。言いたいことは山ほどあったはずなのに、こうして会うと、もう伝える言葉が見つからない。

会えなかった間、翠蓮《スイレン》は彼の訪れを待ち続けていた。

「僕……ずっと、おいでをお待ちしていました」

どうにかそれだけを言うと、哉嵐《セイラン》の手に項を引き寄せられる。彼の体に覆いかぶさる体勢で、翠蓮《スイレン》は深く唇を奪われた。

いつもより熱い唇が、翠蓮《スイレン》の唇を愛しげに食む。

「そなたも、私に会いたいと思ってくれたのか……？」

口付けの合間に訊ねられ、翠蓮《スイレン》は何度も頷く。何度蓮華宮《れんげきゅう》の扉を眺め、そこに微笑を浮かべた哉嵐《セイラン》が現れてはくれないかと願ったことか。

私もだ、と囁かれて、翠蓮《スイレン》は胸がいっぱいになった。

もし、自分たちがただの平民同士だったら、いつだって気軽に会いに行ける。けれど、彼は千万の民を導く汪国《おうこく》皇帝なのだ。

寂しいから会いたい、会いに来てほしいと、軽々しく頼めるような対等な間柄ではない。

そんな中、やっと会えたのだから、喜べばいい。なのに、どうしてこんなふうに胸の奥がずきずきと痛み、いてもたってもいられないような気持ちになるのか。

夜明け前にはまた離れ、次はいつ来てくれるのかもわからない。

時間が惜しかった。湧き上がる切ない気持ちを振り切るように、翠蓮《スイレン》は無理に笑みを作って訊ねた。

「なにか……してほしいことはありませんか？」

「なにをしてくれるんだ？」

期待を込めた目で訊ねられ「お望みのことでしたら、なんでも」と答える。

彼が望むのなら、一晩中でも看病をする覚悟だった。

しかし、翠蓮《スイレン》の答えを聞くと、熱のせいで潤んでいる彼の目に、かすかな欲情の炎が灯った。

「私がいま、なにを求めているのか……そなたは、誰よりもよく知っているはずだ」

望みの意味に気づき、かあああっと顔が熱くなるのを感じた。

しばらく翠蓮《スイレン》の元を訪れなかった哉嵐《セイラン》は、黒龍のエサを求めている。だが、こんなふうに弱っている彼に、いつものようなやり方で精気を与えることは躊躇われる。妃から血をもらうことを嫌がっているのは知っているが、今夜だけは例外にしてもらうしかない。

「で、では、血か、汗で……」

「血は嫌だ。汗や唾液などでは足りない。正直、起き上がっていつものようにそなたを可愛がるだけの力がいまはないんだ」

焦れたような言葉とともにせがまれ、背中にだるそうな力の入らない腕を回される。

「もはや一刻も待てない。早く、そなたの蜜を飲ませてくれ」

彼を助けたい。少しでも早く黒龍の飢えを満たして楽にしてあげたい。そんな思いで、翠蓮《スイレン》は彼の言う通りに従うしかなかった。

自らの襦裙《きもの》の前を開け、下衣《かい》を脱ぎ落とす。出せと文句をいうようにぴかぴかし続けている天紅入《テンコウ》りの玉佩《ぎょくはい》は、ごめんねと囁いてそっと卓の上に置いた。

哉嵐《セイラン》に手を引かれ、促されるがまま、翠蓮《スイレン》はぎくしゃくとした動きで彼の顔を跨《また》ぐ体勢を取る。

一国の皇帝に対し、信じ難いほど不敬で淫らな状況だ。

だが、哉嵐《セイラン》は目の前に晒された翠蓮《スイレン》の小振りな性器を目を輝かせて見つめ、上擦った声で嬉しげに囁いた。

「そなたの愛らしいここは、もう先端を濡らしている……」

説明されて、自分のそこが、あろうことかすでに彼の面前で半勃ちしてしまっていることを知らされる。顔から火が出そうなほど翠蓮《スイレン》の頬は熱くなった。

翠蓮《スイレン》の蜜は皇帝のためのものだ。もし、飢えた黒龍を身に宿した哉嵐《セイラン》が訪れたら、と思うと、自ら慰めるわけにはいかなかったのだ。

「ああ、もう雫が垂れそうではないか」

翠蓮《スイレン》のものの根元を摘まんだ彼は、もう一方の手の指で先端をそっと掬《すく》い、雫をぺろりと舐める。

いかにも美味そうに味わわれ、翠蓮《スイレン》の目は羞恥のあまり涙で潤んだ。

「せ、哉嵐《セイラン》さまが、飲んでくださらないから……っ」

「ああ、私のために、蜜を溜めておいてくれたのか。私の妃はなんといじらしいことをする」

感激するように言いながら、腰をぐっと引き寄せられる。体勢を崩しかけた翠蓮《スイレン》は、慌てて哉嵐《セイラン》の頭上の牀榻《しんだい》の柱に手を突く。完全に彼の顔の前に性器を押しつけるような体勢になってしまったが、逃げる間もなく、昂りが熱い咥内にすっぽりと呑み込まれた。

「あっ……ひゃっ、あ、あんっ」

焼けるような熱さの濡れた舌が、敏感な裏筋をぬるぬると擦る。あっという間に硬くなってしまった性器を、じゅっと音を立ててきつく吸われる。強い刺激に反射的に身を捩ると、尻を摑まれ、逆に引き寄せられた。

「哉嵐《セイラン》さま……っ」

翠蓮《スイレン》の無毛の股間に顔を擦りつけるようにして、哉嵐《セイラン》は飢えた獣が久し振りの食事にありついたかの如く、無我夢中でそこをしゃぶり尽くす。ねろねろといつにないほどいやらしく舐め回してくる舌に追い上げられ、ぞくぞくとした愉悦が身の内を駆け上がる。早く出せ、といわんばかりに根元を扱かれ、双球を揉み合わされ、敏感な場所に熱い息がかかる。

「そんな、激し……、あ……あぁっ」

先端のささやかな膨らみを執拗に舐め回されて、翠蓮《スイレン》はとうとう泣き声を上げた。

牀榻《しんだい》の柱に縋って刺激に耐えていたが、あまりの荒々しさに、すぐに限界が訪れた。ひくひくと身を強張らせて放出すると、そのすべてをごくりと生々しい音を立てて飲み下される。

一滴も残らず啜られ、丁寧に根元から先端まで舐めて清められた。ようやく解放され、膝が崩れ落

ちそうになる。どうにか体勢を整えようとしたが、それより前に、哉嵐《セイラン》が翠蓮《スイレン》の背を抱えるようにしてゆっくりと身を起こした。

ぐるりと上下を入れ替え、彼は翠蓮《スイレン》を敷布に寝かせると、その上に伸しかかってくる。

「哉嵐《セイラン》さま、まだ無理をされては……」

「もう、大丈夫だ。どうやらそなたの蜜は……私にとってなによりの薬のようだな」

具合を心配する翠蓮《スイレン》に、彼は半ば恍惚とした表情で漏らす。

そっと頬に触れてみると、まだ熱いとはいえ、さきほどまでの異常な熱は引いているようだ。熱がある彼にこんなことをさせて本当によかったのかと気がかりだった翠蓮《スイレン》は、ホッと息を吐いた。

身を倒してきた彼の手が、乱れた翠蓮《スイレン》の前髪をかき上げる。額に口付けてから、そっと囁く。

「そなたは色気のない宦官服を着ていてさえ愛らしいな……可愛い宦官どの。夜明けまでの間に、もう一度、私に甘い蜜を与えてはくれないか？」

翠蓮《スイレン》は思わず目を丸くしてから微笑んだ。どうやら、軽口を言えるくらい楽になったらしい。

「主上の、お望みのままに……」

芝居に付き合うと、彼は凄絶な美貌に笑みを浮かべた。

翠蓮《スイレン》から襦裙《きもの》を脱がせ、わずかに汗ばんだ肌を撫でつつ哉嵐《セイラン》が呟く。

「まだ、信じられない。そなたが私の殿舎にいるとは……」

首筋に鼻先をうずめ、唇を触れさせながら、彼が小さな翠蓮《スイレン》の乳首を弄る。達したばかりの体はどこもかしこも過敏で、軽く摘まれただけでも反応し、四肢にまでひくっと震えが走ってしまう。

「後宮に返したくなくなってしまうな……」

惜しそうな囁きに、返さないでほしい、と答えかけた言葉は、熱い口付けに呑み込まれた。

翠蓮《スイレン》を二度絶頂に導き、欲しいだけ蜜を堪能すると、哉嵐《セイラン》は満足したように眠りに落ちた。

しばらく一緒に目を閉じていたが、名残を惜しみながら翠蓮《スイレン》は身を起こす。

夜明けが近づいているのを感じる。もうそろそろ戻らなければならない。

起こさないように抱き竦める彼の腕をそっと外し、静かに牀榻《しんだい》を下りる。身支度をしてから卓の上の玉佩《ぎょくはい》を手に取り、ふと思い立って「天紅《テンコウ》」と小声で呼んだ。

紅玉の中からぽんっと出てきた天紅《テンコウ》は、しばらく無視するかたちになってしまったせいだろう、なにか文句を叫び出しそうだった。慌てて翠蓮《スイレン》が唇の前に指を立てて静かにさせると、むうっとヒゲを下げて不満げな顔になる。

あとでとっておきの菓子を用意すると約束して、「哉嵐《セイラン》さまお一人では目覚めたときに寂しいかもしれないから、一緒に寝てあげてくれないかな？」と頼んでみる。天紅《テンコウ》は拗《す》ねた顔で『褒美は栗がよい』とねだるので、思わず頬を緩めた。仔空《シア》に頼んで美味しい栗を用意してもらわなければと考えながら承諾すると、『いたしかたあるまい』と言い、仔虎は眠る哉嵐《セイラン》のそばでいそいそと丸くなった。

天紅《テンコウ》がそばにいてくれたら安心だ。翠蓮《スイレン》はホッとして一人と一匹を置き、静かに寝所を出る。やはり、まだ薄暗いけれど、通路の窓から闇色の空にかすかな光が差し始めているのがわかる。夜が明けるまでに後宮に戻れるか、ぎりぎりといったところだろう。

急いで通路を戻ろうとすると、ちょうど、向こう側から泰然《タイラン》が歩いてくるのに出くわした。

そばまで近づくと、翠蓮《スイレン》は潜めた声で言った。

「哉嵐《セイラン》さまの熱は下がりました」

「それはよかった、さすが、皇貴妃さまのおかげですね。心より感謝申し上げます」

安堵したように目を細め、泰然《タイラン》は一礼する。

「いま、お休みになったところで、天紅《テンコウ》が添い寝をしてくれていますので」

「わかりました。ではお目覚めになられる頃に、再度、医師を呼ばせましょう。そろそろ夜が明けます。睿《ルイ》を待たせていますので、入り口までお送りいたします」

先導する泰然《タイラン》について、急いで入り口に向かう。昨日、仁龍殿《じんりゅうでん》でなにが起きたのか哉嵐《セイラン》にも聞く暇がなかった。気になって泰然《タイラン》に訊ねたかったが、いまはもうその時間がない。

入り口に着くと、扉を開ける前に、泰然《タイラン》はなぜかその手を止めた。まじまじと翠蓮《スイレン》に目を向けた彼は笑みを浮かべて言う。

「主上の特別なお気に入りであるあなたが、まさかこんな方だったとは。哉嵐《セイラン》さまが厳戒な警護で後宮の周囲を固めさせている理由がよくわかりました」

（どういう意味だろう？）

翠蓮《スイレン》が意味を摑みかねていると、泰然《タイラン》はふと笑みを消し、小声で意外なことを言い出した。

「……もし、潭沙《たんさ》の村に帰りたくなったときは、使いの者に文を持たせてください。帰れるように私が手配して差し上げましょう」

とっさに目を丸くした翠蓮《スイレン》は、声を潜めて「い、いいえ」と急いで首を横に振る。

「お気持ちはありがたく思います。ですが……僕はまだ、村に戻るわけにはいかないので」

いま、哉嵐《セイラン》から離れるわけにはいかない。

身代わりで玉蓮《ギヨクレン》を守るためにやむなく嫁ぐことになった身だったが、哉嵐《セイラン》のおかげで、このところ翠蓮《スイレン》は、自分がここにいる目的を見出したような気がしていた。

自分には、この場所で、果たすべき責務があるのだ。

その答えを聞くと、かすかに目を瞠ってから、泰然《タイラン》がふっと笑った。

彼はすぐに笑みを消すと、真面目な顔で背筋を正す。

「……差し出がましいことを申し上げました。どうかお許しを」

礼儀正しく頭を下げ、泰然《タイラン》は朱塗りの重々しい扉を開けた。

*

——優美な月の明かりが天上から降り注ぐ、穏やかな夜。

翠蓮《スイレン》が飛龍殿《ひりゅうでん》を密かに訪れた、翌々日。哉嵐《セイラン》が久し振りに蓮華宮《れんげきゅう》にやってきたのは、日が沈んでからのことだった。

「あの朝、目覚めたときは驚いたぞ。小蓮《シャオレン》だと思って抱き寄せようとしたら、やたらと毛がふわふわしているんだ。ぎょっとして目を開けてみれば、いつの間にか天紅《テンコウ》が仰向けになって隣ですやすやと眠っていたんだからな」

卓の上に並べた贅沢な酒肴の前で、彼は機嫌よく笑う。

「それはさぞかし驚かれたでしょうね」と仔空《シア》が笑いを堪えて言う。翠蓮《スイレン》もその光景を思い浮かべると可笑しくなった。

「哉嵐《セイラン》さまが目覚めたときにお寂しいかと思って、僕が天紅《テンコウ》に頼んだのです」

「そなたの優しい気遣いはありがたいが、まさか妃が仔虎と入れ替わる経験をしたのは、おそらく長い汪国《おうこく》帝家の歴史の中でも私が初めてだろう」

哉嵐《セイラン》はそばで約束通り、とっておきの栗入りの餅を二つももらい、大喜びで食べている天紅《テンコウ》を撫でる。楽しそうに話す彼は、憔悴《しょうすい》したあの夜とは別人のように生き生きとしていてとても機嫌がいい。

やっと元通りの日々が戻ってきたと、仔空《シア》と翠蓮《スイレン》は目を見合わせて微笑んだ。

その日は、苞《ほう》の村の者から、翠蓮《スイレン》のおかげで救助の手が入り、流された橋を再建してもらえたこと、軍からもじゅうぶんな物資が届いたという感謝の手紙が届けられていた。

もちろん、いったん開封され、中身を精査されたあとでだ。あの手紙が発端となり、哉嵐《セイラン》との揉め事に繋がったけれど、助けを求めてきた村の人々が救われたと知るとホッとした。

未だにあのときどうすれば最善だったのかは悩むところだが、一緒に礼の手紙を読んだ仔空《シア》が「睿《ルイ》はああ言っていましたけど……僕もきっと、この手紙を受け取ったら、悩んだ末に、皇貴妃さまと同じことをしたと思います」とそっと言ってくれた。

皇帝の哉嵐《セイラン》に、使用人の睿《ルイ》と仔空《シア》、側室の翠蓮《スイレン》。それぞれ立場も違えばなにか起きたときの行動も違って当然だ。もし、哉嵐《セイラン》に手紙の件を告げず、もしくは伝えても助けてと頼むことを躊躇って、罪のない苞《ほう》の村の人々の命が失われていたら、翠蓮《スイレン》はきっと自分を激しく責めただろう。

誰にとってもそれぞれの正解があり、その時々の最善を尽くすだけで、完璧な正解はどこにもないのかもしれない、と翠蓮《スイレン》は思った。

その夜、酒を何杯か飲むと、彼は翠蓮《スイレン》を寝所に導いた。

半日近くも蓮華宮《れんげきゅう》への訪れがなかったことで、皇帝の周囲にいる大臣や官吏たちからは、もうすっかり皇貴妃への情熱は冷めたと思われているらしい。

そこで、哉嵐《セイラン》は今後、三日に一度、夜だけ蓮華宮《れんげきゅう》を訪れることになった。

「以前のように毎日、日に二度でも来たい気持ちは山々だが、仕方ない。世間の興味からそなたを守るためだ。そのくらいが、私がもう妃に溺れているわけではないと思わせるぎりぎりの間隔だろう」

文は毎日書くから、可能な限り返事をくれ、と言われて、翠蓮《スイレン》も「必ず書きます」と約束した。

哉嵐《セイラン》が後宮への訪れを再開したあと、天紅《テンコウ》は哉嵐《セイラン》に返そうとしたが、彼は頑として譲らず、結局天紅《テン》《コウ》も睿《ルイ》も翠蓮《スイレン》付きのまま蓮華宮《れんげきゅう》に残ることになってしまった。睿《ルイ》が定期的に、後宮の様子について仁龍殿《じんりゅうでん》まで報告に上がることになったが、それでは彼は数日に一度しか哉嵐《セイラン》と会えない。

天紅《テンコウ》はそもそも哉嵐《セイラン》の霊獣だし、万が一の事態のときには翠蓮《スイレン》よりも哉嵐《セイラン》の身のほうがずっと危険だ。有事の際には哉嵐《セイラン》を守ってもらいたいのにと思ったけれど、『ほかならぬ蓮蓮《レンレン》の頼みじゃが、我は皇帝の命には逆らえぬ！』と言って天紅《テンコウ》自身はどことなく嬉しそうだ。

「睿《ルイ》のほうも承知のうえだ」と哉嵐《セイラン》から言われてしまうと、翠蓮《スイレン》はそれ以上は強く言えなくなった。

哉嵐《セイラン》はおそらく、睿《ルイ》の気持ちには気づいていないのだろう。

警護してもらえるのはありがたいけれど、きっと少しでも哉嵐《セイラン》のそばにいたいだろう睿《ルイ》の気持ちを思うと、翠蓮《スイレン》は複雑だった。

その夜も、牀榻《しんだい》に連れていかれて二人だけになり、精気を求められた。

二日前に熱を出して苦しそうだった哉嵐《セイラン》の体調は、もうすっかり回復したようだ。二度も蜜を飲まれた翠蓮《スイレン》は、満たされた哉嵐《セイラン》の様子を見てホッとしていた。

ぐったりした体を丁寧に清められ、眠りに落ちる前のことだ。

ふと気がかりを思い出し、翠蓮《スイレン》は眠い目を擦り、自分を抱き締めている彼に訊ねた。

「哉嵐《セイラン》さま……」

「なんだ？」

目を開けた彼が、翠蓮《スイレン》のほうに視線を向ける。一つ訊ねてもよいかと訊くと、彼は頷く。

「三日前の夜なのですが……仁龍殿《じんりゆうでん》で、黒龍さまをお呼びになったと聞きました。なにがあったのか、お伺いしてもよろしいですか？」

「ああ、あれは……」

穏やかな表情をしていた哉嵐《セイラン》が、眉を顰めた。

「先日の苞《ほう》の村の一件から、滎陽《けいよう》の地方高官が腐敗しているとわかったんだ」

（滎陽《けいよう》の高官が……）

翠蓮《スイレン》が目を瞠ると、彼は淡々とした様子で続けた。

「役人の中に国や軍からの支給品や支援金を誤魔化している者がいた。民がなにかを頼むときに請求する賄賂《わいろ》も日常化されていて、しかも、総額にすると目を瞑《つむ》れるような額ではないのが明らかになった。滎陽《けいよう》は帝都から遠く、確認の目も行き届きにくい。見つからないと思ったのだろうな」

現地で詰問しても話が進まず、当該の役人を二人、滎陽《けいよう》から宮城へと連れてこさせたものの、それぞれが必死に違う話をする。詳しく問い質したが、犯人は巧妙でどちらなのか判別がつかない。

これはすでに皇帝の耳に入り、苞《ほう》の村には彼が直々に指示を出して救出させた件だ。もはや有耶《うや》無耶《むや》にしておくことはできず、罪を明らかにするために、哉嵐《セイラン》は黒龍を呼んで、その場で託宣《たくせん》を行い、真実を見定めようとした。

「だが……そのとき、追い詰められた役人の一方が、あろうことか剣を抜いてもう一人に斬りかかったんだ」

戦の際、もしくは警護のためを除き、仁龍殿《じんりゅうでん》で剣を抜くことは固く禁じられている。すぐに泰然《タイラン》が動いた。しかし、それより前に、哉嵐《セイラン》の中から飛び出した黒龍が、剣を手にした者を喰い殺した。けれど、ときは遅く、医師が着いた頃には、最初に斬られた者は完全に息絶えていた。

二人ともが亡くなっては黒龍の託宣は受けられない。改めて巫覡《ふげき》(※祈禱や神おろしをする者)に招魂《しょうこん》の儀式を行わせてみたところ、最初に剣を抜いたほうが真の犯人であり、殺された者のほうは罪をなすりつけられた哀れな被害者なのだとわかった。

「……あっという間の出来事で、止めようもなかった。泰然《タイラン》も気落ちしていたが、罪のない役人には、可哀想なことをした」

静かに経緯を話しながら、翠蓮《スイレン》には、彼が深く心を痛めているのがわかった。

もしかしたら、彼が珍しく熱を出したのは、力を使った疲労や黒龍の飢えからではなく、無罪だった人間の命が目の前で失われたことへの後悔からかもしれない。

――この人は、帝位にいるには心が優しすぎる。

それに気づくと、翠蓮《スイレン》の胸は痛いくらいに苦しくなった。

だが、彼のような人が国を治めるなら、理不尽が多いこの世の中を変えてくれるかもしれない。

皇帝は、ときに何百、何千という民の命の犠牲のうえに国を守らなければならない。しかし、哉嵐《セイラン》は一人の民の命が失われたことを心に留めておける人だ。彼のまっとうさは、帝位につくにはあまりにも苦痛をもたらすものなのかもしれない。

いてもたってもいられないような気持ちになり、翠蓮《スイレン》は肘を突いて半身を起こすと、哉嵐《セイラン》の頭を抱え込むようにしてそっと抱き締めた。

「……慰めてくれているのか？」

笑みを含んだ声で言われて、わかりやすい行動をしてしまった自分が恥ずかしくなる。

「ただ、こうしたくなっただけです」

彼の艶やかな髪を慈しむように撫でているうち、哉嵐《セイラン》がぽつりと言った。

「心配はいらない。ここのところ小さな騒動が続いて、黒龍を呼ぶことが多くなっているだけだ」

翠蓮《スイレン》の腰に腕を回して胸元に顔を寄せ、彼がため息を吐く。

「三日に一度だけしかそなたに会えないのは、辛いな。顔を見られるだけでも癒されるのに……」

自分もまったく同じ気持ちだと翠蓮《スイレン》は言いたかった。

「どうぞお好きなだけ、見て、触ってください」

そっと言うと、哉嵐《セイラン》がこちらを見上げる。かすかな驚きを滲ませた目が笑みに細められ、項を引き寄せられる。

「ん……ぅ」

舌を搦め捕られる濃厚な口付けをしながら、ぐるりと体勢を入れ替えられる。

伸しかかってきた彼が、熱くて大きな手のひらで再び翠蓮《スイレン》の肌を撫で回しながら囁いた。

「……やはり、ここには三日に一度以上は来てはならないのかもしれないな」

「な、なぜですか？」

驚いて訊ねると、彼は上目遣いにじっと翠蓮《スイレン》を見た。

「いま以上にそなたに溺れてしまえば……政務中も思い出して、きっと仕事に身が入らなくなる」

自嘲するようなその言葉とともに、燃えるような咥内に呑み込まれる。荒々しくも巧みな舌遣いに翻弄され、翠蓮《スイレン》は熱くて甘い息を吐いた。

＊

翠蓮《スイレン》がそれに気づいたのは、哉嵐《セイラン》の訪れが復活して、しばらく経ってからのことだった。

どこかから苦しげなうめき声が聞こえた気がして、目を開ける。

夜は、睿《ルイ》は同僚と交代で見張りに立ち、仔空《シア》と笙鈴《ショウリン》はそれぞれの部屋に下がっている。牀榻《しんだい》の中には二人だけしかおらず、哉嵐《セイラン》はよく眠っているようだ。

気のせいかと思ったが、しばらく耳を澄ましていると、その声が自分を抱き竦めて眠っている彼のものだと気づき、翠蓮《スイレン》は慌てた。

顔を覗き込むと、まだ眠りの中にいる彼は眉間に深い皺を刻んでいる。美貌を苦悶に歪めたその表情は相当に苦しそうだ。

「哉嵐《セイラン》さま……」

心配のあまり思わず呼びかけると、ハッとしたように彼が目を開けた。

「ああ……すまない、魘《うな》されていたか」

少し、と答えながら、彼の額に滲んだ冷や汗を拭ってやり、水差しから水を注ぎ、杯を彼の前に差し出す。

水を飲み干した彼は、深いため息を吐いた。

「どこか痛むのですか？　お薬を持ってきてもらいましょうか？」

「……いや、問題ない。私のせいで目覚めてしまったのだろう。すまなかったな」

謝罪されて、身を横たえた彼の腕の中にもう一度抱き込まれる。

耳が触れている彼の心臓の音はやけに速い。

（いったい、どうしたんだろう……）

――哉嵐《セイラン》が酷く魘されるのは、十日ほどの間にこれで二度目になる。

翠蓮《スイレン》が入宮してもうじき二か月になるが、彼の妃となってしばらくの間は、国内外に問題が起こることもなく、彼も黒龍の力を使う必要がなかった。

そして最近は、当初のように毎日の訪れがなくなったため、彼が黒龍の力を使ったあとも、一緒にいない夜のほうが多い。だから、気づかなかっただけかもしれない。

日々を重ねるうちに翠蓮《スイレン》は否応なしに気づく。

――どうやら哉嵐《セイラン》は、汪国《おうこく》に何事かあり、仁龍殿《じんりゆうでん》で黒龍の力を使ったその夜は、たびたび激しい痛みに苦しんでいるようだと。

「黒龍さまの力を使ったあと……ですか？」

夜が明けて哉嵐《セイラン》が帰っていったあと、翠蓮《スイレン》は朝食の片付けを終えて戻ってきた仔空《シア》に訊ねてみた。

哉嵐《セイラン》に仕える前は、前帝の皇后に仕えていたという仔空《シア》なら、なにか彼の助けになる情報を知っているかもしれない。

「ええと……黒龍さまの力を使うと、皇帝の体には龍の毒が回るのだそうです」

「龍の毒？」

声を潜めて説明する仔空《シア》の言葉に驚く。

仔空《シア》によると、黒龍を身に宿している皇帝は、その力を使ったあと、宮城の薬師が作った特別な丹薬《たんやく》を飲んで毒を消している。もちろん、痛み止めもあるけれど、黒龍の毒には、薬程度では消せないほどの強い痛みがあるらしい。

「前帝もその痛みには悩まれていたようです。もちろん、公には秘密にされていましたが、皇后さまには隠せません。皇后さまも、なんとか痛みを取って差し上げたいと、名のある薬師や医術の心得のある術士を招いたり、国中から様々な痛み止めを取り寄せたりしておられました。ですが、なかなか効き目は出なかったみたいで……どうも、尋常ではない痛みのようだとか」

「そんなに酷く痛むなんて……」

昨夜の哉嵐《セイラン》を思い出して、翠蓮《スイレン》は胸が苦しくなった。

仔空《シア》に礼を言い、彼の背中が厨房へと消えていく。どうにかできないものかとあれこれ頭の中で考えたとき、ふと、潭沙《たんさ》の村に伝わる秘薬のことが翠蓮《スイレン》の頭をよぎった。

どこもそうだろうが、潭沙《たんさ》の村にもいくつかの特別な薬が伝わっている。その中に、どのような痛みにも非常によく効くという、秘伝の薬が一つあるのだ。

清閑湖《せいかんこ》のそばに生えている柳の樹皮を煮出した液で、飲むとたちどころに痛みが消える。液を乾燥させた粉を飲むことでも同じ効果が得られるので、皆重宝していた。

なにせ、普通の薬ではない。『龍の痛みでさえも癒やす』と言い伝えられているもので、馬や牛にも効くほど強力な効き目がある。それなのに、常習性などはない貴重な薬だ。

あまりの効き目に、村外の者に知られて争いの種にならないようにと、代々、一族とその家族たちだけに使うことを許され、受け継がれてきたのだ。

（あの薬を、哉嵐《セイラン》さまに飲ませてあげられれば……）

どれほどの痛みかはわからないけれど、きっと少しはましになるはずだ。そう思って希望を抱いたが、一つ問題があった。側室である翠蓮《スイレン》は、後宮の外に出ることができないのだ。

考えた末に、翠蓮《スイレン》は玉蓮《ギヨクレン》宛てに、皇帝に捧げるために秘薬を分けてもらえないか、と手紙を書いてみることにした。

天祐《テンユウ》はしきたりに厳しい。皇帝相手とはいえ、先祖代々隠してきた薬を差し出すのを渋るかもしれないから、玉蓮《ギヨクレン》がどうにか伯父を説得してくれることを祈るしかない。

更に、もう一つの問題は、この手紙を託す相手だった。

皇帝のためにと書いているのだから、悪さを企む者に託せば、哉嵐《セイラン》が痛み止めの必要な状態だと知られることになる。最悪、持ち帰る際に薬をすり替えられたり、奪われたりしてしまうかもしれない。それに、これは村の秘密に関わることにもなる。もし秘薬の話が外の者に伝われば、潭沙《たんさ》の村を危険に晒すことにもなりかねない。信用できない者には決して頼めない。

「――薬を取りに、村へ？」

仔空《シア》に呼んできてもらった睿《ルイ》は、突然の話に怪訝そうな顔をしている。

悩んだ挙げ句に、翠蓮《スイレン》は睿《ルイ》に相談を持ちかけてみた。睿《ルイ》なら、皇貴妃が本当は玉蓮《ギョクレン》ではなく、翠蓮《スイレン》であることも知っているから説明する必要もないし、黒龍と哉嵐《セイラン》の事情も熟知している。

「うん、潭沙《たんさ》の村の村長の屋敷にこの手紙を届けてもらえたら、きっと薬を渡してもらえると思うんだ」

それから、秘密だと言い置いて、村の秘薬の効果を説明する。

「秘薬だから、渡してもらえるかどうかわからない。だから、哉嵐《セイラン》さまにはまだ伝えていないのだけど、とても辛そうだから……どうしてもその薬を飲ませてあげたくて」

「……わかった」

自分が頼んでも断られてしまうかもと思っていたが、睿《ルイ》は意外にも二つ返事で応じてくれた。

「潭沙《たんさ》は、碧楊《へきよう》の東側だな。これから準備をして、すぐ出発する」

「えっ、い、いまから⁉」

そんなにすぐに発ってくれるとは思わず、翠蓮《スイレン》は驚いた。まだ朝食をとり終えたばかりで、時間は辰の刻《午前八時前後》だ。

潭沙《たんさ》の村までは馬車で一日程度の距離なので、馬で出れば、日暮れまでに着けるかどうかといったところだろう。

「急げば、今夜中には向こうに着ける。何事もなければ翌夕には戻ってこられるだろう。私が不在の一夜は、腕の立つ者を何人か蓮華宮《れんげきゅう》の警護に当たらせておく」

そう言い、慌ただしく準備を済ませて、翠蓮《スイレン》の手紙を携えた睿《ルイ》は、碧楊《へきよう》に向けて出発してくれた。

「なんだか最近、睿《ルイ》が少しだけ優しくなった気がする……」

彼を見送ったあと、思わず翠蓮《スイレン》がしみじみ言うと、仔空《シア》が小さく笑った。

「睿《ルイ》は主上に心酔しているうえに、ああいう性格なので、素直になれないたちなんです。でも、こうして頼みを聞くってことは、ちゃんと皇貴妃さまのことを敬っているつもりなんですよ」

「そうなのかな……」

哉嵐《セイラン》の側仕えだった彼が、自分を妃だと認めてくれたなら嬉しい。

緊張しつつ仔空《シア》とともに戻りを待っていると、睿《ルイ》は予定よりも少し遅く、翌日の夜半になってから後宮に戻ってきた。

「薬だ」と言って、薄茶色の粉の入った小瓶を渡される。粉末にした薬だ、とホッとした。

続けて、睿《ルイ》は一抱えもある荷を蓮華宮《れんげきゅう》に運んできた。

唖然としていると、中身は、翠蓮《スイレン》の好物の漬物や天祐《テンユウ》の屋敷の使用人が作った日持ちする菓子、碧《へき》楊《よう》産の酒などで驚いた。しかも、ずっしりと重い。

「急いでいるから土産はけっこうだと言うと、かなり減らしてくれたのだが、それでもこれだけはと渡されて、重くて戻りが遅くなった」

「こんなにたくさん大変だったろうに……本当にご苦労でした、ありがとうね」

ありがたいやら申し訳ないやらで礼を伝えると、睿《ルイ》は首を横に振った。

「突然訪れたので驚かれたが、快く迎え入れてくれて、村長の屋敷で一晩世話になった。従兄弟どのにも、くれぐれも皇貴妃さまをよろしくと頭を下げられた。朝に発つまで、誰もがとても親切にしてくれた……皆、あなたのことをとても心配していた」

ぼそぼそと言う睿《ルイ》の言葉に、懐かしい村の皆のことが思い出され、翠蓮《スイレン》はにわかに故郷が恋しくなった。

（なにか、睿《ルイ》にお礼をしなくちゃ……）

そう思ったが、嫁ぐときに村から持参してきたものはごくわずかで、翠蓮《スイレン》の持ち物は皆、後宮に入ってから、哉嵐《セイラン》や貴族たちからもらった贈り物ばかりだ。よければ、貴族から届いた山とある高価な贈り物の中から、どれでも好きなものを持っていってほしいと言ったけれど、「不要だ」と断られてしまう。

頼みを聞いてもらえたのに、自分にはなにも渡せるものがない。ふと思い立ち、「ちょっと待ってて」と言い置いて、翠蓮《スイレン》は簞笥の中にしまってあった箱を取り出す。後宮に嫁ぐ際、天祐《テンユウ》は翠蓮《スイレン》の両親が殺されたとき、宮城から来た兵士が置いていった詫びの銀子を渡してくれた。村のために使ってくれと言って、半分だけ受け取ってきたのだ。奥のほうにある銀子を入れた布袋を取り出そうとして、他のものを先に箱の中から出すと、睿《ルイ》が「それは……」と怪訝そうに言った。

「これ？　これは、もらいものの玉佩《ぎょくはい》だよ」

手渡したのは、不思議な色の石がはめ込まれた品のいい玉佩《ぎょくはい》だ。それをまじまじと眺め、睿《ルイ》が訊ねてくる。

「これは、誰からもらったものだ？」

それは、両親が亡くなった事件のあと、翠蓮《スイレン》が手に握っていたものだった。

赤みがかった石は様々な色に輝いて、まるで孔雀《くじゃく》の羽のように綺麗だ。天祐《テンユウ》によると、これは黒蛋《くろたん》白石《ぱくいし》といって、非常に高価なものらしい。人に見せずにしまっておくようにと言われていたので、ずっとしまい込んだまま、入宮の際もわずかな荷物の中に入れて持ってきた。半ば、両親の形見のようなものだ。

しばらくまじまじと眺めたあと、それを丁重に返して、睿《ルイ》は言った。

「礼は不要だ。哉嵐《セイラン》さまが、あの薬で少しでも楽になるなら、それでいい」

睿《ルイ》はそっけなく言って、部屋を出ていく。その背中に「ありがとう、睿《ルイ》」ともう一度礼を言って、翠蓮《スイレン》は銀子と玉佩《ぎょくはい》の入った箱を元の場所にしまった。

睿《ルイ》が届けてくれた村からの土産を開け、睿《ルイ》と仔空《シア》、そしてもう休んでいる笙鈴《ショウリン》の分も分けてから床につく。

牀榻《しんだい》近くの引き出しには、玉蓮《ギヨクレン》と睿《ルイ》のおかげで手に入った薬の小瓶がしまってある。

（……きっと効くはずだから……）

明日の夜は哉嵐《セイラン》がやってくる日だから、渡せるはずだ。


だが、嬉しい気持ちで眠りについたものの、その翌夜、やってきた哉嵐《セイラン》に特別な薬の話をすると、彼は予想外の反応を見せた。

仔空《シア》が酒肴を用意して下がるなり、翠蓮《スイレン》は「哉嵐《セイラン》さま、これをどうぞ」と、引き出しから取り出した小瓶を彼に差し出した。

「――潭沙《たんさ》の村の秘薬?」

その薬の由来と、本来は門外不出であること、自分は行けないので信頼できる睿《ルイ》に頼んだことなどを話す。

「睿《ルイ》に頼んだら、一昼夜で往復してくれて、昨夜持ち帰ってくれました。どのような痛みにもとてもよく効く薬なので……」

粉薬の入った小瓶を卓の上に置き、彼はそれを見つめる。

「潭沙《たんさ》の村に行けと睿《ルイ》に命じたのか」

なぜかかすかに顔をしかめ、哉嵐《セイラン》は手にした杯を一人で呷る。

もしかしたら、本来は彼の側仕えである睿《ルイ》に、個人的な頼み事などしてはいけなかったのかもしれない。

「あの……勝手をしてしまい、申し訳ありません」

おずおずと翠蓮《スイレン》は謝るが、彼はどこか難しい表情のままだ。

「睿《ルイ》は、すんなりそなたの命令に従ったのか?」

「はい、快く受けてくれて、頼んだその日にすぐに出発してくれました」

それを聞くと、哉嵐《セイラン》は手酌で杯を満たし、またそれを呷る。

哉嵐《セイラン》がどことなく不快に思っていることは伝わってくるが、いったいどの点について怒っているのかわからない。

これで彼が楽になるはずだ、きっと喜んでもらえるだろうと思い込んでいた翠蓮《スイレン》は、その様子に戸惑いを覚えた。

彼は翠蓮《スイレン》の前にも杯を置き、酒を注ぐ。無言で勧められて、躊躇いながら口をつけた。飲み心地は軽くて甘いが、今夜の酒は腹に落ちると熱く感じるほど強いようだ。特に弱いほうではないと思うけれど、飲み慣れない翠蓮《スイレン》は、たった一杯でかすかな酔いの気配を感じた。

哉嵐《セイラン》は自らの杯を空けてから、じっとこちらを見据えた。切れ長の美しい目が、確かめるように翠《スイ》蓮《レン》を射貫く。

「いつの間に、睿《ルイ》とそんなに仲良くなった？」

「え……いいえ、仲良くなどしてもらえていませんが」

頼み事は引き受けてくれたが、睿《ルイ》は仔空《シア》とは違い、まだ翠蓮《スイレン》に心を許しているわけではないと感じる。おそらく本音では、一刻も早く哉嵐《セイラン》の側仕えに戻りたいはずだ。

だが、勝手に人の気持ちを推測し、それを想う相手に伝えてしまうのは、あまりにも無粋だということくらい、翠蓮《スイレン》にもよくわかっている。

困って口籠もると、それをどう捉えたのか、哉嵐《セイラン》は杯を卓に置き、ぐいと腰に腕を回して翠蓮《スイレン》を抱き寄せた。膝の上に翠蓮《スイレン》を乗せると、彼は言う。

「睿《ルイ》は有能だが、気難しい。それなのに、あっという間にそなたには従順になった。いったい、どうやって懐かせた？　なにか特別なことでもしてやったのか？」

翠蓮《スイレン》がぽかんとして目を丸くすると、彼は翠蓮《スイレン》の顎を摑み、指先で唇を辿りながら、更に続ける。

「この愛らしい唇を許したか？　それとも、まさか、私がこんなにも耐えているここまでを……？」

襦裙《きもの》越しに尻をぎゅっと摑まれ、ようやく哉嵐《セイラン》の言った言葉の意味を理解する。

——彼はあろうことか、翠蓮《スイレン》が睿《ルイ》を体でたぶらかして懐かせたのではないか、と疑っているのだ。

憤りと羞恥で真っ赤になるのを感じた。

「そ……そんなことは、していません」

湧き上がる感情を抑えて答え、翠蓮《スイレン》は彼の膝から下りようとする。

離れようとするのを許さずにその腰を摑むと、哉嵐《セイラン》は苛立ちを堪えるような声で言う。

「飛龍殿《ひりゅうでん》で会った泰然《タイラン》も、そなたをやけに褒めていたな……二人とも、そう簡単には人を褒めないたちの人間だ。そんな者たちを揃って魅了するとは——」

耐え切れなくなって反論しようとしたときだ。うつむいた翠蓮《スイレン》の目に、哉嵐《セイラン》が腰に帯びた見事な剣の柄が目に入った。

パッと手を伸ばし、その柄を摑む。力を込め、思い切ってぐいと半ばまで引き抜くと、哉嵐《セイラン》が顔色を変えた。

「ぼ、僕には、貞操を疑われるようなことは、なに一つありません！　信じられないのでしたら、この剣で——」

震える声で言い終わる前に、翠蓮《スイレン》は哉嵐《セイラン》の胸にきつく抱き込まれていた。

心臓がどくどくと激しい鼓動を刻んでいる。手を摑まれて剣の柄から指を外され、ゆっくりと刃が鞘に戻される。

しばしの間のあと、哉嵐《セイラン》が口を開いた。

「……すまなかった。そなたを疑うなど、愚かなことをした」

はっきりと謝罪され、ホッとするとともに、ぼろぼろと目から涙が溢れてくる。

安堵と入り交じり、悔しさと悲しみが湧いてきて、翠蓮《スイレン》の頭の中はぐちゃぐちゃになった。

「僕との不義をお疑いになるなんて……、る、睿《ルイ》にも、泰然《タイラン》さまにも、失礼です……っ」

嗚咽《おえつ》を堪えながら、翠蓮《スイレン》は必死に訴える。哉嵐《セイラン》の苦痛を和らげるため、馬を飛ばして薬を取りに行ってくれた睿《ルイ》と、魘されている彼を癒そうと、翠蓮《スイレン》を飛龍殿《ひりゅうでん》に呼んでくれた泰然《タイラン》。どちらも、これ以上ないほどの彼の忠臣だというのに。

「その通りだ。私が狭量だった。小蓮《シャオレン》……ああ、泣かせてしまったのか」

すっかり酔いが覚めたように、哉嵐《セイラン》は指先で翠蓮《スイレン》の濡れた頬を拭う。何度も謝罪されながら抱き上げられ、奥の間にある牀榻《しんだい》に運ばれた。

翠蓮《スイレン》は決して軽い気持ちで彼の剣を抜いたわけではなかった。貞操を証明するためなら、本気で命を懸ける覚悟だったのだ。そのせいか気持ちがなかなか鎮まらず、涙が止まらない。

寝床で哉嵐《セイラン》の膝の上に抱き上げられ、逞しい胸に抱き竦められる。涙を恭しく唇で吸い取られているうち、ようやく翠蓮《スイレン》の涙が止まる。哉嵐《セイラン》は、改めて薬を用立てたことへの感謝の言葉をくれた。ありがたく、必ず飲む、と約束してから、彼は言い辛そうに打ち明けた。

「後宮で、宦官や官吏が妃と密通するというのは、非常によくあることなんだ。私は母が亡くなる十代半ばまで、この後宮で育った。前帝には数多くの妃嬪がいたから、そんな光景をたびたび目にしてきたものだ」

妃嬪の多い後宮はそんなに乱れた場所なのかと翠蓮《スイレン》は驚く。

「……前帝のお妃さまたちと、僕は、違います」

切実な気持ちで告げると「わかっている。いや、ちゃんとわかっていたんだ。だが、誰にもそう簡単には心を開かない泰然《タイラン》と、睿《ルイ》までもが、そなたにすっかり……」

言いかけて言葉を切り、哉嵐《セイラン》はもどかしげに言った。

「すまない、ただ、私が嫉妬しただけだ」

嫉妬、という言葉に翠蓮《スイレン》は思わず目を瞬かせる。

「なぜ、嫉妬などするのですか？」

「妃を他の男が必要以上に気に入れば、嫉妬ぐらいするだろう」

「ですが、僕は……黒龍さまに与えるための、エサで……」

狼狽えて訊ねると、彼はにわかに険しい表情になった。

「なにを言うのか。まさか、ずっとそう思っていたのか？　そなたがただのエサなら、体だけあればいい。そなたがなにを思うかを気にしたり、他の男とのささいな関わりに、これほど心を乱されたりするはずがないだろう」

哉嵐《セイラン》は「翠蓮《スイレン》」と改めて名を呼ぶ。顚に手をかけ、間近から目を合わせてはっきりと言った。

「そなたは、私にとって、誰よりも特別な存在だ」

真摯な告白に、翠蓮《スイレン》は涙に濡れた目を丸くする。

「国のすべてと引き換えにしても惜しくはないほどの、私の大切な宝だ……そう思ってしまう自分が、恐ろしくなるくらいに、日々、そなたに溺れている」

まさか、彼がそんなふうに思っていてくれたとは知らずにいた。驚きに頭がぼうっとなって、これが現実のこととは思えなくなる。哉嵐《セイラン》は更に続けた。

「そなたの心はとても清らかだ。野心とともに後宮に入ってくる者たちとも、絶望の中でいやいや入宮する者とも、まるで違う。もし、本当に睿《ルイ》や泰然《タイラン》が興味を抱いたとしても、無理はない。たとえ私の怒りを買ってでも、この世に二つとない純粋な花を我がものにしたいと思う者はいるはずだ。そなたが私に心から尽くしてくれているのは知っている。けれど……人の心は移ろいやすいものだ。だから」

哉嵐《セイラン》はよくわからない心配をしている。そもそも、睿《ルイ》にも泰然《タイラン》にも翠蓮《スイレン》に特別な気持ちなどさらさらないだろうし、睿《ルイ》に至っては——すでに想い人がいるというのに。

焦れた気持ちで、翠蓮《スイレン》は彼を見上げた。

「そんな心配をする必要など、まったくありません、僕はこんなに毎日、いつもあなたのことばかり考えているのに」

そう言うと、驚いたように彼が翠蓮《スイレン》を見つめる。

「本当か……？」と訊ねられてこくこくと頷く。

疑われて怒っていたのに、真摯に謝罪されれば許すしかない。

精気が足りなければいくらでも与えたいし、痛みに苦しんでいるのなら取り除いてあげたい。

初めて感じるこの気持ちをなんと呼ぶのかくらいは、初心《うぶ》な翠蓮《スイレン》でもさすがに知っている。

（……僕は……、この人のことが、好きなんだ……）

自分自身の心を改めて自覚する。翠蓮《スイレン》は震えそうな手を伸ばして、彼のしっかりとした項を引き寄せる。それから少し伸び上がり、まだ半信半疑の様子の彼の唇に、初めて自分から唇を触れさせた。

触れるだけのたどたどしい口付けをして、すぐに離れると、哉嵐《セイラン》が目を瞠っている。

「……僕には、身も心も、哉嵐《セイラン》さまだけです。お願いですから、もう、決して疑わないで」

切実な頼みを聞くと、哉嵐《セイラン》が一瞬きつく目を閉じた。

「二度と疑わない」と囁き、湧き上がる劣情をぶつけるかのように、彼は翠蓮《スイレン》の唇を荒々しく奪う。

ひとしきり情熱的な口付けを交わしたあと、哉嵐《セイラン》が翠蓮《スイレン》の額に額を擦りつけた。もう一度、すまなかった、と言われて、やっと気持ちが解ける。翠蓮《スイレン》は小さく頷き、彼の過ちを許した。

何度か熱っぽい口付けを繰り返してから、彼は翠蓮《スイレン》を今度は背中向きに膝の上に抱き上げた。胡坐をかいた哉嵐《セイラン》の膝に座る体勢になり、背後からすっぽりと抱き竦められて、こめかみや髪に幾度も口付けされる。指を絡めて手を握られると、それだけで胸が疼いて、自分の気持ちを深く実感した。

しばらく寄り添ったあとで、翠蓮《スイレン》は躊躇いながら口を開いた。

「哉嵐《セイラン》さま……一つ、お訊きしても構いませんか？」

「何なりと」

背後から頬に口づけられながら甘い声音で囁かれて、翠蓮《スイレン》は勇気を振り絞る。

まだ夢のようだが、哉嵐《セイラン》は自分を『特別な存在だ』と言ってくれた。

しかも、周囲の他の男たちに無闇に嫉妬心を抱くほど強く求めてくれているようだ。

その気持ちを受け止める前に、どうしても気になることが一つだけある。視線を伏せ、羞恥を堪えながら、翠蓮《スイレン》は訊ねてみる。

「もし……僕が黒龍さまのエサというだけではない存在なのだとしたら……どうして、その……だ、抱いてくださらないのですか？」

一瞬、彼が身を硬くしたのがわかった。彼は翠蓮《スイレン》の頬に触れ、ゆっくりと仰のかせて、視線を交わす。

「……これほどまで愛しく思っているそなたを、まさか抱きたくないとでも思うのか?」

強い視線で射竦められて、ぐいとうつぶせに敷布に押し倒される。着衣のまま腰だけを高く上げた体勢で両膝を開かされ、臀部《でんぶ》に腰を強く擦りつけられた。

「……っ」

布越しにも、彼のものが硬く張り詰めていることが伝わってくる。「決してしたくないわけではないのだと、行動で明確に答えを示されて、翠蓮《スイレン》の頬は燃えるように熱くなった。

彼は手を翠蓮《スイレン》の頭の横に突き、身を倒すと耳元で囁いた。

「ときがくれば、そなたの小さな尻の奥まで私のものを呑み込ませて、溢れるまで子胤《こだね》を注ぐ。だが……いまはまだ、そなたを孕ませることはできない」

「ど、どうして……、あ、……んっ」

翠蓮《スイレン》の腰を摑んだ哉嵐《セイラン》は、自らの昂りを思い知らせるようにぐりぐりと擦りつけながら、翠蓮《スイレン》の耳朶を舐める。刺激に感じて震える様に小さく微笑んで続けた。

「我が汪《オウ》家は、黒龍を封じ込め、その力を利用してきたが、同時に黒龍に呪いをかけられたように翻弄されている。初代から前帝までの間に、一族の者があまりにも多く犠牲になった」

「あ……あっ」

哉嵐《セイラン》はそう言うと、ねろねろと翠蓮《スイレン》の敏感な耳朶を舐め回す。背後から襦裙《きもの》の胸元に手を差し込まれ、その指で乳首を摘まれて、翠蓮《スイレン》は甘い声を上げる。

「私は、そなたも、そしていつかそなたとの間に生まれる子も、ぜったいに犠牲にしたくない。我が子にこの黒龍を受け継がせずに済み、同時に国を滅ぼさずに済む方法がないかをずっと探している

「……それを見つけない限り、子は作らないと決めているんだ」

耳朶を甘噛みされてねっとりとしゃぶられ、あっという間に尖った乳首をさんざん弄ばれる。

哉嵐《セイラン》の言い分はわかった。それは正しいと翠蓮《スイレン》にもわかる。

――だが、そんな方法は見つかるのか。

そして、見つかるとすれば、それはいったいいつになるのだろう。

哉嵐《セイラン》の気持ちが自分にあるとわかった。自らの想いも自覚したというのに、彼と繋がることはできない。

ぐるぐると頭の中で考えてから、潤んだ目で翠蓮《スイレン》は彼を振り返る。今更酒が回ってきたのだろうか、熱に浮かされたまま、なにも考えられずに訴えた。

「でも、僕……はやく、哉嵐《セイラン》さまの子胤が欲しい……」

それを聞くと、ゆったりとした笑みを浮かべていた哉嵐《セイラン》の表情が、唐突に固まった。

翠蓮《スイレン》には『皇帝の子』を産みたいという強い野望はない。皇后になりたいわけでも、自分の地位を安定させたいわけでもない。

――ただ、初めて想いを寄せた相手と、これ以上ないほど深く繋がりたいだけなのに。

回り始めた強い酒が翠蓮《スイレン》の理性を奪っていた。哉嵐《セイラン》に抱かれたい、自分が黒龍のエサというだけの存在ではないことを信じさせてほしかった。

もう一度ねだろうとしたとき、視界が反転し、仰向けの体勢になった翠蓮《スイレン》に彼が伸しかかってきた。

反射的に伸ばした手を、いとも容易く片手で纏められ、頭上で押さえつけられてしまう。

「……私の、子胤が欲しいと言ったのか？」

かすかに上擦った声で問いかけ、彼が翠蓮《スイレン》の頬に口付ける。熱い唇が心地好く、こくこく、と必死に頷くと、それを見た哉嵐《セイラン》の目の色が血の色に変わる。彼の興奮を目の当たりにして、背筋がぞくっと震えた。

どうやら、自分の切実な懇願は、三日振りのエサにありつく前の黒龍をも刺激してしまったらしい。

「そんなふうに煽《あお》るな」と言って、いつになく荒々しく唇を奪われる。

乱れた襦裙《きもの》を脱がされながら、翠蓮《スイレン》は力の入らない腕を伸ばして彼の背中に回す。すべてを脱がされて、脚を大きく広げられると、翠蓮《スイレン》の性器はすでに震えながら勃ち上がり、先端を淫らに濡らしている。その様子を、哉嵐《セイラン》が明らかな欲情を宿した目で見つめてくる。

「……子供の時分に決めた目的を果たすまでは、決して色恋に溺れてはならないと自分を戒めてきたのに……」

「あ、あ……っ」

囁きを吹き込みながら、敏感な場所を大きな手で強く弱く握り込まれ、翠蓮《スイレン》は甘い息を吐く。

「堪えるのが困難なほど、もう、私はすっかりそなたの虜《とりこ》だ」

ぐちゅぐちゅと容赦もなく扱かれて、あっという間に上り詰めていく。息を荒らげ、翠蓮《スイレン》は自らの薄い腹の上にたっぷりと蜜を零した。脱力する体に、哉嵐《セイラン》がすぐさま身を伏せてくる。

「あうっ、ま、まだ、哉嵐《セイラン》さま……、まって」

翠蓮《スイレン》の下腹部に顔を伏せた彼が、濡れた下腹を犬のように舐め回す。そうしながらも哉嵐《セイラン》は、半ば萎えた翠蓮《スイレン》の性器を、再び荒々しく扱き始める。

「は、あっ、ああ……っ、あ……っ！」

達したばかりの性器を激しく弄られて身悶える。少し待ってほしいと頼んでも、すっかり興奮している哉嵐《セイラン》は聞いてはくれない。二度出しても許してはもらえず、立て続けにきつく刺激されていやいやと泣いても、また刺激されて無理やり勃たされる。

「哉嵐《セイラン》さま、もう、許して……」

「そなたが私を煽ったのがいけない。こんなに我慢しているのに……責任を取ってもらうぞ」

宣言をした哉嵐《セイラン》に、三度目の蜜を一滴残らず啜られたあと、更にもう一度、完全に萎えた性器が吐き出せるようになるまでしつこくしゃぶられた。繋がりたいという気持ちを教え込むように尻を揉まれ、後ろの孔を指で撫でられる。敏感な会陰を押し揉まれながら先端を甘噛みされて、ようやく達したときには、翠蓮《スイレン》は意識を失っていた。

どうやら自分の言葉が彼に火を点《つ》けてしまったらしいと気づいたときには、もはや後の祭りだった。

潭沙《たんさ》の村から睿《ルイ》が持ち帰ってくれた秘薬は、黒龍の力を使ったあと、哉嵐《セイラン》を苦しませていた痛みにも覿面《てきめん》に効いた。

「これは、本当に素晴らしい薬だな。潭沙《たんさ》の村でしか取れないのには、おそらく、あの土地の水か土か……なにがしかの特別な理由があるのだろう」

ありがたい、と哉嵐《セイラン》は喜んでくれて、秘薬なので公にできないことも理解してくれた。村でしか取れず、量産はできないとわかってくれたのだろう。無理を押してでも薬を手に入れて、本当によかったと翠蓮《スイレン》は安堵した。

――しかし、平穏な日々は、ほんのしばらくの間だけしか続かなかった。

「今夜はお加減があまりよくないようだ」

彼の訪れがない夜、飛龍殿《ひりゅうでん》に文を受け取りに行き、翠蓮《スイレン》の元に届ける際、睿《ルイ》はいつも哉嵐《セイラン》の様子を教えてくれる。表情を曇らせた睿《ルイ》に伝えられ、心配になった。

「あの薬は？」と翠蓮《スイレン》が急いで訊ねると、彼は首を横に振って言った。

「主上は口に出されないが……残念だが、もうほとんど効かないらしい」

睿《ルイ》の話では、哉嵐《セイラン》はここのところ、必要に駆られてたびたび黒龍の力を使っているらしい。そのせいか、ひと月も経たないうちにどんどん秘薬の効き目は薄れ、いくら飲んでもまったく効果が出なくなってしまったようだ。

翠蓮《スイレン》は困惑し、もう一度睿《ルイ》と玉蓮《ギョクレン》に頼んで薬を手に入れてもらえないかと考えていたが、訪れた哉《セイ》嵐《ラン》自身に止められてしまった。

「どの薬でも、だんだんとこうして効かなくなるんだ。せっかく手に入れてくれた貴重なものだったのに、すまないな」

様子から察するに、どうやら哉嵐《セイラン》は、痛みから逃れることはもはや諦めかけているらしい。

しかし、三日に一度訪れる哉嵐《セイラン》と寝所でともに過ごす翠蓮《スイレン》ですら、痛みを堪える様子は見ていられないほどだった。本人の辛さはいかばかりかと思うと、なにもせずにはいられなかった。

警護でそばにいる時間が長かったせいか、仔空《シア》よりも睿《ルイ》のほうが、更に黒龍について詳しい。

切羽詰まって翠蓮《スイレン》が訊ねると、彼は自分の知る限りのことを教えてくれた。

――黒龍を身に宿した皇帝は、力を使うたび、体に龍の毒が回り、じょじょに溜まっていく。

それが哉嵐《セイラン》の苦痛の原因で、龍の毒により、少しずつ長い年月をかけて体が蝕《むしば》まれていき、最終的に体はぼろぼろになり、廃人同様の酷い死に方をするというのだ。

しかも皇帝は、自らが死ぬか、代替わりをして皇太子に黒龍を移すときまで、憑代から解放されることはない。

それが、黒龍の檻となる皇帝の定めなのだ。

「代々の皇帝の無残な死に様を知ってしまわれたのだろう、本来帝位につくはずだった皇太子は元々繊細で大人しいたちだったせいか、重圧に耐え切れずに若くして亡くなった。次に皇太子位に就いた光衍《コウエン》さまは悪辣《あくらつ》な性格だったが、それでも恐怖に怯えて帝位から逃れ、最終的には狂気に至って逝去された……けれど、後ろ盾のない哉嵐《セイラン》さまには黒龍を身の内に取り込んで帝位につく以外に、道はなかったんだ。それ以来、政務に励みながらも、彼は黒龍の呪いを子孫に引き継がずに済む方法がないかとずっと探し続けていらっしゃる」

「な、なにか、方法はないの？」

焦って訊ねた翠蓮《スイレン》に、冷静に睿《ルイ》が答える。

「あれば、これまでの歴代皇帝がとっくに行っている……黒龍は、殺すことも、毒の痛みから逃れることもできない」

千年以上もの間、その身に封じながら子孫へと受け継ぎ続けてきた黒龍を殺すのは、相当厄介なことだろう。

そもそも、初代皇帝は相当に力のある周辺国にも名の知られた術士だったというのに、黒龍だけはどうしても殺すことができず、国を守るために自らの中に封じるしかなかったというのだから。

「黒龍さまの力を使わずにいるようにするとか？」

翠蓮《スイレン》が必死に考え込んでいると、仔空《シア》が思い立ったように言った。

「というか、なんだか近頃は、主上が黒龍さまの力を借りることがやけに頻繁じゃない？」

すると、同じことを思っていたのか、睿《ルイ》が苦い顔で答えた。

「実はここのところ……国内の各地、しかもすぐには治められないような遠方のあちこちで小規模な反乱が頻発している。その知らせは真実のこともあれば、誤りのこともある。地方からの報告の取り纏めは前帝の時代から宰相どのが行っていて、本来、不必要なものは除いて奏上すべきだ。しかし、哉嵐《セイラン》さまは真面目なお方なので、ささいな情報であっても自分の耳に入れるように命じて、決してどれもおろそかにはせず、真偽が不明なときは『天眼《てんげん》』をお使いになっている」

哉嵐《セイラン》はまだ帝位について一年足らずの身だ。しかも、皇太子だった期間も短く、上級官吏との関わりが少ない。手の内にある数少ない官吏はほぼ帝都に置かざるを得ず、地方高官との信頼関係はこれから築いていくという最中らしかった。

（……まだ信頼できる官吏のいない遠方で、小さな反乱が起こって、黒龍の力を使わざるを得ない……）

翠蓮《スイレン》はその話に少々気がかりを覚えた。

まるで、『天眼《てんげん》』を使うように導かれているようだと。だが、翠蓮《スイレン》よりも哉嵐《セイラン》の事情を詳しく知る睿《ルイ》は、不思議には思っていないようだ。

「おそらく、苞《ほう》の村の一件で、役人の命が無為に奪われたことも一因なのだろう。罪悪感からか、民に危険があるかもしれないとわかれば、早馬を走らせるのを待たずに、主上は黒龍をお呼びになる。

戦になり、また民の命を失うよりは、自分が痛みに耐えればいいだけだと思っておられるようだ」

睿《ルイ》の話を聞く限り、それらの反乱自体に不審な点があるわけではないようだと知ってホッとする。

だが睿《ルイ》は、やけにその回数が頻繁であり、各所に散らばっているのが気にかかるという。

「これまで痛みで死んだ皇帝はいないが、苦痛のあまり狂気に至った方はいると聞く。黒龍は、よほどのことがないかぎり、使わないに越したことはないと、お止めしているのだが……」

睿《ルイ》の言葉に翠蓮《スイレン》も頷く。しかし、哉嵐《セイラン》がそういう人であることも、よくわかっている。

――自らの痛みより、民の安全と命を。

反乱が大きな戦に発展することを厭《いと》い、黒龍の力を借りずにはいられない彼の気持ちもよくわかって悩ましい。どうにか、彼が天眼《てんげん》を使わずにいられる状況に落ち着いてほしかった。

「いつもお飲みになっている丹薬の効果が薄れているか、すり替えられているのじゃない？」

怪訝そうな仔空《シア》の質問に、睿《ルイ》が首を横に振った。

「宮城内の薬師たちには皇帝の丹薬を専門とする者もいる。毒消しを飲んでも皇帝に痛みがあることは知っているから、むしろ少しずつ成分を増やしたりして、彼らもまた試行錯誤しているはずだ。そもそも、宮城内で作る皇帝の命に関わる薬なんだ。それぞれが監視し合って作っているから、おかしなものを入れることなどぜったいにできない」

丹薬の成分は、本来、普通の人間の体には無害なもので、龍の毒だけを排除するという効能があるらしい。

確かに、薬師が皇帝の体に害となるものを丹薬に混ぜたことがばれれば、処刑は免れない。

一つひとつ可能性を潰していくと、哉嵐《セイラン》を苦しみから救うためには、やはり強力な痛み止めか、いっそう強い龍の毒消しを探す、といったことしか思いつかなくなる。

「やっぱり……せめて、なんとかして、痛みだけでも消してあげられないのかな……たとえば新しい薬を作るとか……」

翠蓮《スイレン》の言葉に、睿《ルイ》が呆れたように言った。

「皇帝付きの薬師は国内外から呼び集めた一流の腕を持つ者たちですよ。彼らにできないことが、薬の知識のない我々にできるとお思いですか？」

「確かにそうだけど……でも、どうにかして哉嵐《セイラン》さまの苦しみをとってあげたい。どこかに、なにかまだ見つけられていない方法がないか、諦めないで探さなきゃ」

切実な気持ちで言うと、ふと双子が目を見合わせた。

少し躊躇う様子を見せたあと、仔空《シア》が躊躇いながら口を開いた。

「あの……そういえば、噂でしかないんですけど……」

「なに？　教えて」

「実は……後宮では、前帝に関する、とある噂がありまして……」

「どんな噂？」

翠蓮《スイレン》が訊ねると、仔空《シア》は思い切ったように続けた。

「皇后さまの側仕えから聞いた話なのですが、前帝ももちろん、同じように痛みに苦しまれていました。でも、なぜかあるときから、一時期、痛みが綺麗さっぱり消えたそうなんです」

「そ、それは、どうやって⁉」

食いつく翠蓮《スイレン》に、「わかりません」と申し訳なさそうに仔空《シア》は言った。睿《ルイ》も知らないようだ。

翠蓮《スイレン》が落胆しかけたとき、仔空《シア》が思い出したように続けた。

「そのときは、確か……『なにか、毒を消す特別な方法を使ったみたいだわ』って皇后さまは笑って言ってらしたそうです。ただ、皇后さまは正直、冷淡なお人柄だったので、機嫌よく笑っていらっしゃるのは、むしろ誰かに不幸が起きたときで……笑顔が怖いくらいだったんです」

（冷淡な皇后が喜ぶような、不幸な方法で、痛みがなくなる……？）

ちっとも想像できないけれど、翠蓮《スイレン》は、喉から手が出るほどその方法が知りたかった。

哉嵐《セイラン》は、ここのところは三日に一度後宮を訪れても、精気を求めるだけで、朝までともに過ごすことなく帰っていく。おそらく、痛みに苦しむ姿を見せて、翠蓮《スイレン》を心配させることを危惧しているのだろう。

痛みが消えていないことが伝わってきて、翠蓮《スイレン》は胸が痛くなった。

（そういえば、前帝は、その毒を消す方法を、いったいどこで知ったんだろう……）

普通に考えれば、人から聞いたか、あるいは書物で読んだかだ。

書物なら、宮城内には文殿閣《ぶんでんかく》という国内外の貴重な書物を集めた宮中図書館がある。

情報が掴めるかはわからないが、そこに行ってみたい、と翠蓮《スイレン》は切実に思った。

なにせ、時間だけはたっぷりとある。自分にはいま、三日に一度の哉嵐《セイラン》の訪れしか予定という予定はないのだから。

「文殿閣《ぶんでんかく》の長は、宰相である泰然《タイラン》さまだ」と睿《ルイ》が言うので、翠蓮《スイレン》は泰然《タイラン》に『文殿閣《ぶんでんかく》に入りたいのですが』と文を書いて頼んでみた。

すると、すぐに返事が来た。

『それは哉嵐《セイラン》さまの許可を得たことなのでしょうか』

「できれば、哉嵐《セイラン》さまには秘密で入りたいのです」と書いてまた送ると『承知しました。では、夕刻にお迎えに上がりますのでお着替えを』という返事とともに、今度は宦官ではなく、宮女の服一式が届けられた。

文殿閣《ぶんでんかく》に書物を探しに行く話を仔空《シア》に打ち明け、地味な作りをした淡い桃色と濃い紅色を重ねた襦裙《きもの》を着て、髪を宮女らしく結ってもらう。薄化粧を施せば、宮女に見えなくもない。

「翠蓮《スイレン》さまはお綺麗ですから、これ以上お化粧をされると目立ってしまいそうですね」と変装を手伝ってくれた仔空《シア》に困ったように言われ、翠蓮《スイレン》は苦笑する。

「大丈夫、誰も気にも留めないよ」

ちょうど身支度が済んだ頃、泰然《タイラン》が寄越した見知らぬ宦官が迎えにやってきた。彼について後宮をあとにし、翠蓮《スイレン》は宮城の片隅に建つ文殿閣《ぶんでんかく》へとまっすぐに向かった。

初めて訪れた文殿閣《ぶんでんかく》は思った以上に立派な二階建ての大きな建物だった。

外から眺めただけでも、障子《しょうじ》や欄干《らんかん》に物語のような絵や木彫りが施された装飾的な造りの通路からは、壁一面にずらりと書架が並んでいるように見える。

(こんなに膨大な数があるここから、誰の助けも借りずに必要な情報を探すなんて、できるんだろうか……)

「――失礼いたします、翠蓮《スイレン》さま」

気が遠くなりそうになったとき、声をかけられ、急いで振り向く。背後には泰然《タイラン》が立っていた。

「こちらでお待ちしています」と言って、案内してくれた宦官が入り口の外に消える。

「遅くなって申し訳ありません。ところで、今日はいったいなにをお探しでしょう？」

一瞬躊躇ったが、彼は飛龍殿《ひりゅうでん》にも自由に入れるほど哉嵐《セイラン》のそば近くにいる者だ。

「黒龍さまに関する情報と、それから、龍の毒消しや、よく効く痛み止めなどについて知りたいのです」と正直に伝える。

驚いたのか、かすかに目を眇めると、泰然《タイラン》は頷いた。

「お役に立てるかはわかりませんが、黒龍に関する伝承でしたら、いくつもの書物が残っています。皇帝付きの薬師が残した記録もございますので、よろしければご案内いたしましょう」と言って、彼は通路の奥へと翠蓮《スイレン》を導いた。

「――どうした、眠そうだな。昨夜は眠れなかったのか？」

翌日、蓮華宮《れんげきゅう》を訪れた哉嵐《セイラン》に訊ねられ、翠蓮《スイレン》はぎくりとした。

「ここのところ、一人の夜は夢見が悪くて、少々眠りが浅いようなのです……」

悲しげな表情でそう言うと、彼は心配そうな顔になって翠蓮《スイレン》の手をそっと握った。

「なかなか一緒に過ごせなくてすまないな。あとで穏やかに眠れるような香を調合して持ってこさせよう。私も、本当はそなたとともに眠りたいのだが」

労《いたわ》る言葉とともに抱き寄せられる。どうにか誤魔化せただろうかと思いながら、翠蓮《スイレン》は彼の優しさに小さな罪悪感を覚えた。

実は、翠蓮《スイレン》が眠いのは、連日のように文殿閣《ぶんでんかく》から持ち帰った本を読んでいるからだ。

泰然《タイラン》は文殿閣《ぶんでんかく》の長だけあって、閉架で持ち出し禁止とされている書物の部屋の鍵も持っていて、そこを翠蓮《スイレン》のために開けてくれた。

『黒龍に関する書物はこちらにあります。龍の毒消しについて書かれているかはわかりませんが、歴代皇帝の関係者や医師、薬師の書き付けなどの中に残されている可能性はあるかと』

教えてもらったことに感謝して、手当たり次第役立ちそうな本を持ち帰り、時間の許す限り読み進めているが、翠蓮《スイレン》の気持ちは暗くなるばかりだった。

あれこれと読んでいくごとに、これまでの皇帝がいかに黒龍の毒に苦悩したか、医師や薬師が手を尽くしても痛みを消すことはできなかったかが書き残されていたからだ。

（……黒龍さまを身に宿して、体を蝕まれない方法なんて、もしかしたら存在しないのかもしれない……）

それでも他に手がかりはなく、翠蓮《スイレン》は必死で文殿閣《ぶんでんかく》に残る黒龍に関わる蔵書を次々と読み込んだ。

しかし、読める限りの情報を繙《ひもと》き、どんなに古い文献を辿ってみても、助けになりそうな方法は見つからない。

「皇貴妃さま、あまり根を詰めすぎないでくださいね……？」

「うん、ありがとう」

仔空《シア》がお茶を淹れたり、肩を揉んだりとあれこれ気遣ってくれる。だが、哉嵐《セイラン》の苦しみを想うと翠《スイ》蓮《レン》はいてもたってもいられない気持ちになる。

焦っているのには理由があった。

どうやら彼が黒龍の力を使うたび、彼が受ける苦痛もまた、日に日に強くなっていっているような気がするのだ。

まるで、黒龍が哉嵐《セイラン》自身を呑み込んでしまいそうな不安を感じて、恐ろしくなる。

それからも、数日に一度、本を読み終えるたびに落胆し、泰然《タイラン》に頼んではこっそりと宮女の姿で文《ぶん》殿閣《でんかく》に通い、借りてきた本の山をまた貪り読む。

ある日、また宮女の姿で文殿閣《ぶんでんかく》を訪れた翠蓮《スイレン》は、禁書の書庫の片隅で椅子に腰かけ、ぼんやりしていた。

もうここにある黒龍に関する本はほぼ読み尽くしてしまった。だが、彼を助ける方法はいっこうに見つからず、絶望と諦めばかりが募っていく。

疲れた気持ちで、目に入ったものを何気なく追っていくと、ふいに翠蓮《スイレン》は、天啓のような閃《ひら》きを感じた。

(……これ……この、屏風《びょうぶ》の絵……)

ひと月ほども通い詰めたのは、鍵のかかった奥の書庫だ。そこは、皇帝や医師、黒龍などといった、汪国《おうこく》の秘密に関わる書物が並んでいるため、汪《オウ》家の関係者しか入れない。

文殿閣《ぶんでんかく》の書庫には、あちらこちらに見事な出来栄えの屏風絵が置かれている。禁書が保管されている書庫の中にも一繋がりの屏風があり、そこに同じ作者のものらしい絵があった。

その、物語絵巻のような一連の絵を改めてじっくりと眺めているうち、翠蓮《スイレン》は、どうやらそれが自分が探し求めていたもののようだと気づいた。

数枚に亘る屏風の絵には、貴族の女性と白龍に黒龍、そして、生まれて間もない子供という登場人物が出てくる。どうやら白龍は皇帝自身を表していて、黒龍はその皇帝の中に閉じ込められているという状況のようだ。

そしてそれは、見る者が見れば、『黒龍に苦しめられている汪国《おうこく》皇帝』にまつわる一つの物語を現しているのだとわかった。

『……皇帝は、神龍の祝福を受けた妃を娶った。その妃か、もしくは自らの血を引く我が子の体に黒龍から受けた毒を移すことで、彼は苦しみから解放され、国は繁栄し続けた……』

「――どうかなさいましたか？」

ちょうどやってきた泰然《タイラン》に、慌ててこの屛風の絵のことを詳しく訊いてみる。

「この絵は、どなたが描いたものなのですか？」

「こちらの絵ですか。詳細はよくわかりませんが、汪《オウ》家にずっと昔……数百年も前にいた皇帝の妃には絵心があったらしいので、おそらくはその妃が描いたものではと言われています。ただ、彼女は早くに亡くなったもので、あまり詳しい記録がなく……」

そこまで言ったとき、ふと思い出したように泰然《タイラン》が微笑んだ。

「ああ、確か、その妃は白氏《ハクし》出身のお方だったはずですよ」

その言葉に、翠蓮《スイレン》は自分の推測が間違っていないことを確信した。

――前帝は、白氏《ハクし》出身の妃と、我が子たちに、龍の毒を移した。

定期的に彼らを犠牲にすることで、激しい痛みから解放されて、世を平定し、帝位をまっとうしたのだ。

皇帝に嫁いだ白氏《ハクし》の妃が必ず短命に終わるという理由が、ようやく腑に落ちた気がした。

今日は書物をよそに、翠蓮《スイレン》はその屏風の絵を隅から隅までじっくりと眺めた。流麗な筆致の見事な絵の中には、たくさんの秘密が隠されていた。

細部まで繰り返し眺めているうち、翠蓮《スイレン》は絵の中の妃が読んでいる本が、先日自分が読んでいた皇帝のための薬の本だということに気づく。しかも、毒を移す秘術がその本の中にあると示唆されていることに気づき、衝撃を受けた。

その薬の本をもう一度借りてきて、後宮に戻る。仔空《シア》に休憩してもらい、一人になってから、表紙からのすべての項《こう》を穴の空くほどじっくりと確認していく。慎重に眺めると、裏表紙が二重になっていることがわかり、ハッとする。

――隠されていた二重の裏表紙の間には、やはり、皇帝から龍の毒を妃や子へと移す秘術が記されていた。

文殿閣《ぶんでんかく》の禁書が保管された書庫にある屏風。そこに描かれた絵が指し示した書物に隠された毒移しの秘術。

何代前かも不明な白氏《ハクし》出身の妃が、なぜそれの方法を描き残したのか――。

理由はわからないけれど、一つだけはっきりしていることがあった。

(この方法を使えば、哉嵐《セイラン》さまから痛みを取り除いてあげられる……)

だが、その代償は、おそらく自分の死だ。

哉嵐《セイラン》にはまだ子はいない。白氏《ハクし》出身の妃は自分で、代わりに毒を受け取れるとしたら翠蓮《スイレン》自身しかいない。

――自分が彼のそばからいなくなり、精気を受け取れなくなるのと、自分がそばにいるが、痛みに苦しみ続けるのとでは、どちらがましだろう。

喉から手が出るほど欲しかった彼を救う方法を知ったが、手放しで喜べるようなやり方ではなかった。仔空《シア》にも相談できず、翠蓮《スイレン》は自分がどうすべきか悩み続けていた。


「今夜は久し振りにゆっくりできそうだ」

ちょうど、三日振りの訪れの日に、そう言って哉嵐《セイラン》が蓮華宮《れんげきゅう》を訪れた。

彼はいつものように、天紅《テンコウ》の好きな餅や甘い饅頭を、そして翠蓮《スイレン》には新しく調合したという香を持ってきてくれた。

彼が何杯か酒を飲む間に、好物に満足した天紅《テンコウ》が満足げにごろごろし始める。寝息を立てる天紅《テンコウ》を微笑ましく眺めながら、哉嵐《セイラン》は翠蓮《スイレン》を寝所に連れていった。

寝所には、彼が今日持ってきてくれたものを仔空《シア》が焚いておいてくれたのだろう、檜《ひのき》と伽羅《きゃら》が混ざったような、爽やかな香木の香りがかすかに漂っている。

「調香師が、いい材料が入ったからと持ってきた。これで今宵はそなたもぐっすり眠れるとよいのだが」

窓辺に置かれた閉じた花の蕾《つぼみ》のようなかたちをした香炉をちらりと見て、哉嵐《セイラン》が言った。翠蓮《スイレン》がこのところ寝付けずにいることを気遣ってくれたのだろう。

「ありがとうございます、哉嵐《セイラン》さま。きっと今夜は眠れると思います」

微笑んで礼を言いながら、翠蓮《スイレン》は、その香りが今日、哉嵐《セイラン》の襦裙《きもの》から香っているものと同じ匂いだと気づく。

彼もまた眠れずにいるようだと気づくと、胸が引き絞られるように痛くなった。

きっと、強い痛みがあるのだろう、哉嵐《セイラン》は今夜、珍しく酒器を二つ空にした。

翠蓮《スイレン》はあまり杯が進まず、一杯しか口にしなかったため、ほとんど飲んだのは彼だ。おそらく、慰め程度であっても、酔いで痛みを紛らわそうとしているのではないか。

「小蓮《シャオレン》……そんなに悲しそうな顔をしないでくれ」

思わず悄然としてしまったせいか、背に腕を回されて抱き寄せられる。翠蓮《スイレン》は大人しく彼の胸に体を預けた。

「私は大丈夫だ」

近頃、頻発していた各地方の内乱の火種が未だ収まっていないことは、睿《ルイ》から伝え聞いていた。

哉嵐《セイラン》の体を蝕む痛みの具合は、もはや聞くまでもない。

そして、そのどちらをも、彼は翠蓮《スイレン》には知らせたくないと思っているのだろう。

ゆったりと背中を抱く腕は、このうえなく優しい。

「哉嵐《セイラン》さま……お訊ねしても構いませんか？」

「なにが訊きたい？」

甘やかすように訊き返され、翠蓮《スイレン》は視線を上げた。

「もし……いま、どのようなことでも願いが叶うとしたら、なにを願われますか？」

「願いか」

小さく笑い、哉嵐《セイラン》が考え込むように視線を遠くに向ける。

巨万の富を手にし、すべてを手に入れられる地位にある彼に訊ねるのは、愚かな質問だったかもしれない。

だが、翠蓮《スイレン》は彼の心の内が知りたかった。

もし、『痛みから逃れたい』と言われたなら、踏ん切りがつくかもしれない、と思ったのだ。

「なんでも叶えてくれるということなら、一つだけある」

なんでしょう、というように見つめると、哉嵐《セイラン》が口を開いた。

「そなたと……そなたがいつか産む我が子たちとともに、ただ、静かにひっそりと暮らせたら、それだけでいい」

それは、予想もしない答えだった。

思わず目を丸くした翠蓮《スイレン》を見て、「そんなに驚くことか?」と哉嵐《セイラン》は苦笑している。

「愛する者との間に子を生し、家族を守りながら穏やかに暮らすのは、誰もが願う、ごく普通のことだろう……このままでは、戦を免れないだろういまは、余計にそう思う」

「戦が……?」

薄々気づいてはいたことだが、翠蓮《スイレン》の体から血の気が引いた。

「ああ」と頷き、冷静に彼は説明した。

「――誰か、計画的に内乱や暴動を誘発している者がいる」

よくある勢力争いだ、と哉嵐《セイラン》は言った。

「それはすでにわかっているんだが、首謀者の正体が掴めない。その者を炙《あぶ》り出さねばならない」

しかし、戦が起これば平穏が壊れ、民の命が失われる。

「だが、大丈夫だ。後宮には盤石《ばんじゃく》の守りがある。決してそなたに害が及ぶことはない」

腕に力が込められ、強く抱き締められる。額に口付けられて、「なにが起きても、そなただけは必ず守る」と囁かれた。

その瞬間に、翠蓮《スイレン》の中で覚悟が決まった。

――この人のために、命を捧げよう、と。

哉嵐《セイラン》は本来処刑されてもおかしくなかった翠蓮《スイレン》を許してくれた。ずっと優しすぎると思っていたが、違う。彼は、これまで妃や子に毒を移して痛みから逃れてきたどの皇帝よりも強い人なのだ。

彼は、この国に必要な人だ。

ふと、頭に玉蓮《ギョクレン》と天祐《テンユウ》の顔が思い浮かんだ。きっと二人は後宮に嫁いだ自分が死んだと知ったら悲しむだろう。天祐《テンユウ》は身代わりを許したことを悔い、玉蓮《ギョクレン》は止められなかったと自分を責めてしまうかもしれない。

けれど、もし哉嵐《セイラン》が痛みに耐えながら無理に政務を続け、内乱によって怪我をしたり、万が一にも命を落としたりすれば、村にいる彼らの平和も危うい。次の帝位が異母弟であるまだ子供の皇太子に移れば、宮廷は混乱に陥り、それこそ長い戦乱の世に突入する可能性すらもある。

浮かんだいくつもの迷いを振り切り、翠蓮《スイレン》は必要な物を集め始めた。

誰かを呪うわけではないから、罪悪感はないのだけが救いだった。犠牲になるのは自分だけだ。これは、自らの身に龍の毒を移す方法なのだから。

隠された本の記述によれば、龍の毒を移すには、龍を身に宿した皇帝の髪、身代わりとなって毒を受ける妃の血、それから一枚の呪符が必要だ。

宮を訪れた哉嵐《セイラン》の髪の毛を一本とっておく。あとは、どうにかして一定の妖力が込められた呪符を手に入れなくてはならない。

だが、何気ない振りを装って訊ねてみたものの、仔空《シア》と睿《ルイ》には妖力はないらしく、困り果てた。翠《スイ》蓮《レン》が頼める者は、あとはもう一人だけしかいない。

しかし、文殿閣《ぶんでんかく》に行きがてら、密かに頼み事をすると、泰然《タイラン》はあっさりと快諾してくれた。

翌日にもう一度出向き、また文殿閣《ぶんでんかく》で落ち合った。泰然《タイラン》は「こちらでよろしいですか？」と、記述はなく、妖力だけが込められた呪符を一枚渡してくれる。翠蓮《スイレン》は思わず深く息を吐いて礼を言った。

「ありがとうございます、泰然《タイラン》さま」

「どのような呪文も描き込めるものなので、悪用もできます。もちろん、皇貴妃さまがそのようなことはなさらないとよくわかっていますが、落とさないよう、どうぞ大事に持ち帰ってくださいね」

少し心配そうな笑みを浮かべて言われ、こくりと頷く。

悪用などするわけがない。これは、哉嵐《セイラン》を救うためのものなのだから。

後宮に戻って一人になると、本に記されていた通りに、指先を少しだけ短刀で傷つけ、自分の血を滲ませて泰然《タイラン》にもらった符におそるおそる呪文を描く。描き終えた符に哉嵐《セイラン》の髪を結べば、妖力のかけらもない自分でも呪符を完成させることができた。

本当に効くのかと半信半疑で始めたことだったが、調べた通り、布団の下に呪符を張って休むと、驚いたことに、一夜目から明らかな効果が出始めた。

目覚めたときには、異様なほど体がずっしりと重くなっていた。しかも時折、耐え難いほど全身が引き攣《つ》れたように激しく痛む。これこそ哉嵐《セイラン》がずっと苦しんでいた黒龍の毒による痛みなのかと、翠蓮《スイレン》は地獄のような苦しみに驚愕するほかなかった。

仔空《シア》が心配してすぐに医師を呼んでくれたが、おそらく痛み止めは効かないだろうと思った。この痛みの原因は、誰よりも自分が一番よく知っている。

そうして、目的通り、日に日に翠蓮《スイレン》を襲う体の痛みは増していった。

十日ほどで毒移しの術は完成し、哉嵐《セイラン》から毒と痛みは取り除かれ、同時に翠蓮《スイレン》は命を落とすことになる。一人の犠牲で十数年ほど、皇帝は苦痛から解放されるはずだ。永遠に、ではないことが辛いけれど、その間に新たな薬が見つかることを祈るほかはない。

平静を装って暮らすつもりでいたが、哉嵐《セイラン》との体力の差なのか、三日後、彼が訪れる際にはもう、翠蓮《スイレン》は起き上がることすらできないほどまで弱り切っていた。

「必要であればどんなものでも取り寄せる。原因はわからないのか？」

困惑した哉嵐《セイラン》が医師を問い詰めている声がかすかに聞こえる。

痛みで朧げな意識の中で、焦った彼の声に翠蓮《スイレン》はすまなさを感じた。

自分は彼から毒と痛みを消せれば、それで構わないのに。

哉嵐《セイラン》は思い悩んでいた先日までの翠蓮《スイレン》の様子に、すでに気づいていたらしい。翠蓮《スイレン》が突然寝込んだ原因を不審に思い、忙しい合間を縫っては朝議が終わるなりすぐさまやってきて、仔空《シア》と睿《ルイ》に天紅《テンコウ》まで呼び出し、蓮華宮《れんげきゅう》の周辺に不審なものがないかを探させたり、なぜか天黒《てんこく》を庭の池から移動させたりしている。おそらく、翠蓮《スイレン》に他者が呪術をかけた可能性を警戒しているのだろう。

そんな中、日に日に翠蓮《スイレン》の容体は悪化していく。朦朧として、痛み止めを与えられても効かずに苦しみ続ける様を見て、哉嵐《セイラン》はそれが自分の症状と似ていることに気づいたらしい。

ある日、彼が日々飲んでいるという毒消しの丹薬を与えられたが、すでに翠蓮《スイレン》には効果はなかった。


天紅《テンコウ》が嬉々として声を上げた。

『帝、見つけたぞ！　これじゃ！』

「……毒移し……身代わりの符だと!?　なぜそのことを！」

さんざん皆で探し回った挙げ句、最終的に呪符を見つけたのは天紅《テンコウ》だった。

翠蓮《スイレン》が身を起こされ、仔空《シア》に水を飲ませてもらっている間に天紅《テンコウ》は寝所を探し回り、見つからないように布団の下に密かに張っていた札を発見し、銜えて剥がしてきたようだ。

だが、すでに術を始めてから九日が経ち、もうあと一日で呪術は完成する。

いまや翠蓮《スイレン》は起き上がるどころか、まともに話す力すらもない。

「まさか、そなたが自分で描いたのか？　いや、翠蓮《スイレン》は呪符に込める妖力を持たない……こんなことに、いったい誰が協力した……」

翠蓮《スイレン》にはさっぱりわからないが、哉嵐《セイラン》には呪符に記された内容が読めたのだろう。愕然としたように言う彼に、仔空《シア》が泣きそうになりながら訴える。

「こ、皇貴妃さまは……哉嵐《セイラン》さまのお体の痛みを、ずっと心配しておられたから……っ」

哉嵐《セイラン》は急いで睿《ルイ》に新たな呪符を持ってこさせる。指先を自らの剣で素早く傷つけると、新たな文字を描き始めた。

それから、横たわったままの翠蓮《スイレン》の額に口付け、髪を一本抜き取って札に結び、手のひらを合わせて妖力を注ぎ込む。

彼がなにをしようとしているのかに気づいたが、翠蓮《スイレン》には止めるだけの力が残っていない。

彼は、翠蓮《スイレン》が自らの命と引き換えに持っていこうとしている龍の毒を、もう一度自分に戻そうとしているのだ。

「だ、め……」

囁きに気づいたのか、哉嵐《セイラン》が翠蓮《スイレン》に目を向けて、小さく笑った。

「まったく……この愚か者め」

苛立ちと、愛情の籠もった声だった。仔空《シア》と睿《ルイ》が見守る中、哉嵐《セイラン》は力を注ぎ込み、呪符を完成させて、それを自らの胸元に張りつける。

「私が、愛する者の犠牲を望むとでも？　私は、父とは違う。そなたを奪われるくらいなら、死ぬより辛い痛みにでも耐えてやろう」

そう言うなり、哉嵐《セイラン》は「天紅《テンコウ》、火を」と言って、翠蓮《スイレン》が描いた完成間近の呪符を空に投げる。天紅《テンコウ》が火の玉を吐き、呪符は一瞬で燃え上がった。

（哉嵐《セイラン》さま、だめ……！）

その瞬間、いきなりどんと激しい衝撃が体を走り、翠蓮《スイレン》はハッとして両目を見開いた。同時に、牀《しん》

榻《だい》のそばに膝を突いた哉嵐《セイラン》の身がぐらりと揺らぐ。

哉嵐《セイラン》と繋がっている感覚がある。身代わりの符が、いままさに効力を発揮しようとしているのだ。

せっかく、やっとの思いで彼を救える術《すべ》を見つけたのに。また哉嵐《セイラン》の元に毒が戻ってしまうのかと、絶望しかけたときだ。

突然、深夜になったかのように辺りが真っ暗になる。バチバチとなにかが爆《は》ぜるような猛烈な爆音とともに、空に激しい稲妻が幾重にも走った。

「なっ、なに⁉」

尋常ではない雷鳴に、仔空《シア》が怯えて睿《ルイ》にしがみつく。睿《ルイ》も警戒して、剣の柄に手を置いている。

地鳴りまでし始め、まるで唐突にこの世の終わりでも来たかのようだ。

そのとき、牀榻《しんだい》の柱に手を突いてなんとか身を起こした哉嵐《セイラン》が、ゆっくりと立ち上がった。

翠蓮《スイレン》もつられたように立つ。彼から移したはずの毒の痛みは、体からすっかり消え去っている。見つめ合うと、静かな哉嵐《セイラン》の目は真っ赤だった。

──黒龍は彼の中にいる。だが、なぜか哉嵐《セイラン》は苦しげな様子を見せない。

翠蓮《スイレン》が死の国に持っていこうとしていた龍の毒は、いったいどこに行ったのだろう。

「哉嵐《セイラン》さま……」

彼に一歩近づこうとした、そのとき。呆然と立っていた哉嵐《セイラン》の体から、ふいにとてつもなく大きななにかが飛び出してきた。

「ひぃっ⁉」

仔空《シア》が悲鳴を上げ、強烈な圧を感じるその存在が、翠蓮《スイレン》の中をものすごい勢いで渦巻き、通り過ぎていく。悪の気は感じず、むしろ眩しいほど強烈な善の光を感じる。

流れ込んできたのは、翡嵐《セイラン》の中に閉じ込められていた、黒龍の生涯だった。


——汪《オウ》家に残る黒龍にまつわる史実は、大きく歪めて伝えられていた。

封じられた国を乱す邪悪な黒龍は、古くからこの国の霊獣で、守り神でもある、神龍だった。

神龍は、神仙と通じ合っていた初代皇帝の命の危機を救うために天から降りてきたというのに、初代亡きあとは、欲を出した次代の皇帝に無理に捕らわれてしまった。しかも、次代の皇帝は、その強大な力を自由に使うために、龍には毒となる丹薬を飲み続けた。

毒によって弱らされた龍は、何百年もの間、帝位につく者の中に縛りつけられてきた。

『龍の毒を抑えるもの』として皇帝が欠かさずに飲む丹薬は、真実の意図とはまったく異なるものだ。

その丹薬は、人間である皇帝にとっては無害だが、龍にはむしろ毒となる。

そのため、毒を与えられた龍は怒り狂い、苦しみのあまり、皇帝の体に呪詛《じゅそ》を吐き出す。

それが、『龍の毒』として、代々の皇帝を痛みで苦しませていたのだ。

本来は、白銀に煌めく美しい鱗を持っていた神龍は、敬うどころか、自由を奪われた恨みと、毒を与えられ続けた憤りのあまり、次第に体の色を黒々とした呪いの色に変えていった。

血が絶えるまで、汪《オウ》家を呪い続け、皇帝となる者を死ぬよりも辛い痛みで苦しめるようにと。

だが、翠蓮《スイレン》が自ら翡嵐《セイラン》の中にある毒を受け入れ、更に翡嵐《セイラン》が再びそれを自らの中に戻そうとしたとき、毒が消えた。

それは、翠蓮《スイレン》の中を流れる神龍の血が、皇帝の中で、恨みに搦め捕られて黒龍と化した神龍の目を覚まさせたからだ。

神龍は恨みを捨て、神と崇《あが》められていた自分を取り戻した。

本来の姿を取り戻した神龍は、たった一瞬で、自らが吐いた呪詛の毒をひとかけらもなく消し去った。

〝……現皇帝の妃は、我が慈しんだ白氏《ハクし》の末裔《まつえい》か……皮肉なことだ……〟

愛しげに囁く声が翠蓮《スイレン》の頭の奥に響く。誰の声だろうと不思議に思ったとき、呼応するように名が聞こえてきた。

〝我は天藍《テンラン》〟

それは、自由だった頃、白氏《ハクし》の村に舞い降り、そして、代々の汪国《おうこく》皇帝の中に縛り付けられていた神龍の名前だ。

ずっと昔、神龍が舞い降りたという伝説の残る白氏《ハクし》の一族は、ただ祝福を受けたわけではなかった。

その一夜に、神龍に特別に愛されて交わり、子を生した者がいたのだ。

白氏《ハクし》の者が不思議なほど運に恵まれ、潭沙《たんさ》の村を悪運が避けていくのも、もっともなことだった。

選ばれたかのようにその地に日の光が降り注ぎ、嵐は自然と遠ざかり、歌で生き物を呼び寄せる。

白氏《ハクし》は、神龍の血を引く一族だった。

――つまり翠蓮《スイレン》たちは、神龍の末裔の民だったのだ。

「――翠蓮《スイレン》？　翠蓮《スイレン》、大丈夫か？」

魂が抜けたかのように呆然と座り込んでいる翠蓮《スイレン》の肩を摑み、哉嵐《セイラン》が目を覗き込んでくる。

心配そうな彼に、翠蓮《スイレン》はどうにかゆっくりと頷いて返した。

神龍が体を通り過ぎる永遠のような一瞬の最中に、翠蓮《スイレン》は人の一生よりもずっと長い、夢のような光景を目にした。

頭の中に焼きつけられた神龍の生涯は凄絶で、まだうまく受け止められずにいる。

（黒龍様は、そもそも神龍で……、白氏《ハクし》は、神龍と血の繋がりがあったのか……）

翠蓮《スイレン》が後宮に嫁いでから、哉嵐《セイラン》を通じて、黒龍はエサとして、神龍の血を引く翠蓮《スイレン》の蜜を与えられ続けていた。黒龍は二人が触れ合うたびに、清浄な精気を得て、これまでに溜まった汚泥のような丹薬の毒と深い憤りをゆっくりと浄化させていった。

だんだんと哉嵐《セイラン》の痛みが激しくなったのは、弱っていた黒龍が、皇帝との契約を壊すほど、本来の力を取り戻し始めていたせいだ。

すべての毒を消し去り、本来の力を取り戻すと、神龍を人の中に抑え込んでおくことはもうできなくなった。

長い長い汪《オウ》家の拘束から解放された神龍は、妃となった自らの子孫が、現皇帝を心から愛していることを知ったのだろう。恨みを浄化させ、皇帝を殺さずにその体から飛び出すと、宮城から天空へと高く舞い上がっていった。

まだ状況が呑み込めないまま、翠蓮《スイレン》はじっと哉嵐《セイラン》を見つめる。

翠蓮《スイレン》にはもう痛みはかけらもない。彼のほうも、どうやら問題はないようだ。

毒からも痛みからも解放され、黒龍は神龍の姿を取り戻して自由になった。だが、哉嵐《セイラン》も自分も、無事に生きている。

半ば夢うつつのまま辺りを見回すと、翠蓮《スイレン》のそばには、なぜか警戒するようにぴったりと天紅《テンコウ》が寄り添っている。仔空《シア》は部屋の隅でぼうっとへたり込んだままだが、睿《ルイ》は険しい顔で周囲の警戒に余念がない。

「哉嵐《セイラン》さま、あの……」

翠蓮《スイレン》が、自分が見た一部始終を話そうと口を開いたとき、蓮華宮《れんげきゅう》に駆け込んできた人影があった。

「――お二人とも、ご無事でしたか。お前たちは通路で待機を」

こちらを見て驚いた顔になった泰然《タイラン》は、従えた数人の兵士たちに部屋の外で待つよう命じる。

翠蓮《スイレン》の背中に腕を回した哉嵐《セイラン》が、入り口に立った宰相を見上げて頷く。

「ああ、小蓮《シャオレン》も私も、睿《ルイ》たちも皆無事だ。仔空《シア》が腰を抜かしているようだが、怪我はなさそうだ。念のため、医師を呼んで――」

哉嵐《セイラン》が言いかけた言葉を、泰然《タイラン》が「お待ちください、主上」と唐突に遮った。

彼はどこか怪訝そうな顔で、じっと哉嵐《セイラン》を見つめる。

「哉嵐《セイラン》さま……あなた、黒龍は？」

「そうか、お前にはわかるんだったな。黒龍は、もういない」

哉嵐《セイラン》の言葉を聞き、翠蓮《スイレン》は彼がさきほど自分と同じ光景を見たようだと気づく。

「あれは、我が汪家《オウ》を呪っていたわけではない。我々一族のほうこそが、黒龍を捕らえ、毒を与えて苦しめ続けていたんだ」

それを聞くと、泰然《タイラン》は愕然とした様子で言った。

「まさか……代々汪《オウ》家が受け継いできた黒龍を、逃がしてしまったのですか？」

「そうだ。逃がしたというより、もう解放すべきときが来たんだ。元々、人の体に縛りつけておくこと自体が無謀だった。だが安心していい、黒龍は恨みを消し去り、神龍となって放たれたから、我が国は決して滅びたりなど……」

「――国のことなんてどうでもいい‼」

唐突に激昂《げっこう》した泰然《タイラン》に、翠蓮《スイレン》はびくっと身を竦める。

仔空《シア》も睿《ルイ》も驚いて身構えたが、哉嵐《セイラン》だけは、なぜかわずかも動揺せずに冷静だった。

「怒っても、すでに放たれたものはもう戻らない。翠蓮《スイレン》を死なせ、私を絶望させてどさくさ紛れに殺したかったのか？」

わなわなと手を震わせる泰然《タイラン》は、なにも言わない。哉嵐《セイラン》は静かに問い質した。

「やはり、私の死を画策していたのは、お前だったのか」

「そんな……」

愕然とする翠蓮《スイレン》を背後に庇いながら、哉嵐《セイラン》がすらりと剣を抜く。天紅《テンコウ》は泰然《タイラン》に向かって頭を低くし、翠蓮《スイレン》から離れない。

剣先を泰然《タイラン》に向け、哉嵐《セイラン》は口の端を上げた。

「私を殺めて、帝位につくつもりだったか？　お前はずっと味方だと思っていたのに」

「……ずっと、味方でしたよ」

ぽつりと言い、泰然《タイラン》もまた自ら腰に帯びた剣を抜く。

「あなたが、帝位についてまでも、罪を犯した者を殺さず、許して生かすような生温いやり方をし始めるまでは。長年、私はあなたこそが次代の皇帝に相応しいと思い、皇子時代から一心に支え続けてきた。でも、いまの甘ったるいあなたには帝位にいる価値がない。ならば、皇帝は私でもいいでしょう？」

唐突に泰然《タイラン》が翠蓮《スイレン》のほうに視線を向け、皮肉そうな笑みを浮かべた。

「皇貴妃さま。私の実父はね、前帝なんですよ。哉嵐《セイラン》さまとは、腹違いの兄弟なんです」

驚くべき事実を明かされて、翠蓮《スイレン》は息を呑む。

（泰然《タイラン》さまも、前帝の皇子……⁉）

「前帝には節操というものがなくて……家臣である徐《ジョ》家当主を地方に赴任させた際、徐《ジョ》夫人を気に入って手を出し、あろうことか孕ませたんです。でも、前帝は生まれた私の存在を認めず、徐《ジョ》家当主は帝を責めることもできずに、結局母は、夫への後ろめたさから、私を産んだあとで自害しました」

重々しい内容を、彼はごく普通の口調で淡々と話す。

「たまたま他に子供はいなかったので、私は徐《ジョ》家の跡継ぎとして育てられましたが、明らかに顔立ちが徐《ジョ》家の血筋ではないことは自分でもわかります。おかげで祖父にかなり冷たく育てられたので、前帝のことは正直、酷く恨んでいるんですよ。唯一の救いといえば、徐《ジョ》家の父がとても優しい人で、私を本当の子供として可愛がってくれたことだけでしょうか。父への恩に報いるため、哉嵐《セイラン》さまの片腕となって支え、家臣としてでも出世できればいいと思っていましたが、彼は甘すぎる。私にも、本来は彼と同じように帝になれる資格がある。そう思ったときに、命じられる立場に嫌気が差したんです」

きっぱりと言う泰然《タイラン》に、哉嵐《セイラン》が告げた。

「徐《ジョ》宰相、いますぐに剣を置けば、お前の言い分も聞かないでもない。置かないなら、死を覚悟しろ」

哉嵐《セイラン》の警告を、泰然《タイラン》はなぜかくつくつとせせら笑った。

「翠蓮《スイレン》さま、この人はね、決して私を殺したりしませんよ。心優しくて情が深く、家族や血縁者という関係に、とても弱い人なんですから」

それを聞いて、ふと哉嵐《セイラン》が苦い顔になる。

「まさかとは思うが……浩洋《コウヨウ》の周辺の者を操り、後宮に嫁ぐ予定だった翠蓮《スイレン》に私の暗殺計画をもちかけるよう促したのも、お前なのか？」

「いいえ、そこはなにもしていませんよ。ほんの少し銀子を渡して皇帝への不満を囁いただけで、浩《コウ》洋《ヨウ》もその仲間も、勝手にそう指示されたと思い込んで、進んで動き始めましたから」

平然と答える泰然《タイラン》に、翠蓮《スイレン》は啞然となる。

「ああ、ですが、元々気の弱かった最初の皇太子があっさり病死したのも、次に皇太子位についた光《コウ》衍《エン》さまに皇太子位を辞退させたのも、まったく簡単なことでしたね。お二人とも、黒龍を身に宿すとどれほどの苦痛が襲って死ぬまで逃れられないか、その辛さをさんざん吹き込んだら、帝位から逃げたくなったようです」

泰然《タイラン》は微笑して話す。

「光衍《コウエン》さまも、結局おかしくなって自害されたのでしょう？　皆、あまりにも弱く、帝位につくには弱すぎる。それなのに、次に皇太子位についた哉嵐《セイラン》さまだけは、まるでなんらかの守護でもあるかのように次々と障害を消していかれた。あなたこそが帝位にふさわしいと期待しかけましたが、やはり駄目だった」

帝位につく前に逃げてくれればよかったのに、と泰然《タイラン》は呟く。哉嵐《セイラン》が話をしている間に泰然《タイラン》の背後に回り、睿《ルイ》がそろそろと距離を詰めていく。

隙を突いて睿《ルイ》が泰然《タイラン》に斬りかかろうとしたときだ。

「天黒《てんこく》、捕らえろ！」と泰然《タイラン》が叫ぶ。彼が帯につけている玉佩《ぎょくはい》から、真っ黒ななにかが勢いよく飛び出して、睿《ルイ》に思いきりぶつかった。

「「睿《ルイ》⁉」」

仔空《シア》と翠蓮《スイレン》が同時に叫ぶ。

「睿《ルイ》、大事ないか⁉」

哉嵐《セイラン》の声ですぐに睿《ルイ》は顔を上げたが、彼を捕らえた生き物を見て、翠蓮《スイレン》はぞっとした。

それは愛らしい亀ではなく、真っ黒で艶々とした鱗を持つ、おそろしく巨大な蛇だったのだ。

（天黒《てんこく》の正体は……亀じゃなくて、大蛇だったのか……！）

天黒《てんこく》は鋭い牙の生えた口から赤黒い舌を睿《ルイ》に向けて伸ばす。いまにもぱくりと頭に喰いつかれそうな様に恐怖が込み上げる。

「ちょうどいい。皇貴妃さま、これを」

くるりと自らの剣を回して柄を翠蓮《スイレン》のほうに向けると床に置き、泰然《タイラン》がこちらにその剣を滑らせる。

剣は互いの中間辺りで止まる。翠蓮《スイレン》が戸惑ってその剣を見つめると、泰然《タイラン》は笑顔で命じてきた。

「天黒《てんこく》に大切な睿《ルイ》を呑み込まれたくなければ、その剣で、哉嵐《セイラン》さまの胸を刺してください」

「泰然《タイラン》、きさま！　皇貴妃さまの手を汚させるなど……！」

翠蓮《スイレン》と仔空《シア》は驚愕し、捕まったままの睿《ルイ》が憎々しげに怒鳴り声を上げ、ぐうっと苦しげにうめいた。

天黒《てんこく》が彼をいっそう強く締め付けたのだとわかり、翠蓮《スイレン》の中に焦燥感が募った。

（……どうにかして、睿《ルイ》を助けなきゃ……）

動揺と恐怖に搦め捕られた翠蓮《スイレン》たちとは裏腹に、対峙《たいじ》した二人の男だけは冷静な態度を崩さない。

哉嵐《セイラン》は、元は腹心の部下だった者を見据えて口を開いた。

「常に、私が仕事をしやすいようにあらゆる面を取り纏めてくれていたが……あれは、この日のためか。滎陽《けいよう》の反乱も、天眼《てんげん》を必要とするような各地の小さな戦も、なにもかも、お前の差し金だったんだな。すべて、私に天眼《てんげん》を使わせて痛みに苦しむ姿を周囲に見せつけ、皇帝失格の烙印《らくいん》を押させるため」

「ええ、そうです。もう私が頂点に立つのに、邪魔なのはあなただけなんですよ」

哉嵐《セイラン》の言葉に、泰然《タイラン》はあっさりと頷く。

「前帝に献身的に尽くし、血をあげすぎて命を落とされた母上の死から、あなたが血を好まず、妃を一人しか迎えないのも、私にとっては最高に好都合でした……これ以上、皇太子を無駄に殺さずにすみますからね」

そこまで言うと、泰然《タイラン》はにっこりと笑みを浮かべた。

「帝一人を亡き者にすれば、現皇太子は前帝が側室に遅くに産ませた子で、まだ十歳です。即位しても、独り立ちするまでの間、彼には私という後ろ盾がぜったいに必要ですから」

「──だから、皇太子を屋敷に引き取って世話をしたのか？　それとも……昔から妃と密通していて、自分が皇太子の父親だからか？」

哉嵐《セイラン》が言った驚くべき言葉に、泰然《タイラン》は唐突に笑みを消した。

だが、彼の手元にはいま、剣がない。泰然《タイラン》が剣を拾う間を与えずに、哉嵐《セイラン》が叫んだ。

「天紅《テンコウ》！」

天紅《テンコウ》はその場に飛び上がると、一瞬で成獣の大きな虎の姿に変化した。赤い大虎は睿《ルイ》をがんじがらめにしている大蛇めがけて勢いよく飛びかかり、喉元にがぶりと食らいつく。

プシャアアと声を上げ、とっさに天黒《てんこく》が睿《ルイ》を捕らえる力を緩める。その隙を逃さずに睿《ルイ》が自らの短剣を抜き、天黒《てんこく》の体に思いきり突き刺した。

「天紅《テンコウ》、よくやった！」

睿《ルイ》の褒め声とともに、咆哮《ほうこう》を上げてのたうつ天黒《てんこく》は、苦し紛れに庭に躍り出る。喉元に食らいついたまままったく離れない天紅《テンコウ》から逃れようと激しく暴れるが、天紅《テンコウ》は牙を緩めはしない。

「役立たずめ」と罵《ののし》り、泰然《タイラン》が天黒《てんこく》が入っていた玉佩《ぎょくはい》を忌々《いまいま》しげに床に叩きつける。

大蛇と大虎の霊獣がもつれ合い、庭で戦い始めると同時に、哉嵐《セイラン》が泰然《タイラン》に素早く剣で斬りかかった。

とっさに彼の剣を逃れた泰然《タイラン》は、素早く飛んで自らの剣を拾う。体勢を整えるより前に、彼は哉嵐《セイラン》に向かって反撃を繰り出す。

翠蓮《スイレン》と仔空《シア》が、ようやく天黒《てんこく》から逃れ、よろめく睿《ルイ》を引きずって、少しでも安全な部屋の隅まで運ぶ。

そのとき、物音で駆けつけてきたのだろう、泰然《タイラン》の配下の者たちと後宮の護衛たちが、通路で斬り合いを始めるのが見えた。

「宰相殿下！」

加勢をしようというのか、抜き身の剣を手にした泰然《タイラン》の部下が宮の中に入ろうとする。

それを泰然《タイラン》は厳しい声で制止した。

「手を出すな！　帝は私の獲物だ！」

哉嵐《セイラン》が「上等だな。他の者も、手出しは無用だ！」と言って、にやりと口の端を上げた。

互いに斬りかかり、蓮華宮《れんげきゅう》の室内で二本の剣が激しくぶつかり合う。

「黒龍を失ったあなたなど怖いものか！」

泰然《タイラン》は嘲《あざけ》るように笑い、仮面を脱ぎ捨てたみたいに獰猛《どうもう》に大剣を打ち振るう。

二人の剣技は初めて見たが、どちらも恐ろしく強い。

哉嵐《セイラン》の剣さばきは目にも留まらないほど素早く、襦裙《きもの》の裾を翻しながら閃く細身の刃は、優雅ささえ感じるほど的確で、しかも力強い。

見ているうち、剣があまり得意ではない翠蓮《スイレン》にも、二人の力量はほぼ互角で、やや哉嵐《セイラン》のほうが優れているようだということがわかった。

だが、彼を殺すことにすべてをかけているせいか、泰然《タイラン》の剣はがむしゃらで迷いがない。

固唾《かたず》を呑んで見守っていると、一瞬の隙をついて、泰然《タイラン》がにやりと嫌な感じで笑い、唐突に翠蓮《スイレン》のほうに剣を向けてきた。ぎょっとして血の気が引いたが、哉嵐《セイラン》が素早くその剣先を払い除け、返す刃で泰然《タイラン》の肩に斬りつける。ぱっと辺りに血が迸《ほとばし》ると、泰然《タイラン》の顔色が憤りでかどす黒くなった。

「翠蓮《スイレン》さま、危険です。もっとこちらへ」と、仔空《シア》が震える声で翠蓮《スイレン》の襦裙《きもの》を摑み、更に部屋の奥へと引き寄せる。厨房のほうからおそるおそる覗いている笙鈴《ショウリン》は、怯えて泣いているようだ。来ては駄目、というように翠蓮《スイレン》が必死で首を横に振ると、慌てて身を引っ込めてくれてほっとする。

そばにいる睿《ルイ》は、天黒《てんこく》にきつく締め付けられてどこか痛めたようで、腹の辺りを押さえている。

「皇貴妃さま……あなたの、あの……村から持ってきた玉佩《ぎょくはい》は……？」

唐突に睿《ルイ》がわけのわからないことを訊ねてくる。戸惑ったが「簞笥の中に」と翠蓮《スイレン》は答える。彼は這いずるようにして、部屋の端を進み、簞笥から玉佩《ぎょくはい》の入った箱を引っ張り出す。

捜していたものを見つけると、睿《ルイ》は痛みを堪えるようにそれを掲げた。

「哉嵐《セイラン》さま、鳳凰《ほうおう》の玉佩《ぎょくはい》です！」

（鳳凰？）

すると、翠蓮《スイレン》たちが見守る前で、哉嵐《セイラン》が振り返らないまま叫んだ。

「『天舞《テンム》』！」

その瞬間、玉佩《ぎょくはい》の石の中からなにかが飛び出してきた。

羽ばたいたのは、五色の鮮やかな羽を持つ麗しい姿の鳥――まさに鳳凰だ。

あの古いもらいものの玉佩《ぎょくはい》の中から、なぜ霊獣が現れるのか。わけがわからずに翠蓮《スイレン》は仰天する。

「私は大丈夫だ。天紅《テンコウ》に加勢し、我が妃たちを守れ」

天舞《テンム》にそう命じる哉嵐《セイラン》に、泰然《タイラン》がにわかに顔をしかめる。

命令に従い、翠蓮《スイレン》たちの頭の上をふわりと舞ったあと、鳳凰は勢いよく庭に飛び出していく。

「私との戦いに、霊獣の助けは不要だというのか⁉　馬鹿にするな‼」

カッとなったように怒気を孕んだ声で吐き捨てる泰然《タイラン》に、哉嵐《セイラン》は無言で剣を振りかざした。

白刃《はくじん》が煌き、泰然《タイラン》の体から、バッと激しく血しぶきが飛び散る。

同じ頃、庭から醜悪な鳴き声が上がった。黒い大蛇と化した天黒《てんこく》は、大虎になった天紅《テンコウ》に押さえ込まれ、苦しげに身をのたうたせている。天紅《テンコウ》は明らかに天黒《てんこく》より強く、いつでもとどめを刺せそうなのに、なぜか弄ぶでもなく天紅《テンコウ》は大蛇を殺そうとはしない。そこへ飛んできた鳳凰が悶える天黒《てんこく》の上をぐるりと舞うと、金粉のようなきらきらとした輝きが大蛇の上に降り注いだ。

その瞬間、天紅《テンコウ》が鋭い爪で天黒《てんこく》の喉を引き裂く。悲鳴が上がり、みるみるうちに蛇の体が縮む。

天舞《テンム》が撒いた金色の雨を受けた大蛇の体はどんどん小さくなり、天黒《てんこく》は手のひらに乗るような小さな蛇になった。引き寄せられるようにして、小さな蛇は泰然《タイラン》が床に捨てた玉佩《ぎょくはい》の黒い石の中に戻っていった。天黒《てんこく》が還ったその玉佩《ぎょくはい》を、ゆっくりと身を屈めて哉嵐《セイラン》が拾う。彼は、「新たな主人に選ばれるまで、玉《ぎょく》の中で眠りにつけ」と囁き、丁重な扱いで玉佩《ぎょくはい》を懐にしまった。

泰然《タイラン》の体からは、どくどくと絶え間なく血が流れ出している。

哉嵐《セイラン》に胸を斬られた血塗れの泰然《タイラン》は、その場に膝を突き、まだ現実を受け入れられないというかのようにどこか呆然としている。霊獣を失い、急所を斬られ、もはや反撃の余地はかけらもない。

「……まさか、黒幕がお前だったとはな」

哉嵐《セイラン》が辛そうに漏らす。

「これから先も、ずっと支えてくれると信じていた。確信を持つまで、いくつもおかしな点はあっても、お前を疑うことはなかった……本当に、残念だ」

「哉嵐《セイラン》さま……」

まだ血の滴る剣を手にしたまま立ち尽くす哉嵐《セイラン》に、泰然《タイラン》が呼びかける。その声音には、反逆を企てたときの嘲るような様子は消えている。

「なんだ?」

哉嵐《セイラン》がその場に膝を突いて訊ねる。

「皇太子は、我が子ではない……我が家にいる、二人には……なんの罪もありません……」

口の端から血を流しながら、うわごとのように言う泰然《タイラン》に、哉嵐《セイラン》は「わかっている」と頷いた。

「私は、罪を犯した者の家族を皆殺しにしたりはしない。お前は私のそういうところを弱いと嘲笑ったが、私はそれを強さだと思っている。お前が大切にしていた女性と、それから、その子供の二人は……お前の罪とは無関係だ。だから、安心していい」

哉嵐《セイラン》が言い切ると、泰然《タイラン》がどこかほっとしたように顔を歪める。礼を言うみたいに頷いたあと、力尽きて、ゆっくりと血だまりの中に倒れ込む。

忠臣だったはずの男が息絶えるのを静かに眺め、哉嵐《セイラン》が息を吐いた。

庭からやってきた大虎の天紅《テンコウ》は、背中に鳳凰を止まらせて、意気揚々と主人の元に寄ってくる。

『宰相の部下たちもしとめたのじゃ！』

「ああ、天紅《テンコウ》も天舞《テンム》もご苦労だったな。あとでとっておきの甘味をやろう」

哉嵐《セイラン》がそう言って労り、頭を撫でてやると、大虎はしゅるっと縮んでいつもの仔虎に戻った。

「主上、ご無事で！」と声を上げながら、天紅《テンコウ》の助けで泰然《タイラン》の手の者を排除したらしい近衛兵たちが部屋の入り口に駆けつけてくる。

「ああ、無事だ」と言い、血を払って剣を鞘に戻すと、哉嵐《セイラン》は彼らに後始末を命じる。

それから振り返り、部屋の隅にうずくまっている翠蓮《スイレン》たちのほうにやってきた。

皆に大きな怪我がないことを確かめてから、天黒《てんこく》に肋《あばら》をやられたらしい睿《ルイ》のために医師を呼ばせる。

仔空《シア》と笙鈴《ショウリン》が彼を支えながら続き部屋に連れていく。

「汚れてしまったな」

彼は懐から出した布で、翠蓮《スイレン》の頬に飛び散った血を拭ってくれる。

疲れた顔をした哉嵐《セイラン》は言った。

「……そなたが無事でよかった。もう二度と、私のために犠牲になろうとなどするな」

泣きそうな顔で翠蓮《スイレン》はこくこくと何度も頷く。

ほっとしたように悲しげな顔で哉嵐《セイラン》は笑う。彼の腕に痛いほどきつく抱き締められると、翠蓮《スイレン》の目にも安堵の涙が溢れた。

＊

まだ十歳の現皇太子は、前帝ではなく、宰相である泰然《タイラン》との間に生まれた不義の子だったようだ。泰然《タイラン》は頑なに否定してこの世を去ったが、おそらく将来はないであろう皇太子のために、自ら後見として名乗りを上げ、別邸を用意した行動から考えても、彼が前帝の妃と恋仲であったことは間違いない。

だが、その事実を知っても、哉嵐《セイラン》は泰然《タイラン》の死に際に言った通り、前帝の妃を罰することも、その子を廃皇太子にすることもなかった。

「泰然《タイラン》が前帝から霊獣を宿した玉佩《ぎょくはい》を特別に与えられていたことで、薄々周囲も彼の出自に気づいてはいたんだ。そしておそらく、父自身も側室の子が我が子ではないことには気づいていただろう。父は放埒《ほうらつ》で身勝手な人間だったが、情がないわけではなかった。妃について、泰然《タイラン》も罰することがなかったのは、せめてもの償いのつもりではないかと思う」

だから、自分にも彼らの罪を暴くつもりはない。

そもそも、本来、哉嵐《セイラン》の異母弟となる現皇太子は、泰然《タイラン》が前帝の血を引いているとするなら、哉嵐《セイラン》にとっては甥ということになる。

どちらにせよ、間違いなく前皇帝の血を引いていて、廃皇太子にする理由がない、と哉嵐《セイラン》は言った。

それに――遠からず哉嵐《セイラン》に子が生まれれば、どちらにせよ、その子は皇太子位から外れることになる。ひっそりと徐《ジョ》家の別邸で暮らし続ける母子も、おそらくは、それを待ち望んでいることだろう。

泰然《タイラン》が消えると、頻発していた各地での小規模な反乱はぴたりと鳴りを潜めた。

彼は地方に資金を流し、あえて反乱の火種に油を注ぎ、哉嵐《セイラン》の帝位を揺るがそうとしていたのだ。

泰然《タイラン》が亡くなり、新たな宰相が信用できる哉嵐《セイラン》直参の官吏の中から選ばれると、誠意ある上級官吏たちが続々と哉嵐《セイラン》の元に集まった。

泰然《タイラン》は、有能な官吏が決して哉嵐《セイラン》に近づかないよう、あらゆる理由をでっち上げては降格したり、地方に飛ばしたりしていたようだ。

泰然《タイラン》は優れた宰相だと名の知れた者だったが、宮廷ではここのところ、『宰相が帝政をほしいまま操っているらしい』という話がたびたび話題に上っていたようだ。

その話が哉嵐《セイラン》自身の耳に入る前に、泰然《タイラン》は彼を黒龍の毒で弱らせ、どうにかして帝位を簒奪《さんだつ》したかったのだろう。

黒龍が消え、その代わりに神龍が現れた。それとともに、泰然《タイラン》もいなくなり、手を挙げた新たな官吏たちが哉嵐《セイラン》を支えていく。

刷新された宮廷で、哉嵐《セイラン》は能力によって官吏たちを重用したが、たった一人、睿《ルイ》だけは身内から選んで警護の長に決めた。

驚いたことに、実は睿《ルイ》と仔空《シア》の双子もまた、哉嵐《セイラン》とは腹違いの兄弟だったのだ。

その理由を「異母弟だからではないぞ？　睿《ルイ》が有能ゆえに」と哉嵐《セイラン》は言っていたが、睿《ルイ》自身は身に余る光栄に感じたようだ。後日、翠蓮《スイレン》のところを訪れたときに、彼はぽつりと言った。

「……本当は、御身の左右に、いつか泰然《タイラン》さまと私を置きたいと思われていたのだと思います」

哉嵐《セイラン》さまは、身内にとてもお優しいから……と。

その言葉を聞いて、哉嵐《セイラン》がどんな気持ちで泰然《タイラン》の裏切りを知り、本当は異母兄である彼をその手で斬らなければならなかったのかを思い、翠蓮《スイレン》は胸が痛くなった。

哉嵐《セイラン》はあのとき言った通り、泰然《タイラン》が世話をした前帝の妃にも皇太子にも手を出さずに、泰然《タイラン》の館で変わらずに暮らせるよう見守らせている。

もし立場が逆ならば、おそらく泰然《タイラン》は躊躇わずに二人を殺し、邪魔者として排除していただろう。

彼はいま頃、天界から哉嵐《セイラン》の行いを見て、前帝への恨みで道を誤った自らの行為を悔いているに違いない。

いまやもう、伴侶である翠蓮《スイレン》と側仕えの双子たちだけが、彼の家族だ。

（……僕たちが、哉嵐《セイラン》さまの支えになろう……）

哉嵐《セイラン》は強いが、信頼できる者はまだ少ない。後ろ盾となるべき婚姻で繋がった貴族もいない。

だから自分たちが、その分も彼の力になろう。いつか恵まれる子と皆で、国を守る哉嵐《セイラン》を力を合わせて全力で支えていこう、と翠蓮《スイレン》は固く心に誓った。

＊

――二年前に帝位に就いた汪国《おうこく》皇帝が、とうとう正妃を迎えるらしい。

そんな知らせが民に伝わった、その二か月後。

婚礼の当日には、清々《すがすが》しく晴れ渡った空に虹色の彩雲《さいうん》が輝いた。しかも、雲の狭間から天空に向かい、白銀の鱗を煌かせた龍が姿を見せ、国民を驚かせた。

国内から宮城へ招かれた多くの貴族たちと文武百官、そして街の民たちも、またとない吉兆《きっちょう》だと空を見上げた。同時に、汪《オウ》家と黒龍にまつわる事情を知る者に、黒龍の力を手放したあともなお、汪《オウ》家には神龍の加護があるのだということを実感させたのだった。


神の前で誓いを立て、汪国《おうこく》皇帝夫妻は正式な婚礼の儀を終えた。

儀式の最中、国を守る四霊のうち、鳳凰と赤虎が顔を揃え、更には空に白龍が舞うという前代未聞の出来事は、国を越えて遥か遠くの周辺国すべてに伝わったという。

天井が高い仁龍殿《じんりゅうでん》の広間には、卓の上に山海の珍味がずらりと並べられ、極上の酒が饗される盛大な披露の宴《うたげ》が開かれた。もちろん、仔虎の姿の天紅《テンコウ》も、皇帝夫妻のそばでとっておきの甘いものを用意されてご満悦だ。鳳凰の天舞《テンム》はごちそうに興味がないようで、正装を纏ってそばに控えている仔《シ》空《ア》が帯に下げた佩玉の中に大人しく収まっている。

多くの招待客に気づかれないかと心配になったが、翠蓮《スイレン》が前年に側室として嫁いだときには、結婚式は行われなかった。披露の宴が催されることもなく、ただ後宮に入っただけだ。

そのため、これまで妃である『玉蓮《ギョクレン》』の顔をまともに見たことがある者は、哉嵐《セイラン》以外には仔空《シア》と睿《ルイ》に笙鈴《ショウリン》、他には数人の使用人と天紅《テンコウ》たち霊獣たちくらいのものだったのだ。

これまでの間、後宮で皇帝の寵愛を独り占めしていた皇貴妃『玉蓮《ギョクレン》』は、病のため、皇帝の恩情で実家に戻ることを許された。

その代わり、皇貴妃と一緒に入宮してきたとされている、側仕えの『翠蓮《スイレン》』が皇后になる、という筋書きが人々には伝えられた。

平民出身の皇后、しかも元々は側室の側仕えだった者が正妃になどと、当初は反対意見を唱える者もいたが、皇帝自身が諌《いさ》めるまでもなく、古くからの汪《オウ》家の事情を知る大臣たちがそれを厳しく戒めた。

年配の者の一部は、代々の皇帝と妃たちが、この国を守るためにこれまで黒龍にどれほど苦しめられ、翻弄されてきたかを知っているからだ。

宮廷に出仕する者たちの中でも、翠蓮《スイレン》が実は玉蓮《ギョクレン》の身代わりとして入宮し、皇帝の妃は過去にも今も一人だけであるという事実をを知る者は、信頼できるごくわずかな者だけだ。

だが、それを知らない者も、皇帝を一人で支え続けた白氏《ハクし》出身の皇貴妃と、ともに入宮したという側仕えが、汪《オウ》家のために多くの犠牲を払っただろうことは理解していた。

黒龍を身の内に宿す皇帝のため、白氏《ハクし》の妃はこれまで常に短命で、汪《オウ》家に生まれた皇子たちの多くが命を落としてきた。けれど、今回の皇貴妃『玉蓮《ギョクレン》』だけは、病に伏せながらも、生きて実家に戻ることができた。

そして、頑なに妃を娶ることを拒んできた皇帝が、なんと自ら望んで皇后を迎えるというのだ。

祝いこそすれ、反対するなどあり得ない。

かくして、『翠蓮《スイレン》』は黒武帝《こくぶてい》のただ一人の妃として迎えられ、後宮制度は、皇帝の強い意思により、彼の代で廃止されることが決まった。

一夫一婦制の皇帝など、史実の中でも前例がない。

だが、誠実な哉嵐《セイラン》の政《まつりごと》に期待をかける者も多く、若い大臣たちからは賛同の声も上がっている。

泰然《タイラン》が哉嵐《セイラン》に近づかないようにと遠ざけてきた有能な上級官吏たちも宮廷に集まり始めた。

これから、哉嵐《セイラン》の選んだ道が正しかったのかどうかは、歴史の中で証明されていくのだろう。


「翠蓮《スイレン》、あちらは尹州《いんしゅう》の張長《ちょう》官夫妻だ」

婚礼に招かれた招待客は、翠蓮《スイレン》にとって知らない人々ばかりだが、哉嵐《セイラン》が面倒がらずに一人ずつ紹介してくれる。

「初めまして、ようこそお越しくださいました」

緊張した面持ちで微笑む翠蓮《スイレン》が彼らから挨拶を受ける間、睿《ルイ》は皇帝のそばに立ち、仔空《シア》は翠蓮《スイレン》の後ろに控えていてくれる。仔空《シア》が人の切れ間を見計らい、「皇后さま、お飲み物をどうぞ」と声をかけ、細やかに気を配ってくれるのに助けられる。

正装をした彼らは、改めて、それぞれが皇帝と皇后の側仕えになることが決まった。

結婚の数日前、初めて密かに詳しい身の上を打ち明けられて、翠蓮《スイレン》は驚いた。

「僕たちの母は、後宮で哉嵐《セイラン》さまの母君の使用人だった宮女なんです」

帝の子を産めば、当然、宮女の地位は上がる。最低でも宮を一つもらえて、使用人を付けられ、暮らし振りもずっと楽になるはずだ。しかも、黒龍のエサの精気をもらうために妃を、そして毒を移すために子を欲していた前帝なら、子を生せば尚更厚遇されることだろう。

しかし、前帝の皇后は気性が激しく、熾烈《しれつ》な後宮の争いを繰り広げ、すでに何人もの皇子がいる中、更に若い宮女が子を産むことを許さなかった。

子を捨ててくるか、もしくは皇帝の子だと決して明かさず、生涯、子も使用人として過ごさせるかを迫られ、双子を身ごもった宮女は、仔空《シア》たちを守るために泣く泣く後者を選んだ。

哉嵐《セイラン》の母はそんな旧知の宮女の境遇を不憫《ふびん》に思い、彼女が産んだ双子をも我が子のように可愛がった。そのせいでいっそう皇后からは煙たがられたが、それでも哉嵐《セイラン》の母は、後宮の片隅に鄙《ひな》びた宮を与えられたのみで、前帝に知られることなく密かに双子を産み育てる宮女への差し入れを欠かさずにいた。皇子として苦しい立場にいた哉嵐《セイラン》もまた、双子を弟として扱い、なにくれとなく気にかけた。

双子が十歳になる頃に宮女が病気で亡くなると、皇后はまだ幼い二人を宦官にして、使用人として自分の宮で働かせた。

それは、贖罪《しょくざい》のためなどではなく、彼らが皇帝に近づいたりして皇子の地位を得ないように、子も生せないようにしたうえで、手元に置いて見張るためだった。

「……僕たちは、哉嵐《セイラン》さまとその母君がいらっしゃらなかったら、とっくの昔に前の皇后さまに殺されているんです」

仔空《シア》の話は衝撃的なものだった。なぜ、哉嵐《セイラン》が頑なに多くの妃を迎えず、反対の声を押し切ってでも後宮を廃止すると決めたのかが、翠蓮《スイレン》にも痛いほどよく分かった。

更には、もう一人付けられた使用人である笙鈴《ショウリン》は人間ではなく、仔狼の霊獣だというから驚いた。哉嵐《セイラン》が帝位についてから、改めて不遇だった双子それぞれに霊獣を授けようとしたが、彼らは妖力が弱く、強い霊獣を得ることができなかった。笙鈴《ショウリン》は戦力にはならないが、その代わり人型を取って働けたので、ちょうどいいと翠蓮《スイレン》の元に置いていたらしい。睿《ルイ》が翠蓮《スイレン》の元にたまに寄越していた使いの者も、同じように仔狼の霊獣が変化した者だったようだ。

哉嵐《セイラン》はそもそも、他の者をいっさい信用せず、心を許した異母弟の仔空《シア》と睿《ルイ》、そして霊獣たちだけを翠蓮《スイレン》のそばに置いていた。これまでの皇帝の妃たちのように、翠蓮《スイレン》が誰からも傷つけたり苦しめられたりすることのないように。

だが、その身内への信頼を、信じていた泰然《タイラン》に突かれてしまったのだ。

——汪国《おうこく》に後宮が存在する目的は、皇帝の血統を繋げると同時に、黒龍を抑え込むためのエサを得るためだ。

帝位にある者の権威を象徴するように、頑強な塀の内側に建てられた贅沢な宮の数々は、皇帝の欲を満たし、その裏で、妃たちを対立させてどす黒い憎しみを生み出す——。

前皇后には皇子である哉嵐《セイラン》が意見することはできず、前帝崩御までの間、睿《ルイ》と仔空《シア》の二人は、前皇后にいびられながら苦しい暮らしを余儀なくされた。

その後、即位した哉嵐《セイラン》により、前皇后は失脚し、本来なら皇太后として死ぬまで贅沢な暮らしを続けられるはずだった後宮を去る羽目になった。やっと解放された異母弟の双子に、哉嵐《セイラン》は宮城の外に屋敷を用意すると言って自由をくれようとしたが、彼らは話し合い、宮城に残って、哉嵐《セイラン》の側仕えとなる道を選んだ。

それは、帝位にはついたものの、後ろ盾が少なく、これから険しい道を歩くであろう優しい異母兄を少しでも支えたいと思ったからだ。

「だから、僕たちは翠蓮《スイレン》さまが嫁いできてくれて、とても嬉しかったんですよ。あなたさまと一緒にいるときは、哉嵐《セイラン》さまが見たこともないくらい幸せそうなお顔をされるので」

にこにこといつも明るい仔空《シア》と、寡黙《かもく》ながら哉嵐《セイラン》を慕っている睿《ルイ》。二人の予想外の生い立ちに、言葉が出ずにいると、睿《ルイ》がぼそりと小さな声で言った。

「……これからも、主上をよろしくお願いします」

翠蓮《スイレン》は誤解していたが、睿《ルイ》が哉嵐《セイラン》を慕っているように見えたのは、恋慕の情ではなく、心を砕いてくれた異母兄への思慕だったのだ。

彼がずっと冷ややかな態度だったのは、素晴らしい異母兄にはそぐわないと村育ちの翠蓮《スイレン》に苛立ちを覚えていたからだろう。睿《ルイ》に彼を託され、本当の意味で哉嵐《セイラン》の伴侶だと認めてもらえた気がして、胸が熱くなる。言葉が出なくなり、翠蓮《スイレン》はただ何度も頷くことしかできなかった。


時の皇帝の盛大な式と宴に、翠蓮《スイレン》も招きたいと思う人はいた。玉蓮《ギョクレン》たち、村の家族や一族の仲間だ。しかし、『玉蓮《ギョクレン》』が元の妃だった手前、兄弟同然であってもさすがに本当の玉蓮《ギョクレン》を招くことはできない。名を偽って来てもらうことも考えたけれど、万が一にもばれることを恐れ、玉蓮《ギョクレン》自身に辞退されてしまった。

玉蓮《ギョクレン》とは、いつか落ち着いた頃にまたゆっくりと会おうと手紙で約束し合い、式と宴には翠蓮《スイレン》の親代わりとして、天祐《テンユウ》が参加してくれた。

式の前に少し時間を取ってもらって二人だけで会うと、天祐《テンユウ》は元気そうだった。「……実は玉蓮《ギヨクレン》に、湘雲《シヨウウン》との結婚話が持ち上がっている」と聞かされ、翠蓮《スイレン》は嬉しくなった。湘雲《シヨウウン》なら、安心して玉蓮《ギヨクレン》を任せられる。

天祐《テンユウ》は丁寧に結婚祝いの言葉を述べたあと、小さな声で『感謝する』と翠蓮《スイレン》に言った。

もしかしたら、翠蓮《スイレン》が玉蓮《ギヨクレン》を早く死なせたくない一心で身代わりの妃となったことが、天祐《テンユウ》にはわかっていたのかもしれない。

だが、死を覚悟したうえで嫁いできたおかげで、哉嵐《セイラン》と出会えた。

「感謝するのは、僕のほうです」と翠蓮《スイレン》は伯父に頭を下げた。

翠蓮《スイレン》と玉蓮《ギヨクレン》が仲がよく、互いに相手を大切に思えるのは、天祐《テンユウ》の育て方のおかげもあった。

彼は完全に玉蓮《ギヨクレン》と平等に翠蓮《スイレン》を育ててくれた。躾は厳しかったが、天祐《テンユウ》は、我が子と甥を、罰も褒美もすべて同じにして分け隔てなく育てられる人格者だった。翠蓮《スイレン》は両親を失ったけれど、天祐《テンユウ》たちに救われ、家と家族を与えてもらえた。

これからは、ささやかながらも、自分にできる限りの庇護を天祐《テンユウ》と一族に与えようと、翠蓮《スイレン》は胸に誓った。


あらゆる人から祝杯を受け、仁龍殿《じんりゆうでん》での宴がひと段落した頃、翠蓮《スイレン》は哉嵐《セイラン》に手を引かれて飛龍殿《ひりゆうでん》に戻った。

「これからは、この殿舎が私たちの家だ」

はい、と翠蓮《スイレン》は微笑んで頷く。

飛龍殿《ひりゅうでん》に造られた皇帝夫婦の寝所は、奥まった場所にある哉嵐《セイラン》の私室の隣にある。二間続きの広い部屋だ。

婚礼の夜のために整えられた室内は、牀榻《しんだい》の天蓋から垂れ下がった薄布も、牀榻《しんだい》の敷布も、すべてが祝いの鮮やかな赤色だ。

それどころか、榻《ながいす》の座布団も、茶器や手ぬぐい、飾られている大振りな美しい花までもが赤で埋め尽くされている。

哉嵐《セイラン》に手を引かれて部屋に導かれ、辺りを見回して翠蓮《スイレン》が呆然としていると、彼が小さく笑った。

「いったいどうした？」

「いえ、あの……前に後宮に嫁いだときとはまったく違うので」

そう言うと、ふと気づいたように哉嵐《セイラン》も辺りを見回した。

「ああ、そうだな。側室は本当に嫁いでくるだけだから」

彼は自らの母のことを思い出しているのか、悲しげに笑った。

翠蓮《スイレン》もまた、前回は彼の母同様に側室として後宮に入った。

与えられたのは質のいい品ばかりを揃えた綺麗な宮ではあったが、溢れるほどの祝いの言葉を捧げられ、こんなふうに祝福の色に飾られてはいなかったのだ。

今日は前回とは違い、哉嵐《セイラン》も深紅の婚礼衣装を着ている。

頭上に輝く金色の冠に、堂々たる長身の体軀に纏った襦裙《きもの》には金色の龍の刺繡が施されている。

こうして正装すると、艶やかな美貌がいっそう引き立ち、そばで見ているだけで眩しいほどの輝きを放っている。

翠蓮《スイレン》もまた、今日は彼と対になった豪奢な衣装を身に纏っている。

――まさか、彼と揃いの婚礼衣装を着て、こうして人々から盛大に祝われ、本当の名を呼ばれて、白氏《ハクし》の翠蓮《スイレン》として嫁ぐことができるなんて。

翠蓮《スイレン》が哉嵐《セイラン》から与えられ、帯から下げている天紅《テンコウ》入りの紅玉も、今夜は光らない。宴で出た美味しいものをたっぷり食べて満足したのか、玉佩《ぎょくはい》の中で大人しく寝ているようだ。

そして、哉嵐《セイラン》が婚礼衣装の帯に下げているのは、あの鳳凰を宿す石がはまった玉佩《ぎょくはい》だ。装飾は新たな意匠《いしょう》に誂《あつら》え直されているものの、その石は、まさしく翠蓮《スイレン》が村から持ってきたあの宝玉だ。

つまり――彼こそが、元皇太子だった異母兄が両親を殺した際に駆けつけ、幼い翠蓮《スイレン》に詫びとして自らの玉佩《ぎょくはい》を渡してくれた、あの兵士だったのだ。

あのときはまだ、玉佩《ぎょくはい》の主の正体を知らず、宮城からやってきた一介の兵士だと思い込んでいたから、まさかそれが哉嵐《セイラン》だったなど考えもしなかった。

皇帝から皇子へと与えられる霊獣入りの玉佩《ぎょくはい》は、汪《オウ》家の宝物だ。当然、失くしたことがわかると相当なお叱りを受けたようだ。だが、彼は「私も前の年に母を失っていた。両親を亡くして泣いている幼いそなたがあまりにも可哀想で、そのとき持っていた最も大切なものを与えずにはいられなかったんだ」とだけ言った。

前帝は、玉佩《ぎょくはい》を失くした哉嵐《セイラン》を叱ったあとで、それが皇太子の後始末に行った際のことだと知り、新たに宝物庫から自由に玉佩《ぎょくはい》を選ぶことを許した。

それこそが、皇帝が身の内に継ぐ龍に次いで、汪国《おうこく》最強の霊獣である天紅《テンコウ》入りの紅玉の玉佩《ぎょくはい》だったというわけだ。

――十年以上も前に、翠蓮《スイレン》は哉嵐《セイラン》とすでに出会っていた。

気づいていたのかと訊ねると、哉嵐《セイラン》は「後宮で再会した夜、涙に濡れた顔と……それから、目元のこのほくろを見て、ふと、以前どこかで会ったことがあるような気がした」と言った。白氏《ハクし》出身の翠蓮《スイレン》という真の名を聞き、密かに調べさせると、やはりあの日、父母を殺されて泣いていた子供だとわかったらしい。

自分がなにもできなかったことを悔やんでいた彼は、翠蓮《スイレン》が覚えていないようなのもあって、そのとき二人が出会っていたことを告げずにいようと決めたそうだ。

確かに、あのとき、両親の死という衝撃の中にいた翠蓮《スイレン》は、彼のことを明確に覚えていない。けれど、玉佩《ぎょくはい》を握らせてくれた手がとても温かかったことだけは覚えている。

村で玉蓮《ギヨクレン》たちに支えられ、少しずつ立ち直る最中にも、翠蓮《スイレン》は時折もらった玉佩《ぎょくはい》を取り出して眺めた。美しい玉佩《ぎょくはい》には、渡してくれた兵士の思い遣りが籠もっているような気がして、それから小さな翠蓮《スイレン》が生きていく中でのささやかな救いとなったものだ。

――そうして、不思議な縁の連続で、翠蓮《スイレン》は彼の正妃となり、いまここにいる。

明日からは、仔空《シア》と睿《ルイ》もこの殿舎の一室に移り、翠蓮《スイレン》たちの世話と警護に当たることになっている。

儀式と宴が終わっても、翠蓮《スイレン》はまだ夢の中にいるようで、どこかふわふわと落ち着かない気持ちでいた。

冠と剣を外して卓の上に置くと、そばまで戻ってきた哉嵐《セイラン》は、なぜか愉快そうな顔になって翠蓮《スイレン》を見つめた。

「まだぼんやりしているが、今夜が私たちの初夜だということは、わかっているか？」

「わ、わかっています……あっ」

じわっと顔が熱くなると、すぐに膝裏を掬い上げられて、軽々と抱き上げられる。彼の腕で翠蓮《スイレン》は牀榻《しんだい》まで連れていかれた。

真っ赤な敷布に翠蓮《スイレン》を恭しく横たえ、哉嵐《セイラン》が嬉しげに笑う。

「婚礼の儀を行った。それぞれの祖先にも知らせ、二人の髪の一房を一緒に結び、永遠の愛を示す結《けっ》髪《ぱつ》もして、交杯酒《こうはいしゅ》も飲んだ。私たちはもう誰もが認めた伴侶だ」

はい、と頷くと牀榻《しんだい》に腰を下ろした彼が、手を伸ばして翠蓮《スイレン》の髪を優しく撫でる。

「……これでやっと、本当にそなたを私のものにすることができる」

感慨深げに言い、哉嵐《セイラン》は身を倒して翠蓮《スイレン》の唇を吸った。


「ん……っ」

濃密な口付けの最中、くちゅっという唾液を交わらせる音が小さく聞こえ、翠蓮《スイレン》の胸の鼓動が跳ね上がる。されるがままになっていると、唇を幾度も啄まれ、ねっとりと舐められた。咥内に入り込んできた彼の舌が、翠蓮《スイレン》の無防備な舌を擦り立てる。もう唾液を求める必要はないというのに、哉嵐《セイラン》は翠蓮《スイレン》の唾液を啜って美味そうに飲み干す。

「う……ん」

彼の口付けは情熱的で、息が苦しくなるまで咥内を舐られ、口の端から溢れた唾液まで舐め取られた。

「妃を娶ることに迷いがあった私が、白氏《ハクし》から一人だけ側室を迎えると決めたあと……嫁いできたそなたを見て、なにを思ったか知っているか？」

接吻の合間に訊ねられて、翠蓮《スイレン》はゆっくりと首を横に振る。

「一族に累《るい》が及ばないよう、自害しようとしたそなたの覚悟や、自らが死にかけてなお、村のことだけを考えている様子に、胸を衝かれた思いがした。いくらなんでも、毒塗りの剣を持って嫁いできた者を、あっさり許すわけにはいかないという声も自分の中でしていたが、ねじ伏せた。天紅《テンコウ》が証明するまでもなく、そなたは嘘をついていないということが伝わってきたし……それに」

思い出すように微笑み、彼が愛しげに翠蓮《スイレン》の唇を指で撫でる。

「この者になら騙されてもいいと思うほど、震えているそなたは可愛らしかった。強い興味が湧き、もっとそなたのことを知りたいと思った。村に返すことなど、一度も頭に浮かばなかった」

そう言うと、彼は翠蓮《スイレン》の唇をまた熱っぽく吸う。甘やかすみたいに舌で舌を捏ねられて、喉の奥で翠蓮《スイレン》は喘ぐ。唇を離した哉嵐《セイラン》が、慈しむように鼻先を擦り合わせて囁く。

「私は、あの夜、初めて会ったそなたに、すっかり心を奪われてしまったんだ」

初めて聞く告白に、翠蓮《スイレン》は頭がぼうっとなるのを感じた。

必死だった入宮のあの夜に、彼がそんなことを考えていたとは思いもしなかった。

だが、思い返してみれば、自分も同じ気持ちだった。

「僕も、あの夜から、もう……哉嵐《セイラン》さまをお慕いしていました」

自分もまた、最初の夜から恋に落ちていた。

そうしていつしか、この人のためなら命を捧げてもいいと思うほど、想いは膨らんでいったのだ。

翠蓮《スイレン》の告白を聞くと、哉嵐《セイラン》は、そうか、となんとも嬉しそうに頬を緩めた。

口付けを繰り返しながら、幾重にも着た翠蓮《スイレン》の婚礼衣装を、哉嵐《セイラン》は器用に手早く解いて開いていく。

下衣を脱がされると、翠蓮《スイレン》の体を隠すものはなにもなくなった。

「……私の残した痕は、すべて綺麗に消えてしまったな」

悔しそうに言う哉嵐《セイラン》は、婚礼までの二か月の間、一度も翠蓮《スイレン》にそういった意味で触れようとはしなかった。

蓮華宮《れんげきゅう》を訪れるたび、口付けをされ、抱き締められてはいたが、「これ以上のことは、初夜にとっておく」と言って、彼は頑なにそれを守った。黒龍がいた頃、あとは繋がっていないだけというくらいにあらゆる淫らなことをしてきたはずなのに。

その間に、彼が翠蓮《スイレン》の体に残した吸い痕は消え去り、弄られすぎて常に腫れていた乳首も、愛されすぎて濃い桃色に染まっていた性器も、すっかり元の初々《ういうい》しい色に戻ってしまっている。

「また……つけてください」

翠蓮《スイレン》がそうねだると、彼は小さく目を瞠る。それから口の端を上げ「妃の望み通りに」と囁くと身を伏せ、翠蓮《スイレン》の小さな淡い色の乳首にそっと口付けた。

一つひとつを丁寧に舐め回され、翠蓮《スイレン》は淡い疼きに吐息を漏らす。体を起こして、彼は二つの乳首を同時に指で弄ってきた。

「あ、ぅ……うっ」

きゅっ、きゅっと強めに捏ねられると、すぐにそこはつんと尖り、やんわりと擦られれば、じんと腰まで疼きが走る。両方を同時に弄られるのは、刺激が強すぎて怖いほどだ。

彼がそこから手を離し、確かめるように翠蓮《スイレン》の体を撫でる。脚を持ち上げられるまでの間に、まだ触れられてもいない翠蓮《スイレン》の性器はすっかり上を向き、はしたない雫を垂らしてしまっている。

じっくりとそこを見つめる哉嵐《セイラン》の目に、焼けるような羞恥を覚えた。

『黒龍のエサのため』という大きな目的があったときには、どこか恥ずかしさが麻痺《まひ》していたところがあった。

だが、ただ愛されて悦《よろこ》んでしまっている体を、まるで目に焼きつけるようにこうしてじっと眺められるのはいたたまれず、逃げ出したいような気持ちになる。

「感じやすい、極上の体だ……私が、こうしたのだな」

感嘆するように言い、哉嵐《セイラン》はぐっと翠蓮《スイレン》の腰を持ち上げる。

「ひゃ……っ⁉」

仰向けの腰を軽々と持ち上げられ、翠蓮《スイレン》は、自らの胸の辺りに揃えた膝が来るほど折り曲げられる。

尻に顔を近づけられる気配がして、愕然とした。

「せ、哉嵐《セイラン》さま、おやめくださいっ！」

「ここを使うのは初めてだから、舐めて痛くないようにしてやらねばな」

呟くように言い、哉嵐《セイラン》は抱えた翠蓮《スイレン》の尻にそっと口付ける。

まさか、と思っていると、狭間に生温かい感触を覚え、翠蓮《スイレン》は身を硬くした。

「だめ、だめです……そんな……、ああ……っ」

必死で抗おうとしたが、体格差も力の差もありすぎるほどの哉嵐《セイラン》に、翠蓮《スイレン》が敵うわけがない。

ぬめぬめとした舌が、小さな窄《すぼ》まりを舐め回して濡らしていく。柔らかくなったところで、ずぷりと舌先を入れられて、異様な感覚にいやいやと身を捩ったが、逃げることは許されなかった。

「う、ぅ……っ、ん……っ」

必死に耐えていると、哉嵐《セイラン》の鼻先が翠蓮《スイレン》の小さな双球に触れる。それと同時に、ぬぷぬぷと柔らかく湿った熱いものが蕾を出入りする。潤んだ翠蓮《スイレン》の視界には、後ろを舐められてすっかり勃ってしまった自らの性器が映る。

皇帝である哉嵐《セイラン》にこんなことをさせるのはいけないと思っているのに、そこは濃い蜜を垂らしてひくひくと震え、明らかな悦びをあらわにしている。

「あっ……」

舌が出ていき、入り口をなぞった指が、ゆっくりと中に入ってきて、翠蓮《スイレン》は息を呑んだ。

一本目の指は気遣うように入れられ、馴染んだところで二本目が足されると、大胆に中を探るように蠢かされる。ぬちゅぬちゅと動く指に怯えていると、体が痺れるような感覚にびくっとした。

「んっ、や……っ、な、なに……?」

内部には、弄られると変に腰がびくつく箇所があり、そこに触れないでほしくて、再びいやいやと身を捩ると、驚いたことに三本目の指まで入れられた。

「哉嵐《セイラン》、さま……っ」

蕾を指で慣らしながら、尻には哉嵐《セイラン》の熱い息がかかる。いやらしい音を立てて自分のそこが彼の指を吞み込んでいるのがわかる。何度もひくひくと腰を震わせ、嫌というほど蕾をじっくりと開かされる。

ゆっくりと指を引き抜かれると、くちゅっという音がして、なぜかそこが滴るほど濡れていることがわかる。どうやら自分の蕾は、哉嵐《セイラン》の指に反応して雫を滲ませているのだとわかり、翠蓮《スイレン》は恥ずかしさで顔が真っ赤になるのを感じた。

ようやく哉嵐《セイラン》がそこを慣らし終え、やっと腰を敷布に下ろしてもらえる頃には、翠蓮《スイレン》はぐったりとして体に力が入らなくなっていた。

「可愛い孔だ。私の舌を嬉しそうに締め付けてくる……ああ、後ろを弄っただけで、もうこんなに感じてしまったのか」

尻を弄られることに昂り、自らの性器から滴った濃い先走りを胸に浴びた翠蓮《スイレン》を、彼は目を細めて眺める。

「宴の席で、臣下たちから様々な媚薬や香を献上されたが、そなたにはいっさい不要なものだな」

哉嵐《セイラン》はそう言って身を伏せ、まだ呆然としている翠蓮《スイレン》の唇を吸い、乳首をそっと摘まんだ。それから彼は自らの襦裙《きもの》を手早く脱ぎ始める。

赤い着物と黒い中衣を脱ぐと、見事に引き締まった逞しい体があらわになる。鍛錬を怠《おこた》らないからか、哉嵐《セイラン》の体には無駄な肉がなく、惚れ惚れするほどの美しさを誇っている。これまで何度も床をともにしてきたが、哉嵐《セイラン》がすべてを脱ぐのはこれが初めてだ。

驚いたことに、彼の肉体にはいくつもの傷痕があった。

剣の傷もあれば、古い火傷のような痕もある。

それを見て初めて、翠蓮《スイレン》は彼が育った後宮や、皇太子ではない皇子という立場で育つことの辛さに気づいた。

以前、後始末をさせられていた、と話しただけだったが、哉嵐《セイラン》がどれだけ異母兄の光衍《コウエン》に煮え湯を飲まされてきたのか、長い間苦渋を味わわされつつも、様々なことを耐え抜いて皇帝となったのかがわかった気がした。

すべてを脱いだ哉嵐《セイラン》は、翠蓮《スイレン》が目を潤ませているのに気づくと、困ったように笑った。

「泣かないでくれ。もう、どれも痛くはない。いまとなっては、勲章のようなものだ」

慰められて、翠蓮《スイレン》は何度も頷く。優しくて強いこの人が帝位について本当によかったと、心から思った。

労るような口付けをされて強張りがほどけた頃、目に映ったものにぎくりとした。

全裸になった哉嵐《セイラン》の性器は赤黒く、猛々しく反り返って裏筋をあらわにしている。張り出した先端の膨らみも、血管の浮き出た茎も、恐ろしいほど大きくて、とても自分の中に収まるとは思えない。

「口付けをしてくれるか?」

その根元を摑んだ彼が、先端を翠蓮《スイレン》の口元に近づけてくる。

口淫をせがまれているのだと気づき、「はい」と慌てて頷くと頰を染めて顔を寄せる。

濃い雄の香りがする硬い先端に恭しく何度か口付け、舌を出して、ちろちろと舐めてみる。哉嵐《セイラン》がいつもしてくれたように、口を開けて、どうにか咥内に迎え入れようとした。

しかし、あまりに大きすぎてまったくすべては吞み込めず、先端をしゃぶるだけでも翠蓮《スイレン》にはせいいっぱいだ。

「う……う、……ん、ぐ」

必死でねろねろと舌先を動かすと、口の中のものが強張る。更に膨らんだ気がして怖くなり、翠蓮《スイレン》は潤んだ目で助けを求めるように彼を見上げた。

涙の膜越しに見た哉嵐《セイラン》は、自分のものを銜える翠蓮《スイレン》の顔をじっと見下ろしている。目が合うと、とろっと先走りの蜜が喉に流し込まれて、とっさにむせそうになった。

そっと翠蓮《スイレン》の舌で先端を擦るようにしてから、ゆっくりと長大な昂りが抜かれる。

慌てて、先走りを零さないようにこくっと飲み込むと、なぜか哉嵐《セイラン》はぎょっとしたように翠蓮《スイレン》の頬を手で包み込んだ。

「私の先走りを、飲んだのか？」

哉嵐《セイラン》は激しく興奮した様子で、目元を赤くしている。

「はい」と、不思議に思いながら翠蓮《スイレン》は頷いた。

哉嵐《セイラン》もいつも、美味そうに一滴残さず飲んでくれた。床入りのしきたりを教わっていない翠蓮《スイレン》は、黒龍のことがなかったとしても、伴侶の蜜は当然飲むものなのだろうと思い込んでいた。

彼は感動したように翠蓮《スイレン》と深く唇を重ねる。すぐに脚を持ち上げられ、大きく開かされた。

「やっとそなたを抱ける」

上擦った声で言い、哉嵐《セイラン》が昂りの先端を翠蓮《スイレン》の入り口に擦りつける。

「翠蓮《スイレン》」と本当の名を呼ばれて、ハッとする。

誰に隠すこともなく名を呼んでもらえる。自分はもう身代わりの妃ではないのだと、改めて実感した。

彼と繋がりたい。これ以上ないほど深くまで哉嵐《セイラン》を感じ、子胤を注ぎ込まれたい。

「哉嵐《セイラン》さまを、ください」

蕩けた目でねだると、哉嵐《セイラン》は息を荒くして、抱え上げた翠蓮《スイレン》の膝に口付け、腰を進めてきた。

「う……」

とろとろに濡れ、執拗に指で慣らされたあとでも、昂り切った哉嵐《セイラン》の逞しい雄を呑み込むのは苦しかった。

時間をかけてゆっくりと先端の膨らみをどうにか呑み込まされ、一瞬だけ息をつく。翠蓮《スイレン》の体が弛緩しかけたところを一息に奥まで突き入れられた。

「ああっ！」

悲鳴を上げた翠蓮《スイレン》の中を、信じ難いくらいに大きなものがじわじわと擦り立て、更に奥まで入ろうとする。入り口は限界までいっぱいに開かされ、中はぴったりと哉嵐《セイラン》の性器のかたちに変えられている。縋れるものが欲しくて、震える手で翠蓮《スイレン》は必死に敷布を摑んだ。

「あっ、あっ」

深く貫かれたまま、たった一度、最奥をずんと突かれる。それだけで、全身が痺れるような衝撃に襲われ、翠蓮《スイレン》の頭の中は真っ白になった。

ふっと意識が遠のき、すぐに我に返る。哉嵐《セイラン》のものを突き入れられて達し、束の間失神していたことに気づいて狼狽えた。気遣うように目を覗き込んできた哉嵐《セイラン》が、安堵したように口の端を上げる。

「たくさん出たな……私が触れない間、一度もしていなかったのか？」

翠蓮《スイレン》の腹の上に散った蜜を指先で掬い、彼が嬉しそうに舐めている。濃いな、と呟かれて、泣きたいほどの羞恥に襲われた。

「婚礼の儀まで、二か月も禁欲をしていたのか……本当に、そなたは可愛らしい。これからは毎夜、出なくなるまで飲んでやろう」

そう言うと、身を倒してきた彼が、翠蓮《スイレン》の唇をきつく塞《ふさ》ぐ。

「ん、んん……ぅっ」

咥内を舌で犯されながら、ゆるゆると愛おしむように腰を突き入れられ、翠蓮《スイレン》は喉の奥で喘いだ。

後ろに哉嵐《セイラン》の昂りを呑み込まされたまま、胸の先を強く摘ままれる。頭が痺れるほどの快感が走り、体が勝手に中のものをぎゅっと締め付けてしまう。

「あう、ああ……、あ、ん……っ！」

大きな手でしっかりと腰を掴まれ、一度も抜かないまま、ずぷずぷと執拗に中を擦られる。

どれだけ自分の中が濡れているのか、繋がっている場所はもうぐちゅぐちゅと淫らな音を立てるほど濡れ切っている。

硬い性器で敏感な場所を擦られ続け、翠蓮《スイレン》はすでに数度達し、もう腹の上は吐き出した蜜でしとどに濡れている。恥ずかしい声が堪え切れずに漏れ続け、そのたびに哉嵐《セイラン》を喜ばせてしまう。

敏感な場所をどこもかしこも弄られ、感じすぎて、頭の中がぼうっとしている。

翠蓮《スイレン》は硬く滾《たぎ》ったもので奥を擦り立てられながら、ただ甘い声を上げげて、体をびくびくと震わせることしかできなくなった。

「ひっ、あっ、あぁっ」

ふいに哉嵐《セイラン》の動きが激しくなり、ずちゅずちゅと音を立てて、もう入らないというほど奥を突き上げられる。

達している感覚があるのに、翠蓮《スイレン》の性器からはわずかに蜜が垂れるのみだ。もどかしい快感に半泣きで身悶えていると、哉嵐《セイラン》が唐突に動きを止め、翠蓮《スイレン》の唇に指で触れた。

「……私の子胤が欲しいと言ったな」

囁かれて、翠蓮《スイレン》は濡れた目で彼を見上げる。

汗に濡れて上気した哉嵐《セイラン》の顔は欲情に満ち、壮絶な雄の色香を放っている。

熱を秘めた目で見つめられ、ぶるっと身を震わせて、翠蓮《スイレン》は何度も頷いた。

「はい……ください」

陶然とした目で素直にねだると、哉嵐《セイラン》がぐっと苦しげに顔を歪める。

「あっ、あぁあっ！」

猛烈な勢いで怖いくらいに深くまで突かれ、翠蓮《スイレン》はびくびくっと身を仰《の》け反《ぞ》らせる。

幾度も最奥を擦られてから、中にどっと熱いものが叩きつけられるのを感じた。

溢れるほど注がれ、身も心も哉嵐《セイラン》の強い想いで満たされていく。

荒々しい呼吸を繰り返す彼が、耳朶に囁きを吹き込んでくる。

「……生涯、そなただけだ」

胸が熱くなり、潤んだ目から涙が零れた。痛いくらいに抱き締められて、唇を塞がれながら、震える手で翠蓮《スイレン》も彼を抱き返した。

＊

翌年、汪国《おうこく》皇帝夫妻の元に生まれた子供は男子だった。

艶やかな黒髪に玉のような肌をした、両親のいいところを受け継いだ美しい赤子だ。「光の玉」という意味から、環《ケイ》と名付けられたその子は、皇帝の父と、神龍の血族である母の血を引く、汪国《おうこく》の新

たな皇太子となる。

一歳になった頃、慣例に従い、宮城の宝物庫にて、皇太子の霊獣を決める儀式が行われた。

皇太子が選んだのは、金色の蛟竜《こうりゅう》。

蛟《みずち》——つまり、龍の子供だ。

代々、霊獣を従える妖力を持つ汪《オウ》家でも前代未聞の珍事で、その一報は国中を駆け抜けた。


『こら、環環《ケイケイ》、我の尻尾をつかむでない』

飛龍殿《ひりゅうでん》の一室で、背中に赤子を乗せた天紅《テンコウ》が文句を言っている。

卓に向かい、玉蓮《ギョクレン》に手紙を書いていた翠蓮《スイレン》が目を向けると、そこにはふさふさで長い天紅《テンコウ》の尻尾をご機嫌で握っている赤子が見えた。

「環環《ケイケイ》さま、いけませんよ、尻尾は大切なものです」

翠蓮《スイレン》が窘《たしな》める前に、そばで赤子たちを見守っていた仔空《シア》が急いで声をかけてくれる。

まだまともな会話はあまり成り立たないながらも、いけないとわかったらしく、環《ケイ》はすんなりと仔虎の尻尾を放した。

『うむ、環環《ケイケイ》はお利巧じゃな！　さぞかし立派な帝になるであろうぞ』

天紅《テンコウ》は機嫌を直し、赤子を乗せたまま、また部屋の中をぽてぽてと歩き始める。環《ケイ》が嬉しそうな笑い声を上げる。一人と一匹は仲がいい。天紅《テンコウ》は非常に有能な子守りで、環《ケイ》もまた天紅《テンコウ》が大好きなようだ。

昼過ぎには、政務を一通り終えた哉嵐《セイラン》が舂《ルイ》を伴って仁龍殿《じんりゅうでん》から戻ってくる。

「お帰りなさいませ」と翠蓮《スイレン》が仔空《シア》とともに出迎えると、哉嵐《セイラン》は「いま戻った」と嬉しげに微笑み、必ず最初に翠蓮《スイレン》を抱き寄せる。それから赤子を背に乗せた仔虎に目を向けて、笑顔になった。

「璟璟《ケイケイ》、今日もご機嫌だな。天紅《テンコウ》、子守の褒美に甘い桃を持ち帰ったぞ」

『もも！』

天紅《テンコウ》が飛び跳ねる前に、哉嵐《セイラン》は璟《ケイ》を腕に抱え上げる。土産を渡された仔空《シア》が奥にいた笙鈴《ショウリン》を呼んでそれを渡す。笙鈴《ショウリン》がいったん厨房に戻り、綺麗に剝いてきた桃を天紅《テンコウ》に与えている間、璟《ケイ》は父の腕に抱かれ、にこにこしている。

睿《ルイ》が室内に何事もないことを確認してから「外を確認してきます」と言い置いて部屋を出ていく。

この部屋の中には他の使用人を入れないようにしているので、彼らが異母兄弟であることを隠す必要はない。四人分の茶の支度をしながら、翠蓮《スイレン》はふと気になっていることを口にした。

「そういえば……璟璟《ケイケイ》の霊獣はまだいっこうに出てくる気配がありませんが、大丈夫なのでしょうか？」

「ああ、霊獣を与えられるのは一歳のときだが、名を呼べるようになるまでは出てこない。主人と繋がるようになるから、妖力がつく五歳くらいになるまで出てこないことも多い。私も初めて天舞《テンム》を呼び出したのはそのくらいの頃だったから、心配はいらない」

日々、本を読んだり大臣を招いたりと、正妃として恥ずかしくないよう一生懸命に学んでいるが、汪《オウ》家のことはまだ知らないことばかりだ。

更に詳しく訊いてみると、霊獣の力は主人の力に比例し、また性格や行動などの気質も主人に強く影響されるのだそうだ。

（確かに、天黒《てんこく》は主人に似ていたかな……）

頷きながら、少し切ない気持ちになる。

考え込みながら彼の話を興味深く聞いていた翠蓮《スイレン》は、ふと気づく。

哉嵐《セイラン》から与えられた天紅《テンコウ》は、いまは翠蓮《スイレン》が主人ということになるが、自分にはまったく妖力がない。妖力がないと霊獣を養うことはできないため、本当の主人は哉嵐《セイラン》のまま、借りているような状態だ。

その天紅《テンコウ》は、強くて頼りになるが、甘いものが大好きで天真爛漫《てんしんらんまん》な甘えん坊だ。

そして、いま翠蓮《スイレン》の手元から哉嵐《セイラン》のところに戻った鳳凰の天舞《テンム》は、やたらと懐っこい。しかもなぜか天紅《テンコウ》と同じく翠蓮《スイレン》がお気に入りで、哉嵐《セイラン》がたまに呼び出すと、必ず翠蓮《スイレン》のあとをぴょんぴょんとついて回ったり、気づけばちょこんとそばに座っていたりするのだ。

「――どうした？　なにを笑っている？」

腕の中でうとうとし始めた璟《ケイ》を揺らしながら、哉嵐《セイラン》が首を傾げる。

「い、いえ、その……」

翠蓮《スイレン》が頬を緩めていると、自分がなにを教えてしまったのかに気づいたらしく、彼は珍しく少し顔を赤らめた。

「仕方がないだろう。霊獣は主人の心のかたまりのようなものだ。好きなものなど隠しようもない」

拗ねたように言う伴侶があまりに愛しくて、翠蓮《スイレン》は「ごめんなさい、笑ったのは、ただ嬉しかっただけなのです」と伝えた。

哉嵐《セイラン》は最初から翠蓮《スイレン》を気に入って、大事にしてくれた。まっすぐな気持ちを隠さず、想いも行動も正直で迷いがなかった。黒龍のための精気を得る必要がなくなってからも、子に恵まれたあとも、いつも翠蓮《スイレン》に触れたがり、すぐに翠蓮《スイレン》を寝所に連れ込みたがるところは変わらない。

政務にも精力的に励み、民には思い遣り深く、常に国のことを考えている。そして、家族をなによりも大事にしてくれる。こんな素晴らしい伴侶に愛されて、隠しようもないという可愛らしい想いをあらわにされて、嬉しくないわけがない。

こんなに幸せでいいのだろうかと思うほど、正妃になってからの日々は幸福に満ちている。

今度行われる玉蓮《ギョクレン》と湘雲《ショウウン》の結婚式の祝いの品について相談していると、仔空《シア》に桃を食べさせてもらった天紅《テンコウ》が、ご満悦顔で戻ってきた。

すやすやと眠る璟《ケイ》を腕に抱いた哉嵐《セイラン》と、その隣に座った翠蓮《スイレン》が榻《ながいす》に腰かけているのを見ると、しばらく周りをうろうろしたあと、空いている翠蓮《スイレン》の膝にぴょんと飛び乗ってきた。

「桃は美味しかった？」

翠蓮《スイレン》は仔虎の口の周りについた果汁を手ぬぐいで拭いてやりながら訊いた。

『うむ、たいそう美味じゃった！』と満足げに答えた天紅《テンコウ》は、哉嵐《セイラン》に抱かれた璟《ケイ》が気持ちよさそうに眠っているのにちらりと目を向ける。

『我も蓮蓮《レンレン》のお膝で昼寝をしてもよいじゃろうか？』

可愛い質問をされて、思わず翠蓮《スイレン》は破顔した。「もちろん、どうぞ」と答えると、仔虎は嬉しそうに膝の上で丸くなり、あっという間に寝息を立て始めた。

隣に座る哉嵐《セイラン》を見ると、彼は仔虎の正直な行動に、なんとも言えないような顔で苦笑している。

「あとで、哉嵐《セイラン》さまにも膝枕をいたしましょう」

そっと彼の耳元に口を寄せて囁くと、彼が一瞬目を輝かせる。

「愛する妃の膝枕とは……なんと贅沢なことか」

冗談交じりに言うと、哉嵐《セイラン》が微笑んで秀麗な美貌を寄せてくる。

一人の皇子と一匹の仔虎をそれぞれ寝かしつけながら、皇帝夫妻は顔を近づけ、そっと甘い口付けを交わすのだった。

幼龍は長い時間をかけてゆっくりと成獣になるという。皇太子が成長して年を重ね、帝位を継ぐ頃には霊獣も大人になっているだろうか。

哉嵐《セイラン》と翠蓮《スイレン》の皇帝夫妻の間に生まれた子は、次男も三男も、極めて強大な力を持つ霊獣に恵まれた。

神龍の血を引き、龍を従える皇帝が治める国と争いたい国があるわけがなく、神龍の守護の下、繁栄する汪国《おうこく》の平和は末永く続いた。

そして、長年に亘る黒龍の呪いを打ち破った皇帝と、そのたった一人の最愛の妃の物語も、ずっと先の子孫まで語り継がれていくのだった。

—終—

あとがき

＊あとがき＊

この本をお手に取って下さり本当にありがとうございます！

二十四冊目は中華後宮ものを書かせていただきました。衣装や建物が煌びやかで、調べるのも書くのもすごく楽しかったです。

優しい溺愛皇帝と、あんまり辛くないほのぼの後宮で、エチ度高め幸せ満載のラブロマンスにしようと思って書き始めたのですが、途中でこの国早々に滅びるのでは……？　とちょっとばかり不安になりました（神龍に守られているし、蛟《みずち》も目覚めたので今後も大丈夫なはずです……！）

そこまでは書けなかったのですが、霊獣の天紅《テンコウ》は人型に変化すると長髪赤毛の美青年になる設定だったので、千才にして初めて宦官の睿《ルイ》に恋をしてぐるぐると思い悩んでもらいたいです。

イラストを描いて下さった石《いし》田《だ》恵美《めぐみ》先生、受けも攻めもものすごく素敵に描いて下さってありがとうございました！　口絵の天紅と璟璟《ケイケイ》が可愛くて、本になるのが今からとても楽しみです。

担当様、今回も丁寧に見て下さりありがとうございました！　とても楽しく作業させていただけてすごく幸せなお仕事でした。

それから、この本の制作と販売に関わって下さったすべての方に心からお礼を申し上げます。

最後に、読んでくださった皆様、本当にありがとうございました！　よろしければぜひぜひご感想をお聞かせください。また次の本でお目にかかれることを願って。

二〇二一年十月　釘宮《くぎみや》つかさ【@kugi_mofu】

CROSS NOVELSをお買い上げいただき
ありがとうございます。
この本を読んだご意見・ご感想をお寄せください。
〒110-8625
東京都台東区東上野2-8-7　笠倉出版社
CROSS NOVELS 編集部
「釘宮つかさ先生」係／「石田惠美先生」係

CROSS NOVELS

汪国後宮の身代わり妃

著者
釘宮つかさ

2021年12月23日　初版発行　検印廃止

発行者　笠倉伸夫
発行所　株式会社 笠倉出版社
〒110-8625　東京都台東区東上野2-8-7　笠倉ビル
[営業]TEL　0120-984-164
FAX　03-4355-1109
[編集]TEL　03-4355-1103
FAX　03-5846-3493
http://www.kasakura.co.jp/
振替口座　00130-9-75686
印刷　株式会社 光邦
装丁 Asanomi Graphic
ISBN 978-4-7730-6318-9
Printed in Japan